007典藏系列

007

From Russia with Love

俄罗斯之恋

伊恩·弗莱明 著

吕小梅 译

E' LUOSI ZHI LIAN

APETIME 时代出版传媒股份有限公司
时代出版 安徽文艺出版社

图书在版编目（CIP）数据

俄罗斯之恋/（英）伊恩·弗莱明著；吕小梅译. —合肥：安徽文艺出版社,2016.1（2022.5重印）

（007典藏系列）

ISBN 978-7-5396-5545-1

Ⅰ. ①俄…　Ⅱ. ①伊…②吕…　Ⅲ. ①长篇小说–英国–现代　Ⅳ. ①I561.45

中国版本图书馆 CIP 数据核字（2015）第 226934 号

出　版　人：朱寒冬

责任编辑：姜婧婧　　　　　　　　　　　　装帧设计：张诚鑫
- -
出版发行：时代出版传媒股份有限公司　www.press-mart.com

　　　　　安徽文艺出版社　www.awpub.com

地　　址：合肥市翡翠路 1118 号　邮政编码：230071

营　销　部：(0551) 63533889

印　　制：三河市人民印务有限公司　（0316) 3650588
- -
开本：880×1230　1/32　印张：8.25　字数：220 千字

版次：2016 年 1 月第 1 版　2022 年 5 月第 2 次印刷

定价：38.00 元
- -

007*From Russia with Love*

Ian Fleming

伊恩·弗莱明

　　1953 年，正在牙买加太阳酒店度蜜月的伊恩·弗莱明百无聊赖地坐在打字机边，他的脑子里正在酝酿"一部终结所有间谍小说的间谍小说"——这部小说的主角就是通俗文学世界里最为人知晓、商业电影范围内生命最长的詹姆斯·邦德。

　　和其笔下的 007 一样，弗莱明的现实生活中也充满了炮弹味和香水味，年轻有为、风流倜傥的程度和詹姆斯·邦德有的一拼。弗莱明1908 年出生在英国，他从小就希望过上一种自由刺激的生活，可是他的性情却和英国的传统教育格格不入。1921 年，在著名的伊顿公学念书的弗莱明因为行为不端而被开除。1926 年，他在家庭的安排下进入了桑德赫斯特军校，所有人都希望他这次能吸取教训并顺利完成学业，可是弗莱明本性难移，因为酗酒和斗殴，弗莱明提前结束了自己在军校的生活。1931 年，他进入了著名的路透社，成为了一名专门报道间谍案件的记者。1933 年，他回到了英国，做了一个银行职员，百无聊赖的生活让弗莱明忍无可忍。二战的到来为弗莱明带来了"换种活法"的机会——战争让弗莱明变成了邦德。

　　1939 年 5 月，弗莱明成为英国皇家海军情报局中尉，上任时年仅31 岁，从司机到海军大臣人人都喜欢他那充满了生气的堂堂仪表。因工作出色,弗莱明深得局长约翰·戈弗雷海军上将的赏识,后者以作风强硬著称,是007邦德的老板——M的原型。弗莱明曾多次陪同戈弗雷上将去美国与联邦调查局局长胡佛会晤,交流情报。弗莱明为戈弗雷起草了无数的报告和备忘录,他的写作才华开始展现,枯燥的案件被他描述得跌宕起伏。这些文件至今还是英国谍报部门授课的范文。

由于出色的工作表现,弗莱明被直接提拔为海军中校,并作为戈弗雷的助理直接领导代号为30AU的间谍部队。这是一个由间谍精英组成的小分队,队员个个身怀绝技,从神枪手、化妆师、武器专家到解密高手、间谍美女,一应俱全。他们的主要任务是帮助纳粹占领国的高级官员逃亡以及窃取德军重要档案。

第一次行动,弗莱明率领30AU来到葡萄牙的卡斯卡伊斯,策划阿尔巴尼亚国王索古从德国、意大利占领区潜逃。他设想的营救计划是这样的:清晨,在国王寓所门前,两名清洁工(英国特工)出现了,严密监视国王寓所的德国卫兵问了两句,就让他们进了门。待了一会儿,两个清洁工(已是国王夫妇)再次出现,拖着垃圾袋正向大门走来。这时,事先安排好的一场车祸准时在街对面发生,德国卫兵赶紧召集人手灭火救人。一个蒙太奇镜头:两个"高贵的清洁工"登上垃圾车渐渐远去。待德国人发现国王夫妇失踪时,国王夫妇已化装成葡萄牙人搭乘一艘意大利游轮安全抵达卡斯卡伊斯。结果,伊恩·弗莱明的策划与行动一样顺利,犹如他在执导拍摄一部007电影。

二战期间,弗莱明与"疯狂比尔"——美国战略情报局局长威廉姆·多诺万将军关系密切。1941年,多诺万计划成立新的情报机关,要弗莱明策划一个蓝图。弗莱明为他撰写的计划共七十二页,描述了一个完美特工应具备的特质,"年龄在40岁到50岁,经过特工训练,拥有出色观察、分析、评价能力,完美判断力,能随时保持头脑清醒,对情报事业有献身精神,并有广博的生活经历"。这和詹姆斯·邦德的形象几乎一致。1947年中情局正式成立,很大程度上借鉴了"邦德标准"。弗莱明毫不掩饰得意之情,向多个朋友吹嘘"我创造了中央情报局"。

1945年11月4日,弗莱明离开了海军情报局,戈弗雷上将对他做出了闪光的评语:"他的热情、才能和见识都是无与伦比的,他对海军情报局的战时发展和组织活动做出了巨大贡献。"

自《皇家赌场》大卖之后,弗莱明就成了一架被烟草和酒精驱动的写作机器,在他人生的最后十二年里,一共写了十四部007小说。在弗莱明生前,他的007系列小说就销出了四千万册,迄今为止,该系列小说在世界各地的销售量已超过一亿册。

1964年8月12日,56岁的弗莱明由于心脏病发作倒在儿子的生日宴会上。

尽管他一生烟酒不离,女人无数,但最后陪伴在他身边的依然是他的妻子。他热爱社交,但也曾因执着写作险些被上流社会抛弃。然而,五十多年过去了,那些曾经试图抛弃他的"贵族们"早已烟消云散,他所留下的作品却享誉全球、妇孺皆知。在全世界,无数的人在阅读007小说或观看007电影,以此向这位传奇人物表达敬意和缅怀之情。

目　录
Contents

作 者 序

这不只是简单的虚构故事,本书所涉及的大量背景资料都是真实无误的。

苏联反间谍机构 SMERSH(SMIERT SPIONAM 的缩写,锄奸局)是苏联政府最为神秘的部门,该机构今天依然存在。

1956 年年初,我在写这本书的时候,该机构海内外员工总数达到四万人,格鲁博扎博伊契科夫将军时任该机构的负责人,我在书中对他的描写是符合事实的。

今天,锄奸局总部依然位于本书第四章所描述的地方——莫斯科斯维坦卡维萨街 13 号。我对会议室的描述完全属实,而且环坐在那里开会的情报头头们都是现实中的官员,他们常因书中所讲述的事由被召集到会议室开会。

伊恩·弗莱明

第一部　密谋

第一章　玫瑰乡

那个手脚摊开趴在游泳池边的裸身男人可能已经断了气。

他可能是溺水而死，尸体被人打捞上岸，放在池边的草地上晾着，等待警方或者家属的到来。甚至在他头边草丛中有一小堆像是他的个人物品的东西也一件件码放得整整齐齐，以至于没有人会怀疑救援人员曾经偷拿过什么。

从那堆湿漉漉、亮闪闪的东西来看，这人是个有钱人，或者曾经是有钱人。那堆东西里有富人俱乐部的会员标志——一个印着墨西哥五十披索纸币图案的钱夹，里面有一卷厚厚的钞票、一只用旧的登喜路纯金打火机、一个椭圆形波纹边配有法贝热经典珐琅搭扣的金质烟盒，还有一本常常被有钱人从书架上抽出来带去花园读的小说——《小金块》，P. G. 沃德豪斯的早期作品。在那堆物品中还有一块笨重的金腕表，棕色鳄鱼皮表带已经很旧了。那是一款芝柏表,专为喜欢小玩意儿的人设计,表盘上有滑动式秒针和两个分别显示日期和月相的小格。此刻,表盘上显示着:6月10日2点30分,张弦月。

花园的尽头处,从玫瑰花丛里飞起一只蓝绿色蜻蜓,在男人的腰椎上方盘旋。他尾骨处一撮金黄色的绒毛在6月阳光的照射下闪闪发光,估计是这个光亮吸引了它。一阵海风吹过,那一撮绒毛微微抖动,蜻蜓惊恐地闪躲着,飞到男人左肩上方,在空中俯望着。男人的嘴巴是张开的,嘴巴下方的嫩草晃动着。一滴黄豆大的汗珠从他那多肉的鼻子边滑落,坠入草丛。这么一点动静,就足以让那只蜻蜓倏地飞跃花丛,越过花园高高的围墙上断口参差的碎玻璃片飘然而去。这也许是一顿美味,可是它动了。

男人躺卧的花园大约有一英亩——那里除了高达十二英尺的围墙上方的天空和云朵,其他什么也看不见。实际上你也许只能从别墅楼上那两间卧室朝外望去。卧室所在的那栋楼构成了这个极其隐秘空间的第四个侧边。从那两间卧室望出去,你能看到眼前一望无垠的碧水,以及相邻别墅楼上的窗户和花园里的树顶——地中海式常绿橡树、岩松、木麻黄,还有一棵这里不常见到的棕榈树。

别墅楼上有两间不大不小的卧室,一楼是客厅和厨房,从厨房隔出了一个厕所,没有浴室。

从路上开来的汽车声打破了午后的沉寂。汽车停在别墅门口,只听见车门关闭和汽车开走的声音。门铃响了两声。游泳池边的裸身男人一动不动。不过,听见门铃和汽车开走的动静,有那么一个瞬间,他的双目圆睁,眼皮像动物耳朵一样蓦地立起来。男人瞬间忆起他所在的方位和此刻的日期与时辰,也辨明了外面的声响。他那长着沙砾色的短睫毛的眼皮再次慵懒地耷拉在深邃的淡蓝色眼睛上。他薄削的嘴唇显得十分地冷酷。他打了一个长长地哈欠,口水涌入口中。男人向草地啐了口唾沫,等候着。

一个身着白色棉衬衫、蓝色家常短裙的年轻女人提着一只小网兜走进玻璃门,大踏步地走过瓷砖地面,穿过草地走向裸身男人。走到距离他几码开外的地方,她放下网兜,坐在草地上脱去自己灰蒙蒙的廉价鞋子。之后,她站起身,解开衣扣脱下衬衫,把它整齐地叠放在网兜边。

女孩衬衫里面没穿其他衣服,她肤色微黑,线条优美的双肩和乳房透露出健康的美。她弯曲手臂去解裙子侧面的纽扣时,腋窝处露出一小撮汗毛。脱掉衣服后,她那包裹在褪了色的蓝色泳裤里的浑圆的屁股和短粗的双腿更加衬托出她健康、野性的乡下丫头的形象。

女孩把裙子放在衬衫旁边,打开网兜,取出一个盛着无色黏稠液体的旧苏打水瓶。她走到男人身边跪下,往他的肩胛中间倒了一些液体,那是一种散发着清香的橄榄油,同这里的万物一样散发着玫瑰花香。她像钢琴师一般弯曲手指,开始按摩男人颈后的胸锁乳突肌和斜方肌。

这是项体力活。这个男人健壮异常,女孩耸起双肩用力按下也不见些许松动。每当做完全套按摩,她都会大汗淋漓、筋疲力尽,一头扎进游泳池里。之后她会躺在树荫下休息,等着汽车来接。但是疲累不是她所担心的,当她的双手在男人后背机械地忙碌的时候,占据她脑海的全都是对那具完美躯体的本能的畏惧。

在女按摩师毫无表情的扁平脸上丝毫看不出畏惧。她那掩盖在短粗的黑色刘海下面微微上扬的一双黑眼睛像漂浮的油花一样空洞无物。然而在她的内心深处,野性在哭嚎着。假如她此刻记得去测量一下的话,脉搏一定跳动得相当快。他的眼睛与身体从未对她表现出一丁点兴趣。当她敲打他的双肩时,他只是转过身,双目微睁,望着天空,偶尔响雷般长长地打一个哈欠,那就是他仅有的生理反应了。

女孩变换姿势,顺着右腿缓缓地摸向男人的跟腱。手指触到那里时,她回头望着这具健美的身躯。她的反感仅仅源自生理特征?是因为那奶白色皮肤被太阳灼晒后变成的烤肉般的红色?因为皮肤的纹路,或是光滑的表皮上深深的、稀稀拉拉的毛孔?还是双肩上密密麻麻的橘色斑点?再不然是因为这个男人的性感?是因为他那完美的、肆无忌惮地鼓起的肌肉?要不这种反感就是心理上的——一种动物本能告诉她在这具完美躯体中埋藏着一个邪恶的灵魂?

女按摩师站起身,来回转动着脖颈,抖了抖双肩。她伸开手臂,为了让血液回流向上举着停顿了片刻。她走到网兜处取出一条手巾,擦去脸上的汗水。

当她走回男人身旁,他已经转过身来,头枕在摊开的一只手上,面无表情地望着天空。另一只手摊在草地上,等着她按摩。她走上前,跪在他的头边。她往手心里倒了些油,双手揉搓,拿起那只软绵绵的半张开的手掌,开始揉搓那粗壮的手指。

　　女孩战战兢兢地向那一头金色卷发下红棕色的脸瞟了一眼。乍一望去,那张脸毫无瑕疵——有着屠夫家儿子那种英俊,双颊饱满绯红,鼻翼上翘,下巴浑圆。但是,凑近了看,就能看出他那噘起的薄嘴唇透露出残忍,上扬的大鼻孔昭示着贪婪。在这张脸上,那双淡蓝色眼睛表层的空洞眼神最具有说服力。它让这张脸看上去像是溺了水,或者像死尸一样。就好像是,她想,有人把人偶的脸涂成白色用来吓唬人。

　　女按摩师一点点地按着胳膊,一直按到硕大的二头肌。这人在哪里练就这身肌肉? 他是拳击手吗? 他用这可怕的躯体做什么? 有人说这里是警方的别墅。那两个男仆虽然负责烹煮、家务,但是显然是某种意义上的保镖。男人每个月都会消失几天,她被通知放几天假。每隔一段时间她就会接到休息一周、两周或者一个月的通知。有一次,在消失了一段时间之后,男人的脖子和上半身伤痕累累。还有一次,在他的心室上方肋骨处一英尺见方的石膏下面露出一块将要愈合的红色伤口。她从不敢在医院或者城里打听他的消息。当初刚被派来的时候,一个男仆就警告过她,说假如她把所见所闻说出去的话,就会让她坐牢。医院里从没正眼瞧过她的院长也把她找去交代了同样的话。她会坐牢。女孩结实的手指紧张地摸索着男人肩头那一大块三角肌。她知道此事事关国家安全,也许这是她对如此健美的身躯反胃的原因。可能是因为对这个机构的畏惧,才让她的身体上了锁。想到男人的身份和他可能会接受的针对她的任务,她不禁闭紧双眼,但又赶紧睁开,生怕男人有所察觉。不过,那双眼睛依然空洞地凝望着天空。

此刻——她伸手去拿油瓶——该按摩面部了。

女孩的拇指还没有按到男人紧闭的眼睑,屋里的电话响了。尖锐的铃声传到安静的花园里。男人立刻像等待发令枪响的运动员一样单腿立起来,但却没有上前。电话铃声停止了,接着是压低的说话声。女孩听不见说话,但是能分辨出有人在恭恭敬敬地复述命令。说话声停止,男仆在门口一闪身,做了个召唤的手势,回到屋内。那个手势刚做到一半,裸身男人就像离弦的箭一样飞奔着穿过开着的玻璃门。女孩望着棕色的背影闪过,心里想着,最好别让他回来的时候看到她站在那里无所事事,以为她在偷听。想到这里,她站起身,三步并作两步走到泳池的水泥边沿,优雅地纵身跃下。

虽然女孩本能的猜测是对的,不过为了不打破她心里的安宁,还是什么都不知道的好。

男人的真实姓名是杜诺万·格兰特,别名"红色格兰特"。然而在过去的十年里,他用的是克拉斯诺·格兰尼斯基的名字,代号"格兰尼特"。

他是苏联国家安全部的刺杀机构——锄奸总局的首席行刑官。此刻,他正与莫斯科的国家安全部通话,接受命令。

第二章 刽子手

格兰特轻轻放下电话,坐在那里望着话机。

站在一旁的那个光头卫士开口道:"你最好开始行动。"

"他们有没有告诉你是什么任务?"格兰特的俄语十分流利,只是口音很重。别人会把他当作苏联波罗的海沿岸的人。他的声音音频高,语调没有起伏,像在背诵书中无聊的片段。

"没有,只说让你去莫斯科。飞机在来的路上,一小时以内到达。加油半个小时,然后飞三到四个小时,取决于你们是否在哈尔科夫降落,你将在午夜抵达莫斯科。你去收拾东西,我来叫车。"

格兰特神色紧张地站起身:"嗯,你说得对。可是他们连是不是一次行动都没有提吗?当事人会好奇的,通话很安全,他们应该能给点暗示的,他们一般会的。"

"这次他们没有。"

　　格兰特步履缓慢地穿过玻璃门来到草地，即使看见坐在游泳池对岸的女孩，他也不动声色。他俯身捡起书，以及他那个金光闪闪的战利品，返身走回别墅，上楼回到自己的卧室。

　　卧室的摆设很简单，只有一个铁床架——凌乱的床单从一侧拖到地上，一把藤椅，一只没有上漆的衣柜和一个放着铁皮盒的脸盆架。英国、美国的各类杂志散落一地，窗下摆放着花花绿绿的平装书和精装恐怖小说。

　　格兰特弯腰从床下拖出一只意式纤维板旧行李箱，从衣柜中挑了几件洗得很旧的、廉价的、却还体面的衣服塞进箱子。然后他匆匆冲个冷水澡，用那无所不在的玫瑰香味的浴液清洗，拖下一条床单擦干身体。

　　外面有汽车的响声，格兰特匆忙穿上衣服，那一身衣服同他刚才收拾进箱子的一样单调乏味。他戴上手表，把其他物品装进口袋，拎起箱子走下楼去。

　　前门敞开着，他看见两个侍卫在和一辆老旧的 ZIS 三厢轿车司机交谈。"一群蠢货。"他心里想（他还是多用英语思考），"估计在交代他看着我上飞机，恐怕不能想象有哪个外国人想要待在他们这该死的国家。"格兰特眼神嘲讽地把箱子在门口放下，在挂在厨房门上衣帽钩上的一堆外套中翻找着。他找到他的"制服"——土褐色的雨衣和苏联官员的黑布帽，穿戴整齐后，他拎起箱子走出门，上车坐在副驾驶座位上，路过时故意用肩膀把一个侍卫蹭到一边。

　　那两人退后站着，一言不发，目光坚定地注视着他。司机松开离合器，汽车一挂上挡，立刻加速顺着尘土飞扬的马路向前开去。

别墅位于克里米兰东南侧海边,大约在费奥多西亚和雅尔塔之间。在这条位于俄罗斯海滨的多山的海岸线上坐落着许多政府的度假别墅,它就是其中之一。红色格兰特明白能让他藏身此处而不是莫斯科郊外的某个沉闷的别墅已经是莫大的恩宠了。汽车沿着公路开进山里,他想,他们给他的待遇已经是力所能及最好的了,虽然他们这样做别有目的。

去往辛菲罗波尔机场有四十英里车程,汽车开了一个小时,路上没有其他车辆,偶尔遇见来自葡萄园的手推车听见汽车喇叭声也早就吓得躲进路边的壕沟里。这里同苏联其他地方一样,一辆车意味着一个官员,而官员只能带来危险。

沿途都是玫瑰花丛,和葡萄园错落交织,路边的玫瑰花形成了树篱。在机场入口处,红玫瑰和白玫瑰种在一个巨大的圆形花园里,构成了一幅白底红五角星的图案。格兰特对此感到厌恶,期盼着早点到达莫斯科,逃离这芬芳的恶臭。

他们开车经过民用机场的入口,顺着一堵高墙开了大约一英里来到了机场的军用区域。在一面高大的铁丝网入口处,司机向两名怀抱汤姆生冲锋枪的哨兵出示了通行证,把车开到了停机坪。这里停着几架飞机,大型隐形军用运输机、小型双引擎训练机和两架海军直升机。司机停下来向一个工装男人打听格兰特飞机的位置。从观察控制塔的扬声器里传来一个金属质感的鼻音:"右转,向前开,V – B0 号。"

司机顺从地按照指令在停机坪上挪动,直到金属声音再次响起:"停!"

司机猛踩刹车,这时从他们的头顶上方传来震耳欲聋的呼啸声。两人本能地一弯腰,只见四架 MIG17 战斗机从日落方向飞来,掠过他们的头顶。它们的蹲式风力制动器刚好在降落前放下,飞机依次落在巨大的跑道上,前轮轮胎与地面摩擦冒出青烟,伴随着喷气轰鸣,滑翔到远处的边线,调转方向开往控制塔和飞机库。

"前进!"

行驶一百码之后,他们来到代码是 V－B0 的飞机前。这是一架双引擎的伊留申,机舱门内放出一条铝制小舷梯,汽车停在一旁。机组人员出现在舱门口,他走下舷梯,仔细查验了司机的证件和格兰特的身份证明,随后挥手让司机离开,招呼格兰特跟随他走上舷梯。他没有主动帮忙拿箱子,不过格兰特提着箱子上舷梯就像拿着一本书那样轻盈。机组人员在他身后收回舷梯,关上舱门,走进驾驶舱。

飞机上有二十个座位供他选择。格兰特坐在距离舱门最近的座位上,系上安全带。驾驶舱门后传来驾驶员与控制塔的短暂对话声,两只引擎开始点火发动,飞机就像汽车一样快速转向,驰往南北向跑道的尽头。然后,再无其他前奏,飞机冲上跑道,飞入天空。

格兰特松开安全带,点上一支金嘴三套车香烟,惬意地靠在座位上回忆过去的履历,思考当下的形势。

杜诺万·格兰特是一个德国举重专业选手和一个爱尔兰南部女招待一夜情的结晶,这份情发生在贝尔法斯特城郊马戏帐篷的潮湿的草地上,持续了十五分钟。后来,他爸爸给了他妈妈半个克朗,他妈妈就高高兴兴地回到她那位于火车站旁咖啡馆后堂的家里睡下。得知自己怀了孕,她搬去地跨两国边境的名叫奥格赫马罗伊的小村庄和一位姨妈同住。六个月之后,在产下一名十二磅重的男孩后不久,她就死于产褥热。临死前,她给孩子起名"杜诺万"(那位举重运动员曾经夸耀自己有"大力神杜诺万"的范儿),而格兰特是她的本名。

姨妈不情愿地收留了男孩,他健康成长,变得非常强壮,但却沉默寡言。他没有朋友,也不愿和其他孩子讲话,想要什么就用拳头解决。上学之后,他依然是人们畏惧、憎恶的对象,可是他通过在当地集市上跟人赛拳击和角斗为自己扬了名。他的攻击释放着一种嗜血的愤怒,还有狡诈。他凭借这些打败了比自己大得多,也强壮得多的男孩子。

通过打架他得到了新芬党党员的注意。新芬党把奥格赫马罗伊作为他们与北方来往的一个主要通道,当地走私团伙也把这个村子当作他们的交通要道。他离开学校后就成了两个团伙的打手。他们付给他丰厚的报酬,但却尽量回避与他碰面。

大约从那时起,每当满月的时候,他的身体就会产生一种奇怪的、难以抗拒的冲动。在他十六岁那年10月,他刚开始有他自己所说的"那种感觉"时,他出门勒死了一只猫。之后那一整个月他就感觉"好多了"。11月,是一只牧羊犬。而到了圣诞节,他半夜在邻居家的牲口棚里割了一只奶牛的喉咙。这些举动让他"感觉良好"。他清楚地意识到村民们很快就会追究这些神秘的事件,所以他买了一辆自行车,每月抽出一个晚上骑到郊外去。有时候他必须骑很远才能找到猎物,有两个月他不得不用鹅和鸡来满足杀生的欲望,紧接着他伺机杀了一个熟睡的流浪汉。

因为夜间外出的人很少,没过多久,他就开始提前上路,骑着自行车四处寻找猎物。往往在黄昏时分到一些偏远的小村庄,那个时候正是村民孤身一人从田里收工回家或是姑娘们出门约会的时候。

他偶尔杀害女孩子时从不"骚扰"她们,那种事他听说过,不过完全不能理解。除了杀生本身,再没有别的更能让他感觉"惬意"了。

在他将满十八岁的那一年,骇人听闻的传言四起,传遍了整个弗马纳·蒂龙和阿马。后来有一个女人光天化日之下被勒死后扔进草堆里,传言顿时引发了恐慌。村民们建立了保安巡逻队,警察也带着警犬进驻村子。听闻出现了"月亮杀手",媒体记者蜂拥而至。格兰特好几次骑在车上被拦下问话,不过他在奥格赫马罗伊有过硬的后台,人们纷纷为他做证,证明他通过骑车锻炼保持拳击手的竞技状态,因为他现在是村里的骄傲,是问鼎北爱轻重量级拳击赛的选手。

直觉再一次及时地拯救了他,他离开了奥格赫马罗伊,来到贝尔法斯特投奔一个没落的拳击比赛筹办人,这个人打算把他培养成职业拳击手。肮脏的健身房里纪律非常严明,那里几乎就像是牢房。每当热血沸腾的时候,格兰特只能用把对手打个半死的方式来疏解。有两次在拳击场上,他都是被人从对手身上硬拖下来,如若不是因为他荣获了冠军,老板早就把他扫地出门了。

格兰特于1945年,在他十八岁生日那天当上了冠军,那以后他们送他去参军,他成了皇家信号部队的一名司机。在英格兰军训的岁月使他冷静下来，或者说至少在他身体"躁动"时举止有所收敛。现在，每当满月时，他不再四处杀生，而是耽于酗酒。他会揣上一瓶威士忌钻进奥德肖特附近的树林里，一边喝酒一边冷静地观察自己感觉上的变化，直到酩酊大醉，昏睡过去。然后，他会在凌晨时分，跌跌撞撞地摸回营地，虽然意犹未尽，但是不再造成危险了。假如路上不巧被哨兵逮了现行，也不过是关一天的禁闭而已，因为他的上司还指望他夺取部队锦标赛的名次呢。

然而格兰特所在的运输部在与苏联的通道争议之时被遣往柏林执行任务，他因此错过了锦标赛。在柏林，空气中始终弥漫着危险的气息，这令格兰特感到兴奋，也促使他更加谨慎机敏。他依然会在满月时喝得烂醉如泥，不过其余时间里他都在静静地观察、计划。所有关于俄罗斯人的传闻都那么合他的心意——他们的野蛮、他们视人命如草芥的态度以及他们的狡猾，于是他决定去投奔他们。可是以什么方式呢？他能送上一份什么大礼呢？他们想要什么呢？

最后让他下定决心的是英国陆军锦标赛，比赛恰逢一个满月的夜晚，格兰特代表皇家部队参赛。在比赛中，他因为抱人和击人下体受到警告，在第三个回合因为持续犯规被罚下场。当他下场时全场嘘声一片，起哄起得最热闹的倒是他所在的步兵团。第二天早上，长官把他叫去，板着脸训斥他，说他给皇家部队抹了黑，下一次征兵时要把他遣送回家。他的司机队友把他送到考文垂，由于没人愿意和他搭班开车，部队不得不把他调到受人艳羡的摩托车送信连。

这个调动对格兰特来说实在是正中下怀。几天之后,在从位于帝国总理广场的军队情报司令部取回当天待寄出的邮件后,他径直骑车冲往俄军驻地。在英军哨卡前,他开着引擎等候着,直到哨卡为一辆出租车放行,他一踩油门箭一般地以四十英里的时速冲过哨卡,在苏联前线邮局的水泥碉堡前戛然刹住。

他们粗暴地把他拽进警卫室。一个面无表情的官员坐在办公桌后问他要干什么。

"我要找苏联情报机构,"格兰特直截了当地说出要求,"要见负责人。"

官员冷冷地瞪着他看,用俄语说了什么。那些把格兰特带进来的哨兵又开始把他往外拖,格兰特毫不费力地挣脱开来,一个哨兵举起了机枪。

格兰特开了口,语气忍耐而且清晰:"我有很多秘密文件,就在外面,在摩托车上的皮袋子里。"他灵机一动,补充一句,"这些文件要是到不了你们情报机构的话,你们就有大麻烦了。"

官员对哨兵说了句什么,哨兵们后退了一步。"我们没有情报机构,"他用生硬的英语说,"你坐下把这张表填好。"

格兰特坐在桌前,开始填表,表格里内容很多,全是针对东部地区访客的问询——姓名、地址、去访事由等。在他填表的时候,官员对着电话机低声说了几句。

格兰特填完表格,从外面又走进两名无军衔的士兵,他们身穿卡其色军装,头戴绿色便帽,制服上别有绿色的军衔。哨兵看也不看地递过表格,把格兰特和他的摩托车一股脑儿地塞进一辆闷罐车车厢，关上车门。车子飞驶了大约一刻钟后停下来，格兰特走下车，发现自己在一座新大楼前的院子里。他被带进大楼，坐上电梯，关进一间没有窗户的房间里。屋里空空荡荡，只有一条铁凳子。过了一个小时（他想，这一个小时他们可能在检查那些秘密文件），他被带进一间舒适的办公室，一位胸前佩戴着三排彩色资历章、肩上别有上校金质肩章的官员坐在办公桌后。

桌上除了一束玫瑰花之外空无一物。

十年之后，格兰特从两万英尺的高空往下望，看见两万英尺的下方一片灯光通明，他估计那就是哈尔科夫了，对着舷窗玻璃上自己的影子，他苦涩地咧了咧嘴。

玫瑰，从十年前的那一刻起，他的生命中除了玫瑰再没有别的什么了。玫瑰，玫瑰，全是玫瑰。

第三章 研修

"那么你打算为苏联效力,是吗,格兰特先生?"

半个小时后,这位苏联恐怖间谍组织的上校开始不耐烦起来。他感觉自己已经从这个十分令人憎恶的英国士兵嘴里套出了所有有价值的军事情报。只要说几句客套话,感谢他用邮包带来的大量秘密信息,然后这个人会被关进牢里,等着被运往沃尔库塔或是别的哪个劳工集中营。

"是的,我想为你们做事。"

"那你能干些什么,格兰特先生? 我们不缺非熟练工人,我们也不少卡车司机。"上校露出稍纵即逝的笑容,"说到拳击,我们有不少拳击手,碰巧还有两个可能在奥运会上夺冠。"

"我擅长杀人,特别擅长,我喜欢杀人。"

上校捕捉到沙砾色睫毛下那双淡蓝色眼睛里闪烁的赤焰,他想,这个人是认真的。他不但令人厌恶,还是个疯子。他冷冷地打量着格兰特,掂量着送他去沃尔库塔浪费粮食是否值得,也许最好还是把他毙了,或者扔回英国去,让他的自己人去烦神吧。

"你不相信我?"格兰特焦躁地说,看来他找错了对象,找错了地方,"谁负责给你们干粗活?"他确信俄罗斯人有专门的刺杀队,人人都这么说,"让我和他们谈谈,我会帮他们杀人,随便是谁,现在就行。"

上校愤怒地看着他,也许他最好请示一下。"在这等着!"他起身走出房间,没有把门带上。一个士兵起来站在门口,手放在枪上盯着格兰特的后背。

上校走进隔壁房间,里面空无一人,桌上有三部电话,他拿起通往莫斯科恐怖间谍组织的直线电话机,听到接线员的声音,他说:"接锄奸局。"对方回话后,他要求找行动部门负责人。

十分钟后,他放下电话。运气真不错! 找到一个简单易行的颇具效率的解决方案。不管事情怎么发展都能如他们所愿。这个英国佬行动成功的话自然很好,假如他失败了,因为格兰特是英国人,会给西区带来麻烦,同时也会给德国人添堵。因为格兰特的举动会令他们的特工胆寒,格兰特还会让美国人忧心,因为美国人是鲍姆加登团伙的幕后金主,他们会认为鲍姆加登的防卫能力不行。上校自鸣得意地走回办公室对着格兰特坐下。

"你的话可以当真吗?"

"当然!"

"你的记性好吗?"

"好!"

"在英国区有个叫鲍姆加登博士的德国人,他住在库达姆大街22号5号公寓,你知道那里吗?"

"知道。"

"今天晚上,你和你的摩托车会被送到英国区,我们会把你的车牌换掉,你的人一定在到处找你,你要给鲍姆加登博士送去一个信封,信封上标着'专人送达'。穿着这身制服,手里拿着信封,你应该会畅通无阻。你就说是私密信息,必须单独面见鲍姆加登博士,然后把他杀了。"上校顿了顿,扬了扬眉毛,"怎么样?"

"行。"格兰特不动声色地说,"我杀了他以后,你们还会再给我这种活干吗?"

"可能吧,"上校敷衍着,"不过首先你得向我们展示你的能力,等你完成任务回到苏区,可以找鲍里斯上校。"他按铃叫进来一个便衣男子,上校用手指向男子说,"这个人会给你吃的,之后交给你信封和一把美国产的锋利刀子,那是很不错的武器。祝你好运!"

上校伸手从花瓶中拿起一朵玫瑰,深嗅着。

格兰特站起身。"谢谢你,先生。"他热切地说。

上校没有搭话,依然沉醉于玫瑰的香气中,格兰特跟着便衣男子走出房间。

飞机轰鸣着越过俄罗斯腹地,他们已经飞过了东至斯大林诺东侧,西至在第聂彼得罗夫斯克的聂伯河的那些熊熊燃烧的高炉,哈尔科夫闪烁的灯光标志着乌克兰的边境线,盛产磷灰岩的小城库尔斯克灯光较弱,忽明忽暗。此刻格兰特明白飞机下方那一大片漆黑中掩藏着广阔的中部草原,数十亿吨的庄稼在那一片黑暗中悄悄地成熟着。接下来不会再有灯光,再过一个小时,他们将飞越剩下的三百英里,抵达莫斯科。

现如今格兰特对苏联已经很熟悉了。在干净利落地干掉一个西德重要间谍之后,格兰特立刻蹿回苏区想办法找到了鲍里斯上校,随即被安排换上便装,戴上飞行头盔,被人催促着登上苏联国家安全部的一架空飞机,直飞莫斯科。

格兰特从此开始了一年半的囚禁生活。在那一年半里,格兰特把时间都花在健身和学习俄语上。很多人走马灯似的来到他身边——讯问人员、卧底和医生。同时,在英国和北爱尔兰的苏联间谍也在不遗余力地了解他的过去。

一年后,格兰特获得在苏联的外国人所能得到的最高政治信任。间谍们证实了他的陈述,英国和美国的卧底们认为他对任何国家的政治及社会风俗都毫无兴趣,医生和心理学家们判断他是躁郁症晚期患者,发病周期在满月的时候。他们也提到格兰特还是一个自恋狂,他没有性取向,对于疼痛的耐受力很强。除此之外,他的身体非常强壮,尽管他受教育程度低得可怜,可他天性非常狡猾。大家一致认为格兰特是社会极端危险分子,应该被关起来。

格兰特的档案被送到国家安全部人事主管面前,他正要在空白处写上"处死"字样时,突然改了主意。

在苏联境内,大量杀戮难以避免。不是因为苏联人生性残忍(尽管他们有的民族属于世界上最凶残的民族之一),而是因为杀戮是一种政策工具。对抗国家的人就是国家的敌人，国家难容敌人。百业待兴、时间宝贵，没有多余的时间留给他们这样的人，假如他们不断作恶，就会自寻死路。在这样一个拥有两亿人口的国家，每年杀死几万人不会造成什么影响。即使像在前两次大肃奸活动中，一年内数以百万的人被杀掉，也没有什么严重后果，问题倒是在于行刑者的短缺。行刑者的职业生命短暂，他们会逐渐厌倦这项工作，内心排斥杀戮。在经历过十次、二十次、一百次死亡恐惧之后，不管这个人多么没有人性，他都会被一种死亡细菌传染。许是由于长期受到死亡恐惧的影响，这种细菌会侵入他的体内，像溃疡一样吞噬着他，他会陷入抑郁，迷上酒精，一种可怕的倦怠给他的眼睛蒙上一层荫翳，让他的行动迟缓，摧毁他的精准。一旦雇主发现这些迹象，就只好杀死他再寻替身。

国家安全部的人事主管了解这一问题，知道不仅需要不断发现高级刺客，同时也要寻找刽子手。而眼前这个人貌似两种条件都符合，他对自己的技能全力以赴，并且，如果医生的话可信，他还是天生的刺客。

人事主管在格兰特的案卷上写了一段简短、尖刻的备忘录，标注"锄奸二部"后把它扔进"已签"文件栏。

锄奸局二部主管行动与执刑，接收下杜诺万·格兰特之后，为他改名为"格兰尼斯基"后入册。

接下来的两年对格兰特来说相当难熬，他不得不重回学堂，而这个学堂令他怀念原来那个散发着小男孩气味、苍蝇嗡嗡乱叫的铁皮棚里的拼木课桌，那是他对学校的唯一记忆。现在，在列宁格勒郊外的这所专为外国人设立的情报学校里,格兰特跻身于德国人、捷克人、爱沙尼亚人、立陶宛人、拉脱维亚人、中国人和不明国籍的黑人之中,面对身边一张张严肃认真、虔诚投入的面孔,看着他们飞速记着笔记的样子,他在对他来说纯属天书的课程中挣扎着。

他们的课程包括《政治基础知识》,主要讲授工党运动史、共产党运动史以及世界工业力量发展史,还讲授马克思、列宁以及斯大林理论,课程中不断出现的外国名字使他几乎无法拼读。另外还有《我们的阶级敌人》课程,包括关于资本主义和法西斯主义的讲座。他们上了好多周《策略、骚动与宣传》,更多时间花在学习少数民族族群、殖民人种、黑人和犹太人的问题上。每个月都有考试,格兰特在试卷上书写着读不通顺的废话,穿插一些忘了一半的英国历史以及错误百出的共产党口号,最终总会以撕碎试卷告终。有一次,他还当着全班人的面撕毁了试卷。

但是他坚持了下来,当他们学到《技术课程》,他的表现就好多了,他很快就能领会密码的基础,因为他求知若渴。他的联络课学得很好,瞬间便能掌握接头人、不知情信使、信使和邮箱之间的复杂关系。他在要求每一个学员在列宁格勒郊外策划并实施模拟任务的实践演习中得分很高。最后,在警惕性、谨慎度、安全意识、心理素质、勇气、冷静等测试中,他得了全校最高分。

反馈到锄奸部的年终测评对他的成绩做了以下总结——政治价值:零;实战价值:优。这正合锄奸部的心意。

第二年过去了,在莫斯科郊外库奇诺的恐怖培训与娱乐基地,几百名学员中仅剩下格兰特和其他两名外国学员。在这里,格兰特顺利通过了柔道、拳击、摄影和无线电课程,在著名的现代苏联间谍之父——阿卡迪·弗托耶夫上校的亲自监督之下,并在苏联步枪冠军尼古拉·高德诺夫斯基中校的亲手指导下完成了他的小型武器指导课。

在这一年里,在事先没有通知的情况下,国安部的汽车两次在满月之夜把他接到莫斯科的一所监狱。在那里,他戴上黑色头套,用不同武器执行处死任务——绳索、斧子和冲锋枪。在执行任务之间、之中和之后,他们对他进行了心电图、血压等一系列医学检测,不过没人告知他检测的目的与结果。

这一年过得不错,他理所应当地觉得他得到了满足。

1949 年和 1950 年,格兰特获准与行动队一起到卫星国执行一些简单任务,包括殴打与刺杀涉嫌叛国或其他罪名的苏联间谍和特工。格兰特执行任务干净利落,准确而又不露痕迹,虽然在执行过程中始终受到严密监控,他的动作没有出现丝毫偏差,也没有暴露任何心理缺陷或技术缺陷。假如在满月时要他单独执行杀人任务,情况也许会发生变化,不过他的上司们清楚在那个时候他将不受他们甚至他自己的控制,所以都会选择安全的日期派他执行任务。满月时一般只派他在监狱里执行简单的屠杀任务,而且这种任务往往被作为对他圆满完成一次冷血行动后的奖赏派给他。

到了 1951 年和 1952 年间,格兰特的作用备受官方认可。出于对他丰功伟绩的奖励,尤其是在柏林东区的工作,他被授予苏联公民资格,薪水也增加了。到 1953 年,他的薪水高达每月五千卢布。1953 年,他被授予上校军衔,退休金待遇从他与鲍里斯上校初次联络时开始累计,并且把克里米亚的别墅分给了他。他得到两名保镖随行,一半是为了保护他,一半是防止他接触到"单干"(国安部的内部说法)的机会。每个月,他都会被接到附近的监狱,尽情地屠杀。

格兰特当然没有朋友,和他接触过的每一个人都憎恶、畏惧或者妒忌他。在谨慎仔细的苏维埃官场,他连业务上的熟人都没有。不过,即使察觉到这一点,他也不会在乎。他只对屠杀对象感兴趣,他的人生的其余空间都在他心里,那里有无数令他兴奋的想法。

此外,毋庸多言,他还有锄奸局。在苏联,但凡有锄奸局撑腰的人都不需要担心有没有朋友的问题,或者说除了要操心维护好罩着自己的锄奸局的黑色羽翼,其他什么都不用担心。

当格兰特仍在恍惚中思考他在雇主心中的位置时,飞机捕捉到红光一片的莫斯科南边图什诺机场的雷达光束,开始降落。

他已经爬到了事业巅峰,现任锄奸部首席执刑官,也就意味着是全苏联的首席执刑官,他现在还有什么期望呢?继续升职?更高薪水?制服上更多金色装饰钉?更重要的任务?还是更精湛的技能?

似乎真的再没有什么可追逐的了,不然也许在别的国家有他从未听说过的哪个人,能以绝对优势把他比下去?

第四章　死亡巨头

锄奸局是苏联政府的刺杀机构,它在国内外同时执行任务。1955 年,锄奸局员工急速达到四万人。锄奸局原文的意思是"间谍之死","锄奸局"是其员工和苏联官员内部使用的名称。头脑正常的公众不敢想象自己会说到这个词。

锄奸局总部设在斯维坦卡维萨街上的一座巨大而丑陋的现代建筑里,位于宽敞、单调的大街的 13 号。巨大的双重铁门外,两名手持冲锋枪的哨兵站在宽阔的阶梯两侧,来往行人都是低头走过。但凡他们能及时想起,或者来得及调整路线,他们都会穿过马路,走到对街,避开这里。

锄奸局的命令是在二楼发布的,二楼最重要的房间是一间十分宽敞、采光又好的房间。房间是淡橄榄绿色墙石,全世界政府办公室几乎都是这种颜色,从与隔音门正对的两扇巨大的窗户可以俯瞰楼背后的院子。地上铺着绚丽的优质高加索毛毯,房间的左侧墙角处摆放了一张大橡木桌,桌上铺着红丝绒,上面压着一层厚厚的玻璃。

书桌左半边放着两个文件篮,分别标有"入""出"字样,右边放了四部电话机。

正对书桌的中线位置,垂直摆放了一张横贯房间的会议桌。围着会议桌有八把靠背红皮椅子。会议桌上铺着红丝绒,不过上面没有玻璃板,桌上摆着烟灰缸、两个水罐和玻璃杯。

墙上挂着四个巨大的镶金边的相框。1955 年,门上方挂的是斯大林的相片,夹在窗户中间的是列宁像,与另两面墙遥相呼应的是布尔加宁像(1954 年 1 月 13 日被换成了贝利亚的像)和国家安全委员会主席伊万·亚历山德罗维奇·谢诺夫将军像。

在谢诺夫将军像下方有一个书架,书架顶层摆放着马克思、恩格斯、列宁及斯大林的著作,下层书架堆满了各国语言版本的间谍、反间谍、警用技巧和犯罪学方面的书籍。书架旁靠墙摆放了一张长条桌,桌上摆放了十几本皮革装订的大开本的影集,封面上有烫金日期,这些影集收纳着被锄奸局刺杀的苏联公民及外国公民的照片。

就在格兰特夜里 11 点 30 分即将降落在图什诺机场的时候,一个相貌凶悍、身材魁梧的五十岁上下的男人正靠在长条桌前,拿起1954 年的相册翻看着。

锄奸局局长格鲁博扎博伊契科夫大将在局里被称作"G",他上身穿着干练的卡其色高领紧身制服,下身穿着藏蓝色马裤,裤子外

侧有两条细细的红杠,裤脚塞在一双柔软锃亮的骑士黑皮靴中,制
服胸前有三排奖章色带——两枚列宁勋章、一枚苏沃罗夫勋章、一
枚亚历山大·涅夫斯基勋章、一枚红旗勋章、两枚红星勋章、一枚二
十年军龄勋章以及莫斯科保卫战和攻陷柏林勋章。这些勋章下方
是象征大英帝国司令勋衔的粉灰色丝带和象征美国荣誉勋衔的红
白色丝带,在丝带的上方别着代表苏联英雄的金星。

制服高高的领口上方是一张狭长的、狡猾的脸,浓黑的眉毛下
一双圆溜溜的棕色眼睛像抛了光的大理石一般鼓出来,眼袋松垮垮
地耷拉着。他的头上刮得干干净净,一点头发楂都没有,屋顶大吊
灯照亮了发白紧绷的头皮。他的嘴巴大而严肃,下巴上有深深的凹
窝,这是一张令人望而生畏的强硬的面孔。

桌上一部电话机响起了嗡嗡的铃声,男人紧走了几步来到办公
桌后的高背椅子上坐下,拿起标有"V·CH"字样的话机听筒。
"V·CH"是俄语高频的缩写,一共只有大约五十位高级官员被接
入高频交换机,他们不是部长就是少数部门的负责人。该交换机由
克里姆林宫专门的安全官员负责操控。即便是他们彼此也听不见
通话,不过所有的通话内容都会被自动录音。

"喂?"

"我是谢诺夫。今早的常委会后采取了什么行动?"

"将军同志,常委会后我即召集外交部、情报司,当然还有国安
部开了个会。会后,如果大家一致同意行动方案,我会召集我部行
动局负责人和方案局负责人开会,考虑到可能就清洗方案达成一致
意见,我已经提前安排必要的行动人员来到莫斯科,这次我将亲自

督战,杜绝再次发生霍克洛夫事件。"

"上天保佑,别再发生那种事。第一次会后给我电话,明天一早我要向常委会报告。"

"一定,将军先生。"

G将军放下电话,按下桌上的按铃,同时打开录音机。他的贴身助理,国安部的一名上尉走了进来。

"他们到了吗?"

"是的,将军同志。"

"请他们进来。"

几分钟后,六个人依次走进门,其中有五个人穿着军装。他们几乎无视坐在办公桌后的那个男人,兀自在会议桌前坐下。他们是三位高级官员、部门负责人,每人带有一名随行助理。在苏联这个国家,没有人会独自参会,为了自身安全,同时也为了让所在部门安心,他们都会带一名见证人出席会议,以便让他的部门准确掌握会议情况,并且最重要的是了解该部门的表态意见。这对于接下来要开展的调查情况非常重要。会上不允许做笔记,会议决议都是口头传达到部门。

坐在桌尾的是斯拉文中将,他是陆军总参谋部情报局负责人,他的身旁坐着一名上校。坐在桌首的是外交部情报司的沃兹德维辛斯基,身边带着一名便衣中年男子。国安部情报局负责人尼基廷背对着门坐着,身旁坐着一名少校。

"同志们,晚上好。"

三名高级官员礼貌地低声回应,他们都清楚,而且以为只有自己知道,这个房间配有录音装置,他们没有告诉自己的随行助理,暗自决定在遵守国家纪律、服从国家需要的基础上,尽可能少说话。

"我们抽支烟。"G将军抽出一包莫斯科伏尔加香烟,用美国芝宝火机点上一支,会议桌四周响起此起彼伏的打火机咔嗒声。G将军把他的香烟捏得扁扁的,咬在上下牙齿之间在右嘴角叼着,他咧开嘴巴,开口说话,他的语句急促,从牙缝和上翘的香烟之间传出来,像是嘶嘶的声音。

"同志们,按照谢洛夫将军同志的指示,我们在这里开会。谢洛夫将军代表常委会命令我通知你们有关国家政策的一些事情,之后我们商议一下,依照这一政策制订一个行动计划。我们必须迅速做出决定,但是鉴于我们的决定事关国家的重大利益,它必须是一个正确的决定。"

G将军停顿了一下,等待大家咀嚼出这些话的分量,他挨个儿审视着在场三位高官的脸,他们面无表情地看着他。这三位重要官员的内心思潮翻滚,他们即将看到壁炉的炉膛,他们将要听到一个国家机密,而对此机密的知晓有一天可能给他们带来极其危险的后果。坐在这间安静的会议室里,他们感觉被苏联最高权力机构——常委会发出的可怕的白炽光炙烤着。

最后一截烟灰落在了G将军的衣服上,他掸了掸衣服,把烟头扔进桌边的密件垃圾筐,他又点上一支香烟,边抽边说话。

"我们计划要在未来三个月内在敌国境内开展一次万众瞩目的恐怖行动。"

六双眼神坚毅的眼睛瞪着锄奸局局长,等待着下文。

　　"同志们，"G 将军向后靠在椅子上，换上解释说明的语气，"苏联的外交政策已经进入一个新阶段，过去我们采用的是强硬政策——钢铁政策，这一政策曾经很有成效，给西方国家特别是美国制造了紧张气氛，但美国现在变得愈加危险，他们现在很神经质，我方情报显示我们正在把美国推向对苏联发动原子弹突袭的边缘。你们都看过相关报告，应该知道我所言非虚。我们不希望发生这样的战事，即便是要打仗，也应该由我们来选择开战的时间。有一些位高权重的美国佬，尤其是拉德福德领导的五角大楼里的那群人，因我们的强硬政策而得以推进他们的火炬计划(煽动叛乱计划)。因此，我国决定适时在坚持目标的同时改变我们的策略，所以就有了现在的新政策——'一手软一手硬'政策。日内瓦是这种新政策的诞生地，我们向媒体、演员和艺术家们开放我们的领土，尽管知道他们中有很多间谍。我们的领导人在莫斯科的招待会上谈笑风生，谈笑间投下史上威力最强的实验炸弹。布尔加宁同志、克拉什切夫同志和谢洛夫将军同志(G 将军仔细地说出每一个名字，以备录音)访问了印度与东方，羞辱了英国人。而当他们回国后，又与英国驻苏大使亲切会谈，商量即将对伦敦进行的友好访问。这样的事例不胜枚举——一会儿胡萝卜，一会儿大棒，一会儿微笑，一会儿皱眉，西方国家被我们弄糊涂了，刚刚放松了警惕，来不及翻脸。我们的敌人反应笨拙，他们的战略错乱无章。而与此同时，普通民众却被我们说的笑话逗得哈哈大笑，为我们的足球队叫好，又因为我们释放了几名懒得继续养下去的战犯而乐得流下口水！"

　　坐在桌旁的听众开心并自豪地微笑着，多么高明的政策！我们把西方国家狠狠地愚弄了！

"与此同时，"G将军接着说，看到由他的话引起的反应，唇边露出微微笑意，"我们要继续不动声色地推进我们的战略——推进摩洛哥革命，向埃及输送武器，与南斯拉夫交好，在塞浦路斯制造麻烦，在土耳其制造叛乱，在英国煽动罢工，从法国获取巨大的政治利益——在世界上没有哪个前沿阵地没有留下我们悄悄前进的脚步。"

G将军注意到听众们眼里闪动的贪婪，这些人放松下来了，现在该对他们严厉了。现在他们该认识到新政带给他们的责任，在这场伟大的博弈中情报部门也得发挥作用。G将军倾身向前，左肘架在桌上，举起拳头。

"可是同志们，"他语气温和，"在执行苏联国家政策的过程中哪些环节出现了错误？谁在我们需要他强硬时却一直夹着尾巴？谁在其他部门旗开得胜时连连败退？因为谁犯下的愚蠢的错误，让苏联在全世界抬不起头？是谁？"

声音越来越大，直到像是嘶吼一般。G将军自恃他已经完美地按照常委会的要求传递了谴责的信息，谢洛夫听到录音回放时，效果应该棒极了！

他把目光投向那一张张苍白、期待的脸，G将军的拳头砸向桌子。

"是苏联情报机构，同志们。"他的声音此刻变成了愤怒的咆哮，"我们是懒虫，是破坏分子，是叛徒！是我们在苏联所进行的伟大而光荣的战争中辜负了她！是我们！"他用手臂指了一圈，"我们每一个人!"他的语气平静下来,变得心平气和,"同志们,你们看看这些记录。狗日的(他骂出了农民的粗口),看看这些记录!我们先是丢了葛玲蔻,接着是加拿大整个情报机构、科学家福克斯,接着我们在美国的机构遭到清洗,然后我们失去了一些像托卡耶夫那样的人,之后就出现了霍克洛夫丑闻,接着就是澳大利亚的彼得罗夫和他老婆——糟糕透顶的一件事!这样的事情数不胜数,接二连三的失败,我连一半都没有说完。"

G将军顿了顿,接着口气极为柔和地说:"同志们,我必须告诉你们,除非今晚我们提出一个行动计划,确保打一场情报战胜仗,除非在计划获准后我们正确实施了该计划,否则我们就会有麻烦了。"

G将军思忖着最后再用一句什么话能不露声色地传递出威胁的讯息,他想出来了。"就会引起,"他停顿着,假装温和地望着大家说,"不悦。"

第五章　密谋

"农夫"们受到了鞭笞，G 将军容他们一些时间舔舐伤口，从官方指责的震慑中恢复过来。

没有人辩解，没有人为他的部门说话，也没有人历数苏联情报部门相对于区区几个过失而言所取得的数不胜数的胜利，也没有人质疑锄奸局局长传达严厉谴责的权力，他和他们一同获罪。最高领袖怪罪下来，G 将军是钦定传声筒，这对 G 将军来说是非常大的荣耀，是恩宠的象征，是即将被重用的标志。在场的每一个人都留心记下这一事实，有锄奸局做后盾的 G 将军已经爬到了情报部门的最顶层。

坐在桌首的外交部情报司的沃兹维辛斯基中将默默地望着指缝中长长的卡兹贝克香烟冒出的烟圈，忆起莫洛托夫曾私下里告诉过他，贝利亚死后，G 将军会扶摇直上。这句话并非多有远见，沃兹德维辛斯基想，贝利亚不喜欢 G，总是阻挠他的升迁，故意把他排挤到当时国家安全部的边缘部门，国安部在斯大林死后很快就被贝利亚撤销了。在 1952 年以前，G 将军一直担任该部一位负责人的助理。在这一岗位被撤销后，他接受令人敬畏的谢洛夫将军的秘密指示，倾尽全力设计推翻贝利亚，而谢洛夫将军的资历超出了贝利亚可以操控的范围。

谢洛夫，苏联英雄，经历过国安部的前世今生——契卡、格伯乌、苏联内务人民委员会和内务部，无论哪一方面都比贝利亚了不起。他曾经直接策划了 19 世纪 30 年代的集体处决，一百万人因此丢掉了性命；他曾担任大莫斯科公开审判的现场指挥；他曾在 1944 年 2 月在加拉加斯中心制造了血腥大屠杀；他设计了波罗的海沿岸国家大规模驱逐行动；他还策划绑架了德国原子弹科学家以及其他帮助苏联战后取得技术上突飞猛进的科学家。

于是，贝利亚和他的党羽走上了断头台，而 G 将军得到了锄奸局。至于伊万·谢洛夫将军，他现在和布尔加宁与赫鲁晓夫一同统治着苏联，有一天他也许还能独揽全局。不过，沃兹德维辛斯基将军瞟了一眼桌首发亮的光头暗忖，到那时 G 将军也许就会紧随其后了。

光头抬了起来，那双棕色的金鱼眼冷冷地瞪着沃兹德维辛斯基将军，沃兹德维辛斯基将军慌忙佯装镇定地投以回视的目光，目光中甚至还带了一丝赞许。

"这家伙老谋深算，"G 将军想，"我们多给他点镜头，看他在录音磁带中会有何表现。"

"同志们,"他咧开嘴,脸上堆出笑容,嘴角两边金牙时隐时现,"我们也不用太沮丧,再高的树也有被砍伐的一天。我们从来不认为自己的部门就无懈可击了,我受命向大家转告的上述信息对我们每一个人都没什么大不了的。因此,让我们积极迎接挑战,开始行动吧。"

对他这番套话,在场无人回应。G将军也没有指望会有热切响应。他点燃香烟,接着说:

"我们必须立即提出在情报界制造一起恐怖事件的建议方案,由我们中的一个部门负责实施,当然我的部门责无旁贷。"

在场的人们不易觉察地松了口气——幸好责任部门是锄奸局!这样事情就简单多了。

"不过目标的选择绝非易事,我们需要承担的集体决策责任将非常重大。"

先来软的,再来硬的,一会儿硬,一会儿软。现在球又踢回给众人。

"这可不是简单的炸大楼或刺杀总理那样的事件。那种资产阶级的马术表演不在考虑之列。我们的行动必须巧妙、周密,而且切中西方国家情报机构的要害,必须重创敌人的机构——造成一种公众不知情,仅限政府部门内部流传的隐形伤害。不过这一事件还必须造成具有轰动效应的丑闻,让全世界来嘲笑敌人的愚蠢。各国政府自然知道是我们干的,那样也不赖,那样也展示了我们的强硬政策。西方的特工和间谍也会知道,他们将被我们的谋略折服并闻风丧胆。叛徒和骚乱分子们将会因此改弦更张。我们自己的行动小组将会受到鼓舞,在我们所展示的智勇激励下更加努力工作。不过我们当然不会承认知情,苏联的百姓最好也毫不知悉。"

G将军顿了顿,望了一眼外交部情报司的代表,那人依然面无表情。

"现在我们要选定打击对象,接着选定要打击的具体目标。中将沃兹德维辛斯基同志,既然你们对国外情报工作一向采用中立的视角(这是对臭名昭著的存在于军事情报机构和国安部特务机构之间的相互猜忌的一种讥嘲),也许你能为我们分析一下形势。我们想听听你对西方情报机构重要性排序的分析,然后我们再来选出危险性最大的、最需要打击的对象。"

G将军靠在他的高背椅上,胳膊肘架在桌面上,手指交扣托住下巴,像一位等待倾听长篇报告的教师。

沃兹德维辛斯基将军并不慌张。他曾经在情报机构干了三十年,大部分时间常驻海外。他在李维诺夫担任大使时在苏联驻英国使馆做过"门童";在纽约的塔斯社工作后回到伦敦,之后又去了阿姆多尔戈——苏联驻美贸易组织;他曾在斯德哥尔摩使馆有名的柯伦泰大使麾下担任武官;他曾在苏联英雄间谍佐尔格去东方之前参与培训过他;他在战争中曾在瑞士任苏联情报机构负责人,在那里,他参与布置了曾经轰动一时却不幸遭到误用的"露西"网络;他甚至作为"红色乐团"的信使去过几次德国,还差一点和"红色乐团"一起遭到清洗。战后,他调任外交部,曾作为核心力量参与伯吉斯与麦克莱恩行动,也曾无数次参与渗透到西方国家外交部内部行动的策划中。他是一名彻头彻尾的职业间谍,他随时说得出自己打了一辈子交道的对手们的情况。

可他身边的随行助理就不那么镇定了,看到自己的部门被人质问,手头又没有现成的报告文件,他感到惶恐。他努力清空大脑,竖起耳朵,尽力记住每一句话。

"在这件事情上,"沃兹德维辛斯基将军字斟句酌地说,"不能把人和机构混为一谈。每个国家都拥有出色的间谍,倒不是说大国拥有的间谍数量最多,能力最强,只不过间谍工作代价昂贵,小国家负担不起能够带来有价值情报的多部门协调行动——伪造部门、无线电网络部门、监听部门还有情报数据分析部门。挪威、荷兰、比利时,甚至连葡萄牙都有间谍人员,倘若这些国家知道自己谍报人员情报的价值,或是能好好利用那些情报的话,他们会成为我们的心病。可是他们没有,他们往往把情报攥在自己手里奇货可居,却不把它转交给更有能力的机构。因此,我们不用担心这些小国家。"他顿了一下,"但是瑞典除外。瑞典人一直在监视着我们,他们的情报工作做得比其他波罗的海国家都强,甚至强于芬兰和德国。他们很危险,我希望能终止他们的行动。"

G将军打断他的话:"同志,瑞典的间谍丑闻已经不是新闻了,再有一条丑闻也不足为奇。请你继续。"

"意大利可以忽略不计。"沃兹德维辛斯基似乎没有在意自己的话被打断,他接着往下说,"他们精明而且活跃,但是他们对我们没有害处。他们只对自家后院——地中海感兴趣。西班牙也是一样,只不过他们的反特工作对我们是一个巨大的绊脚石。这些法西斯分子害我们失去了不少好战士。但是要对他们采取行动的话可能会让我们继续损兵折将，还不见效果。他们革命的时机尚不成熟。在法国，尽管我们已经渗透到他们绝大部分特务机关，法国二局仍然雄风不减。二局的负责人叫马西斯，是孟戴斯·弗朗斯总统选的人。他是个不错的打击目标，在法国也比较容易行动。"

"法国人只关心他们自己的事。"G 将军说。

"英国就完全不一样。我想我们大家都见识过英国情报机构的厉害。"沃兹德维辛斯基环顾四周，在场各位头一次点头表示赞成，包括 G 将军在内，"他们的安全机构非常优秀。作为一个岛国，英国在国家安全方面有着得天独厚的优势，而且他们那个情报局保安处用的都是受过良好教育、头脑灵活的人。他们的特工就更出色了，打的胜仗都是可圈可点。在一些行动中，我们总被他们抢先一步。他们的间谍很敬业。他们薪水微薄——每月只有一千至二千卢布，但是每个人都尽职尽责。这些特工在英国也没有特殊待遇，不享受税收减免政策，也不像我们有特供商店，可以买到低价商品。他们在国外的社会地位并不高，老婆也只能作为秘书的妻子生活。他们很少有人在退休前被授予勋章。但是这些男人、女人却义无反顾地坚持将这危险的事业进行到底。这着实令人费解，也许是英国公学和大学的传统使然吧，是热爱冒险的本性驱使。不过奇怪的是他们也不是天生的谋士，怎么能如此胜任?"沃兹德维辛斯基将军感到自己这番话有长敌人志气之嫌，他连忙纠正，"当然，他们的力量多半来于传说，来自苏格兰场、夏洛克·福尔摩斯以及对于特务工作的传说。这些人不足畏惧，不过那些传说的确是需要摧毁的阻力。"

"那么美国人呢?"G将军想打断沃兹德维辛斯基自圆其说的话。终有一天他的这番关于公学和大学传统的话会在法庭上回放。接下来,G将军揣测,他要说五角大楼比克里姆林宫厉害了。

"在我们的对手中,美国情报机构最为庞大,经费也最为充裕。在技术方面,诸如无线电、武器和设备方面,他们是一流的,但是他们根本就不懂行。要是有哪个巴尔干间谍声称在乌克兰有一支秘密部队,他们立马就会兴奋起来,拍一大笔钱给那支部队添置军靴。这个家伙当然马上揣上钱跑到巴黎嫖女人去了。美国人喜欢用钱开路。真正优秀的间谍并不只为钱干活——只有没本事的间谍才会这样,而美国盛产这样的间谍。"

"他们也打过胜仗,同志。"G将军幽幽地说,"你也许低估了他们。"

沃兹德维辛斯基将军耸耸肩:"他们肯定打过胜仗,将军同志。种下上百万颗种子不会连一个土豆都长不出来。我个人以为对美国人无须关注。"这位外交部情报机构的代表靠在椅背上,面无表情地掏出烟盒。

"很有意思的分析,"G将军冷冷地说,"斯拉文将军同志有何高见?"

格鲁乌(苏联陆军总参部情报局)的斯拉文将军并不想代表总参谋部表态:"我对沃兹德维辛斯基将军同志的话很感兴趣,没有什么要补充的。"

国家安全部的上校尼基廷感觉借这个机会揭露格鲁乌的无知和愚蠢应该无伤大雅,同时还可以提一条谦虚的建议,说不定就说出了在场诸位的心里话呢——况且那也是 G 将军要说的话。尼基廷上校也知道,鉴于是常务会议提出的这个要求,苏联特务机构会支持他的。

"我建议将英国特务机构列为打击对象,"他斩钉截铁地说,"倒不是我的部门把他们多当回事,而是因为他们的确是矮子里的将军。"

G 将军对此人说话的语气十分反感,尼基廷越俎代庖抢了自己的锋芒,他刚要宣布打击英国人的提议呢! 他用打火机轻敲着桌面以示权威:"同志们,大家意见一致了吗? 打击英国情报机构?"

在座的人谨慎地缓缓点着头。

"我同意。那么现在需要在这个机构里选择具体打击目标。我记得沃兹德维辛斯基将军同志提到这个组织的威力源自于传说。我们要怎样才能摧毁这一传说,从而狠狠打击该组织的气焰呢? 这个传说到底藏在哪里? 谁是英国情报机构的负责人?"

尼基廷的助手在他耳畔嘀咕了一句。尼基廷认为他能够,而且可能也应该回答这个问题。

"他是一位将军,人称 M。我们有他的简历,不过内容很少。他不好酒,年龄大了也玩不了女人。外界不知道他的存在,他的死很难构成丑闻,而且杀死他也不容易,他很少出国。要是在伦敦大街上开枪打死他可算不上高明的行动。"

"你的话信息量很大,同志。"G 将军说,"但是我们今天是要找到一个符合要求的目标。他们中有没有人是组织里的英雄? 一个备受崇拜的人? 让他屈辱地毁灭是不是能够有效打击他们的士气?

传说是建立在英勇事迹的基础上的。他们没有这样一个人吗?"

　　沉默,每个人都在冥思苦想。他们的脑子里有着无数个名字、无数份档案,每天那么多行动在世界各地进行着。英国特务机构有什么人呢? 谁是那个符合条件的人?

　　国家安全部的尼基廷上校开口打破了令人尴尬的沉默。

　　他犹疑地说:"有一个叫邦德的人。"

第六章　死刑执行令

"操你妈!"这句粗话是 G 将军的最爱。他用拳头捶着桌面:"同志,当然有一个你说的那个'叫邦德的人'。"他的语气里带着嘲讽,"詹姆斯·邦德(他发的音是'山姆斯')。可是没有人,包括我自己,想得起来这个人的名字! 我们真是好记性,难怪整个情报机构都受到批评呢。"

沃兹德维辛斯基将军感到他应该站出来维护自己和所在的部门。"苏联的敌人不计其数,将军先生。"他反驳道,"需要名字的话,我可以到索引中心去调取。我当然知道这个邦德的名字。他给我们带来很多次麻烦。不过今天,我的脑子里满是其他人名——那些今天、本周让我们头疼的家伙的名字。我喜欢足球,但我不可能记住每一个赢了迪纳摩球队球的外国人名字。"

"你很喜欢开玩笑,同志。"G 将军有意突出他这句不合时宜的话,"我们讨论的是严肃的事情。我承认自己没能记住这位臭名昭著的间谍的名字。尼基廷上校同志肯定会提醒我们,不过我记得这个邦德至少曾两次破坏锄奸局的行动。那是在,"他补充说,"我接管之前,那是发生在法国赌城的一件事。那个奇弗瑞是法国党派的优秀领导人。他不慎陷入了经济危机,倘若不是邦德捣乱,他本可以脱离麻烦的。我记得当时局里不得不迅速把他解决掉。杀手本该同时把这个英国佬也干掉的,但他却没有。还有一个案子是关于我们的一个在哈雷姆的黑人。他是一个了不起的家伙——是我们招募的最优秀的外国特工之一,背后有一张巨大的关系网。那是有关加勒比海的一个宝藏的生意,具体细节我不记得了。英国情报机构派出这个英国佬摧毁我们整个机构,还杀了我们的人,局势完全被他们扭转过来。我的前任本应坚定不移地追杀这个英国间谍的。"

尼基廷上校打断他的话:"我们也有类似经历。是关于德国人德莱克斯和火箭的事件。将军同志,想必您也记得那件事,那是一次极其重要的计划。总参谋部深深卷入其中。那是关于国家高层政策的事件,可以产生决定性的后果。但是又是这个邦德破坏了这次行动。德国人被杀了。这一事件给国家带来严重后果,之后一段时间国家陷入非常尴尬的局面,只能一点点艰难地化解。"

格鲁乌的斯拉文将军感到他得说些什么。那次火箭行动是陆军部队负责的行动,却把失误归咎于格鲁乌。尼基廷对此事了如指掌。国家安全部一如既往地在找格鲁乌的麻烦——用这种方式来翻旧账。"我们曾经请求贵部解决此人,上校同志。"他冷冷地说,

"我不记得贵部对我们的请求做出过回应。假若当时曾有回应,我们现在就不用为他而头疼了。"

尼基廷上校怒火中烧,他努力克制着自己的情绪。"尊敬的将军同志,"他用讥讽的语气大声说道,"格鲁乌的请示没有得到上面的同意,上面不想和英国继续交恶下去。也许您漏掉了这条细节。如果国家安全部接到这一要求,无论如何都会转给锄奸局采取行动的。"

"我部从未接到这样的请求,"G将军声色俱厉,"否则此人一定早就被处决了。不过,现在不是算旧账的时候,火箭事件是三年前的事,也许国家安全部可以跟我们介绍一下此人近期的活动。"

尼基廷上校与助理匆忙耳语了几句。他转过头,自我辩解地说:"我们也没有进一步的消息,将军同志。我们认为他曾卷入一起钻石走私案,那是去年发生在非洲和美国之间的事情。那件事与我们无关。自那以后,我们再没有他的消息,可能在他的案卷里会有些新东西。"

G将军点点头,他拿起离他最近的话机,那是国安部的红机子。所有线路都是直线,没有交换接入。他拨了一个号码:"是索引中心吗?我是格鲁博扎博伊斯契科夫将军。我需要英国间谍邦德的档案,立刻。"听筒那头传来"马上,将军同志"的回应。他放下听筒,威严地环顾四周:"同志们,综上所述,这个间谍似乎是符合条件的打击目标。他是我们国家危险的敌人。清除他将有利于我们情报机构的各个部门。是不是这样?"

众人表示认可。

"除掉他也会给英国情报机构带来损失。不过还有什么？能不能重创他们？能帮我们摧毁刚才所说的传说吗？这个人对他所在的部门和国家来说是不是一位英雄？"

沃兹德维辛斯基将军感觉这个问题是针对他的，他开口应答："除非他是足球明星、棒球明星或是赛马骑士。假如有人攀登上高峰或者跑步速度快，对于某些人群来说他也算是英雄，但不是大众英雄。英国女王也是英雄，还有丘吉尔。但是英国人对军队英雄不感兴趣。这个叫作邦德的人并不有名。即使有名，也不算是英雄。在英国，无论是公开战争，还是秘密战役，都不是英勇的事情。他们不喜欢战争，战后立刻就会忘记他们的英雄。在情报机构内部，这个人也许算是一位英雄，也许不是，这取决于他的外表和个人魅力。我还不太清楚。他也许脑满肠肥，令人讨厌。那么不管他有多么出色，也没人会把他当作英雄。"

尼基廷插入一句："我们抓获的英国间谍对此人评价很高。在情报机构内部，他的确备受推崇。据说他属于独狼类型，而且是一只英俊的独狼。"

内线电话嘤嘤响起，G将军拿起听筒，倾听片刻后应答道："拿进来。"敲门声响起，一名助理拿着厚厚的一个牛皮纸袋走进来。他走进房间，把文件放在将军面前的桌上走了出去，把门轻轻带上。

档案的封皮是黑色亮皮的，一条白色粗杠从右上角延伸到左下角。左上首印着"S. S."白色字母，下方印有"绝密"字样。封皮正中印着白色的"詹姆斯·邦德"字样，下面标注"英国间谍"。

G将军打开文档，拿出一个装满照片的大信封，把里面的照片倒在玻璃台面上。

他一张张拿起照片,仔细端详,用抽屉里的放大镜看了又看,然后把照片递给偷眼张望的尼基廷。尼基廷看完以后继续传给大家看。

第一张照片显示的日期是1946年。照片上一个皮肤黝黑的青年坐在洒满阳光的咖啡厅室外的桌子边。桌上放着一只高脚杯和一根苏打水吸管。他的右手臂搭在桌上,右手不经意地在桌边耷拉着,指间夹着一支香烟。他的双腿以英国人独有的方式交叠——右脚踝搭在左膝上,左手握着右脚踝。这是一个无意识的动作,此人没觉察到当时有人在二十英尺之外对着他拍照。

另一张照片摄于1950年,是半身照,虽然有些模糊,但却可以看出是同一个人。这是一张近照,照片中邦德正眯着眼入神地盯着镜头上方看,也许是在看拍摄者的脸。G将军猜想这可能是别在扣眼上的针孔式相机拍的。

第三张照片摄于1951年,这是一张从左侧拍的近照。照片上是一个身着深色西装的男子,没有戴帽子,走在空旷的街道上。他正路过一个挂着"熟食店"招牌的关闭了百叶窗的店铺,似乎正匆忙赶路。棱角分明的侧脸朝着正前方,右手臂弯曲着,可以看出他的右手放在上衣口袋里。G将军估计这张照片是在车里拍的。他感到这个男人决绝的表情和他有意倾斜的步履透出危险的信号,仿佛他正赶往街那头什么祸事的现场。

第四张照片是最后一张,照片上标注着"壮年,1953"。照片的右下角盖有皇室印章,留在照片上的一角上能看出"……交部"的字样。照片放大到六英寸,像是邦德在海关或是酒店前台出示护照时拍摄的。G将军用放大镜仔细端详着他的脸。

这是一张黝黑的脸,胡须刮得很干净,右脸下方有一道三英寸的白色疤痕。浓黑的剑眉下一双眼睛细长而端正。黑色的头发左边偏分,随意地梳过,一绺黑色头发落在右边眉毛上像一只浓黑的逗号。他的鼻梁笔直狭长,人中不长,唇线宽阔,唇部线条优美,但却显得残忍。他的下巴坚挺。照片上露出一部分黑色西装、白衬衫和黑色丝织领带。

G将军伸直胳膊举着照片看。果断、无情是他能从这张脸上看出的特点。他不在乎这个人还有其他什么特点。他把照片传给众人,拿出档案,匆匆翻阅着。

照片又传了回来。他用手指撑住案卷页,抬了一下头。"这似乎是个不好对付的家伙。"他严肃地说,"他的事迹证实了我的判断。我来读几段给你们听听,然后我们就得做出决定。时候已经不早了。"他翻回第一页,挑出自己印象深刻的片段读给大家听。

"名:詹姆斯;身高:183厘米;体重:76公斤;身材瘦削;眼睛:蓝色;头发:黑色;右脸颊和右肩有伤疤,左手背有整形痕迹(见附件A);擅长各类运动;神枪手;拳击手;飞刀手;不用伪装;外语:法语和德语;烟瘾大(注:有三道金环的特制香烟);弱点:嗜酒但不过量,喜欢女人。判断不会接受贿赂。"

G将军翻过一页,继续读:"此人左臂下方的皮套里总是藏着一只点二五口径的贝雷塔自动手枪,弹匣里有八发子弹。据说他的左臂下方绑有一把刀,他穿着金属头的鞋子,会柔道基本动作。总之,他很耐打斗,对疼痛具有相当的耐受力(见附件 B)。"

G 将军又翻了几页特工提供的材料,翻到记载邦德参与的案件细节的附录前的最后一页。他扫了一眼最下面的文字,念道:"结论为此人系危险的恐怖分子、间谍。自 1938 年起为英国情报机构工作至今(见 1950 年 12 月哈斯密斯案卷),机构内部代号'007'。两个零表示该特工曾经杀过人,并且有权在执行任务时杀人。据悉,一共只有三名特工拥有这样的权利。这名间谍曾在 1953 年被授予圣乔治同胞勋章,这一荣誉一般只授予即将退役的特工。这充分证明了此人的价值。若在实战中遭遇此人,必须向总部报告所有细节(参见国家安全部锄奸局及格鲁乌 1951 年起生效的命令)。"

G 将军合上档案,毅然决然地拍着案卷封面:"同志们,大家意见一致了没有?"

"同意。"尼基廷上校大声回答。

"同意。"斯拉文将军兴致不高地应着。

沃兹德维辛斯基将军盯着自己的手指,他憎恶杀戮,他曾在英国生活得不错。"同志,"他说,"我认为可以。"

G 将军的手伸向内线话机,他要打给助理。"死刑执行令,"他严厉地说,"针对詹姆斯·邦德,"他逐个字母拼出邦德的名字,"描述:英国间谍;罪行:国家敌人。"他放下听筒,在椅子上坐直,"现在我们需要制订出一个周详的计划,一个只许成功不许失败的计划!"他冷笑道,"霍克洛夫事件不可以重演。"

门开了,助理拿着一张艳黄色的纸走了进来,他把纸放在 G 将军面前,走了出去。G 将军扫了一眼纸片,在下方空白处批示"格杀。格鲁博扎博伊契科夫"。他把纸片交给国家安全部的人,国安部代表阅批"杀掉他。尼基廷",之后递给格鲁乌代表,格鲁乌代表批示"杀掉他。斯拉文",一名助理将纸片传给外交部安全司代表身边的便衣,便衣将纸片呈给沃兹德维辛斯基将军,并递给他一支笔。

沃兹德维辛斯基将军仔细研读纸片上的内容,他缓缓地抬眼望了望G将军,G将军的双眼正在凝视着他的动作。他看也不看地在众人签名下方草草地写下"杀掉他",并写上名字,然后,他抽回双手,站起身。

"可以结束了吗,将军同志?"他把椅子向后推了推。

G将军很高兴,他的直觉是对的,他得派人监视此人,并且向谢洛夫将军报告自己对他的疑心。"等一下,将军同志,"他说,"我还要加一句话。"

纸片又被送回来,G将军拿出笔,划掉刚才自己的批示,写一个字念一个字。

"让他屈辱地死去。格鲁博扎博伊契科夫。"

他抬起头,笑眯眯地望着大家:"同志们,谢谢你们,会议到此结束。我将向各位转达常委会的决定,晚安。"

众人退去。G将军站起身,伸了个懒腰,大声打了个哈欠,他又坐回桌前,关上录音机,招来他的助理。助理走进门,站在桌前。

G将军把黄色纸片递给他:"立即把它交给谢洛夫将军。找到克朗斯蒂恩,开车送他过来,不管他是不是睡下了,他必须到场。国际联络部二处知道他在哪里。另外我将在十分钟后见克莱勃上校。"

"是，将军同志。"助理离开房间。

G将军拿起标有"V·CH"的话机，要求与谢洛夫将军通话。他悄悄说了五分钟话，最后说："我将把任务交给克莱勃上校及总策划克朗斯蒂恩，我们将一同商量个大致计划，让他们明天交给我具体的行动方案。这样可以吗，将军同志？"

"可以。"电话里传来常委会的谢洛夫将军低沉的声音，"干掉他，要做得干净利落，常委会早上会批准这一决定。"

电话断了，内线电话响了，G将军拿起听筒说了声"进来"后放下听筒。

片刻之后，助理打开大门，站在门口。"克莱勃上校同志到。"他宣告道。

一个身穿橄榄绿军装的身影走进房间，军装上别有红色缎带列兵勋章，她迈着碎步来到办公桌前。

G将军抬起头，指了指会议桌旁最近的一把椅子："晚上好，同志。"

那张短肥的脸顿时笑容灿烂："晚上好，将军同志。"

锄奸局特别行动处国际联络部二处负责人，撩起裙子坐下。

第七章　寒冰巫师

双面钟的两面从亮闪闪的穹顶钟盒内俯瞰着棋盘,像巨大海怪的双眼窥探着棋局。

象棋时钟的两面显示着不同时间,克朗斯蒂恩的那一面显示差五分钟到一小时,长长的红色钟摆来回摆动读着秒;而对方的时钟一声不吭,钟摆也一动不动。可是马哈罗夫的钟显示的是 12 点 55 分。他在这局比赛中浪费了时间,现在就只剩下五分钟。他的时间很紧张,看来他这局输定了,除非克朗斯蒂恩神经错乱走错棋,这显然是不可能的。

克朗斯蒂恩腰板挺直地坐在那里一动不动,像一只鹦鹉似的故作高深莫测的样子。他两手抱拳,夹住两腮,手臂撑在桌上,托起那颗硕大的脑袋,噘起的嘴巴被挤作一团,一副傲慢、目空一切的样子。他的眉宇很宽,眉骨凸起,黑色的眼睛斜望着即将获胜的棋局,表情异常平静。然而,在平静的外表下面,他的脑子里血脉贲张,右边太阳穴处一根粗粗的静脉血管爬虫一般暴起,以每分钟九十次以上的速度跳动。在过去的两小时十分钟里,他所流的汗已经让他的体重减轻了一磅,对于走错棋的畏惧一直扼住他的咽喉。只是在马哈罗夫和观众们看来,他依然是"寒冰巫师"。这一局比赛堪比人吃鱼的过程,先是去皮,然后剔骨,最后把鱼吞下。克朗斯蒂恩已经连续两年荣获莫斯科象棋冠军,现在正在进行第三次卫冕决赛,假如获胜,他就有资格问鼎特级大师了。

隔离开的棋盘四周一片寂静,只听见克朗斯蒂恩的棋钟秒针走动的声音。两位裁判坐在高高的椅子上一动不动,他们和马哈罗夫都很清楚,马上就要见分晓了。克朗斯蒂恩使用了一个弃王前兵开局的变招,马哈罗夫针锋相对,直到第28步。他在那一步上浪费了时间,可能还犯了错误,也许第31步和33步也走错了。谁能说得准?这场比赛够全国讨论好几个星期的。

锦标赛对面的观众席传来一声叹息,克朗斯蒂恩不慌不忙地松开右手的拳头,伸直手臂。接着,他的拇指、食指张开,像一只粉红螃蟹的钳子,然后落下,抓起一只棋子,向前走,转向,落下。之后,他的手又缓缓地托住腮。

观众一阵骚动,他们看见在那张巨大的棋盘上,第41步正复制刚才的步伐,一块三英尺见方的板子在移动。R – KT8,这一步必杀!

克朗斯蒂恩不紧不慢地伸出手按下棋钟底部的拉杆,他的计时钟停了,显示时间为四十五分钟。与此同时,马哈罗夫的钟摆轰然作响。

克朗斯蒂恩坐回椅子上，双手平放在桌上，冷冷地望着对面那张汗涔涔的耷拉下去的脸。他太清楚对面这个男人的心情了，因为他也曾失败过，感受过那种像是被梭镖钉在地上的鳗鱼一样痛苦扭曲的心情。马哈罗夫，格鲁吉亚的冠军棋手。明天，马哈罗夫将军可能就要回格鲁吉亚，他不会再出门，至少今年，他和家人不会再来莫斯科。

一个便衣男子猫腰钻过绳索，对裁判耳语了几句。他递给他一个白色信封，裁判摇摇头，用手指了指马哈罗夫的棋钟，上面显示还差三分钟到一小时。便衣男子小声说了句话，裁判快快地颔首，他按了一下手钟。

"克朗斯蒂恩同志，您有一封紧急的私人信件，"他对着扬声器说，"比赛暂停三分钟。"

大厅里一片哗然，尽管马哈罗夫规矩地把视线从棋盘挪开，一动不动地坐在那里凝视着天花板，但观众们知道这棋局已经刻在他的脑海里，三分钟的暂停等于为马哈罗夫多争取了三分钟。

克朗斯蒂恩感到一阵烦躁，不过在裁判走下椅子递给他一个未写字的信封时，他面无表情。克朗斯蒂恩用拇指撕开信封，从里面抽出一张未落款的纸，纸上印刷体的笔迹他再熟悉不过了，上面写着"即来"，没有签名页没有地址。

克朗斯蒂恩合上那张纸，仔细地收进上衣口袋，随后他会把它拿出来销毁。他抬起头看了看站在裁判身边那个便衣男子的脸，那双眼睛正急迫地、命令地望着他，见他们的鬼去吧，克朗斯蒂恩思忖着。只差三分钟了,他不会放弃的,那太不可思议了。这样做是对这次人民运动的侮辱,当他示意裁判比赛可以继续时,他的内心在战栗,便衣男子仍站在隔离带里,一动不动,他不敢直视他的眼睛。

铃响了,比赛继续。

马哈罗夫缓慢地低下头,他的棋钟指针显示已经过了一小时,而他还没有输。

克朗斯蒂恩内心继续颤抖着,他刚才的所作所为在锄奸局或者其他任何一个政府部门的员工中是闻所未闻的,他肯定会被举报,公然玩命、渎职,会有什么后果呢?最轻的后果是被 G 将军训斥一顿,档案里有一个污点。最糟糕的呢?克里朗斯蒂恩不敢去想,他不愿意去想,无论怎么样,胜利的甘甜在他口中已经变得苦涩。

现在要结束了,马哈罗夫的棋钟上只剩下五秒钟,他微微抬起头,闪烁的眼神与对手噘着的嘴唇齐平,他急促低下头,行了一个正式投降的礼。裁判按了两次铃,人群起身,全场掌声雷动。

克朗斯蒂恩起身依次向对手、裁判和观众鞠躬示意。随后,他带着便衣男子,钻出绳圈,生硬粗暴地挤出喧嚣喝彩的人群来到出口处。

赛场外面,宽阔的普希金广场中央,照旧停着一辆没有牌照的黑色 ZIK 轿车。克里斯蒂恩钻进后排座位关上门,便衣男子刚一登上前门,把自己塞进前排座位,司机就加速换挡,汽车风驰电掣般呼啸而去。

克朗斯蒂恩明白向便衣男子抱歉是浪费口舌,也是违纪行为。他毕竟是锄奸局策划部负责人,名誉上校级别,他的头脑对组织来说价值连城。兴许他能想出给自己解围的办法,他望向窗外黑黢黢的街道,街上湿漉漉的,已经被夜间清扫队打扫过,他集中思想考虑他的辩词。眼前出现了一条笔直的马路,路尽头能看见月亮从克里姆林宫那些洋葱般的楼宇顶端穿梭而过。他们到了目的地。

士兵把克朗斯蒂恩交给助理,同时递给他一张纸,助理瞟了一眼纸片,眉毛微微抬起,冷冷地打量着克朗斯蒂恩。克朗斯蒂恩一言不发地与他对视,助理耸耸肩,拿起电话,通报他的到来。

他们走进大厅,克朗斯蒂恩按照示意在一张椅子上坐下,向对他努嘴一笑的克莱勃上校点头示意。助理走到 G 将军面前,递给他那张纸,将军看完纸片,严厉地望向克朗斯蒂恩。助理走向门口,离开,将军继续望着克朗斯蒂恩。门关上以后,G 将军开口轻轻地问:"嗯,同志?"

克朗斯蒂恩很淡定,他知道自己的辩解会有效果,他平静而坚定地说:"对于公众来说,将军先生,我是一名职业象棋手。今晚我刚刚连续三年蝉联莫斯科象棋冠军,假如在比赛结束前三分钟我接到通知说我老婆正在赛场外被人杀害,我也不会去救她。我的观众知道我的想法,他们和我一样对比赛全心投入。今晚,如果我刚才接到通知就放弃比赛立刻赶来,五千多名观众就会知道,只有一种可能,就是像我们这样的部门发出了命令。那样会造成谣言四起,到处议论纷纷,我以后举手投足都会受到监控,我的假身份就会彻底暴露。出于对国家安全利益的考虑,我耽搁了三分钟才执行命令。即便如此,我的仓促离席也会被人猜测议论,我得编个理由说我家孩子病得很重,我还得安排一个孩子入院一周来证明我的话。

我对没有及时执行命令深表歉意,但是这是一个艰难的决定,我的所作所为是为了尽力维护组织利益。"

G将军若有所思地望着那双上挑的黑眼睛,这个人有罪,但是他的辩白却很堂皇。他又看了一下手中的纸片,似乎在权衡罪行的严重性,然后拿出打火机,烧掉纸片。他把燃烧着的最后一角丢在办公桌的玻璃台面上,把灰烬吹向地面。他一直没有表态,不过烧毁证据是克朗斯蒂恩最关心的事情。现在,他的档案干净了,他如释重负,满怀感激,他将会全力以赴执行下一个任务。将军刚才展露了极大的宽容,克朗斯蒂恩将用全部心智来回报。

"把照片拿过来,上校同志。"G将军说,仿佛刚才短暂的军事法庭的一幕没有发生过一般,"事情是这样的……"

那么这又是要杀人了,克朗斯蒂恩想。将军说话的当儿他仔细端详那张放大了的护照片上黝黑冷酷的脸,照片里那双眼睛凝视着他,克朗斯蒂恩一边心不在焉地听着将军的话,一边提炼着关键词——英国间谍、需要制造丑闻、不留苏联痕迹、职业杀手、喜欢女人(那就不是同性恋,克里斯蒂恩想)、不计代价、可以动用所有情报机构的资源、三个月内完成、现在拿出大致计划、之后商议细节。

G将军严苛的目光投向克莱勃上校。

"你的第一反应是什么,上校同志?"

女人正在低头凝思,听到问话,她身体坐直,望着桌那边的将军,方方正正的无框眼镜镜片在吊灯灯光下闪亮着。她开口表达自己的看法,苍白潮湿的嘴唇上下翻动,嘴唇上方一层绒毛被尼古丁熏得发黄。在克朗斯蒂恩的眼里,桌对面这张脸,嘴唇机械地一开一合让他想到木偶发出的急促而含糊的声音。

那个声音嘶哑、平淡:"……有点像斯托曾伯格的案子,你记得吧,将军先生?此事不但涉及杀人,还事关破坏名誉。在那个案子中,事情相对简单易行,那个间谍本身就是个变态,假如你记得……"

克朗斯蒂恩不再听下去,他对这些案子都了如指掌,是他亲手策划了大部分行动。这些案件像棋局一样,都已在他的脑海里存档。他关闭听觉,仔细打量着眼前这个可怕的女人的脸,暗暗揣测她还能坚持多久——他还得和她共事多久。

可怕?克朗斯蒂恩对人不感兴趣——连自己的孩子也不例外,在他的字典里,没有"好""坏"之分。对他来说,所有人都是棋子,他只关心他们对其他棋子活动的反应。为了预测他们的反应——那是他的大部分工作内容,你必须明白他们的个性特点。他们的基础本能是不会变的,自我保护、性取向以及群居本能——以此为顺序。他们的性格可能乐观、冷漠、暴躁或忧郁,一个人的气质基本上能决定他的情感强度。性格很大程度上取决于出身和教养,无论巴甫洛夫和行为学家们怎么说,还取决于其父母的性格。当然,人们的生活和行为也会受到客观条件的限制。

克朗斯蒂恩以这些基本分类法为基础,用他冷静的头脑分析坐在桌对面的这个女人。这是他第一百次分析她了,可是既然他们还要共事好多个星期,最好还是常忆常新,以免在他们的合作过程中被人性的突然侵入扰得措手不及。

诚然,罗莎·克莱勃求生欲望很强,不然她也不会成为全国最

有权力的女人之一,而且毫无疑问是最令人生畏的。克朗斯蒂恩记
得,她的升迁始于西班牙内战。那时候,作为打入马克思主义联合
工党内部的双料间谍——即同时服务于莫斯科的苏联秘密警察及
西班牙的共产主义情报机构。据说,她曾是她的上司——著名的安
德烈·宁的左膀右臂,以及某种意义上的情人。她于1935至1937
年间在他手下工作,后来,在莫斯科的授意下,他被人谋杀。据说,
是她干的。无论消息是真是假,自那以后,她就一直稳步向上爬,熬
过了种种挫折。战争中因为她从不站队,所以也躲过了多次清洗运
动。最终,1953年在贝利亚死后,那双沾满鲜血的手抓住了距离权
力阶梯顶端很近的一条路,成了锄奸局特别行动处国际联络部二处
负责人。

克朗斯蒂恩觉得,她的成功多半归功于她的第二大本能——性
本能的独特特性。因为罗莎·克莱勃无疑是属于最罕见的性别类
型——她是一个中性人。克朗斯蒂恩对此很确定。男人,还有女人
的那些故事都太具体,令人难以生疑。生理上她也许喜欢那种行
为,但是对于性器官她毫不在意。对她来说,性欲不过是一种瘙痒,
她这种心理、生理上的中性意识为她免除了太多人类情感和欲望。
中性取向是冷漠的核心,这是一种难能可贵的禀赋。

在她身上,也失去了群居的本性。她对权力的渴望让她成为狼
而不是羊,她是一个独行侠,但却从不寂寞,因为有人陪伴的温暖她
根本不需要。而且,从个性上说,她应该是冷漠型——无动于衷、耐
疼痛、动作迟缓。懒惰应该是她的劣根性,克朗斯蒂恩想道,她可能
早上难于从温暖舒适的床上爬起来。在她的休闲时间,不穿制服的

日子里,她较为隐私的一面应该不会招人待见。克朗斯蒂恩咧了咧嘴,在他的脑海中,直接省略对她性格的分析——她的性格无疑是狡猾、强硬的。他开始研究她的外表。

罗莎·克莱勃今年应该快五十岁了——他按照西班牙内战的时间推算。她不高,大约五点四英尺,身材粗壮,脖子和胳膊短粗。卡其色长筒军靴里包裹的小腿对女人来说也实在太粗。鬼知道她的胸是什么模样,不过看那一坨堆在桌上的东西,像一个胡乱装满肉的口袋,再看看她,那肥硕的梨形臀部,只能让人联想到一把大提琴。

法国革命期间经常前去观看公开行刑的女人们一定就是这副模样,克朗斯蒂恩靠在椅背上头,微微侧着身想。她那稀疏的橙色头发向后梳成一个紧紧的令人恶心的发髻;黄棕色的眼睛,透过四方四正的镜片冷冷地望着 G 将军;她那涂了厚厚一层粉仍然毛孔粗大的鼻翼、湿漉漉的嘴巴,像被埋在下巴下的电线操纵着似的一开一合。那些守着断头台一边织着毛衣一边闲聊的法国女人,一定也有她这样苍白、厚实的鸡皮肤。眼角、嘴巴和下巴上打着皱,一定也长着一对肥大的农民的耳朵,还有一双结实得像棒槌一样带肉窝的手。那双手此刻正放在那一堆乳房两旁,紧紧地抓着桌上的红丝绒台布。那些法国女人的脸上一定也和眼前这位一样带着一副冷漠、残忍、坚定的表情,克朗斯蒂恩不得不对这位锄奸局的女人使用这个带有感性色彩的词——"可怕"的女人。

"谢谢,上校同志,你的分析很有价值。那么,克朗斯蒂恩同志,你有什么要补充的吗?请尽量简短,现在是 2 点,我们今天任务很重。"G 将军因为压力和疲倦而充血的双眼一眨不眨地望着对面高高的额头下那双深邃的棕色眼睛。没必要提醒这个人说话简短,克朗斯蒂恩从来不是个多言的人,而他所说的每个字都胜过其他人的长篇大论。

克朗斯蒂恩已经下了决心,不然他不会长时间地把注意力放在这个女人身上。

他缓缓地仰起头,凝视着天花板,他的声音非常温和,但却带有那种引起所有人注意的威严。

"将军同志,有一个名叫富歇的法国人,从某种意义上说算是您的前任,他曾说过,如果不能毁了一个人的名声,那么杀人无益。杀掉这个叫邦德的人,当然易如反掌,花钱随便找一个保加利亚杀手就能办到,只要给他正确的指令。行动的第二部分,也就是摧毁此人的意志,是更重要也是更困难的事情。目前我觉得此事必须在英国本土之外的地方进行,在一个我们可以控制其媒体的国家。假如你问我怎样能让那个人去这个国家,我只能说假如诱惑足够大,而且猎物非此人出马擒获不可,他就会接受指令不远万里赶去抓捕。为了不引人怀疑,我建议诱饵必须不同寻常,有一些奇特的意味。他们会把奇特的诱饵当作挑战,依我对他们的心理分析,他们会派出这个重量级特工抓捕诱饵。"

克朗斯蒂恩停顿了一下,他低下头,视线刚好越过 G 将军的肩膀。

"我会设计一个这样的陷阱,"他漫不经心地说,"目前,我只能说假如诱饵成功地吸引了猎物,我们才可以着手找一个英语娴熟的刺客。"

克朗斯蒂恩的视线落到面前的红丝绒桌布上,他若有所思地,仿佛那是问题核心似的,补充一句:"我们得找一个信得过的、非常美貌的姑娘。"

第八章　美丽的诱惑

坐在她的单间寓所的窗边，眺望着 6 月里黄昏的祥和宁静，看到那第一缕日落的霞光映射在对街的窗玻璃上，还有远处教堂洋葱般的屋顶矗立在莫斯科高高低低的楼群中，国家安全部的塔蒂安娜·罗曼诺娃感到前所未有的幸福。

她的幸福概念并不浪漫，幸福与初涉爱河的狂喜无关——在第一滴苦涩眼泪之前的那些日子，这是一种安逸的幸福感。那种能够自信地展望未来的幸福，被身边的点滴细节渲染着的幸福。下午丹尼金教授对她的赞美，电炉上美味晚餐的香味，电台正在播放的由莫斯科国家交响乐团演奏的《鲍里斯·戈都诺夫》歌剧的前奏曲。尤其是，漫长的冬天和短暂的春天都结束了，现在迎来了美好的 6 月。

她的小房间位于萨多维亚·车诺哥里亚茨凯街头的一幢现代

建筑里,那里是国家安全部门的女员工宿舍。这座精美的八层大楼共有两千个房间,是由囚犯建造,于1939年完工的。其中一部分房间同她在三楼的房间一样,只配有电话、冷热水、电灯,与其他房间共用浴室和厕所。其他在最上面两层的房间是两间或三间套房,有独立浴室,那些房间是给女性高级官员准备的。房间是严格按照级别从上到下分配的,罗曼诺娃下士必须一级一级从中士干到中尉、上尉、少校、中校,最后才能住上八楼的上校房间。

不过说心里话,对于现状她已经很满足了,每个月能领到一千两百卢布薪水(比其他任何一个市的平均工资高出了百分之三十),有自己的房间,在大楼底层特供商场能买到低价食品和衣物,部里每月至少发两张芭蕾舞剧演出票,每年两周带薪休假。最重要的是,这在莫斯科是一份前景光明的稳定职业——不是在那些无聊的省会城市,面对着日复一日、年复一年千篇一律的景物,偶尔有一部新电影上映或巡回马戏表演足以让全城空巷。

当然,在国家安全部任职也要付出代价,那一身制服让你与世隔绝。人们会惧怕你,这让多数女孩无法适应,而且你只能与国家安全部的其他男女员工为伍,等到时机成熟,你得和部里的人结婚才可能留在部里。此外,他们个个都是工作狂——从早上8点工作到下午6点,一周五天半,中午只有四十分钟去食堂吃饭的时间。不过午餐相当丰盛,这样晚餐就可以简单一点,把钱省下来留着买一件貂皮红大衣,换下身上这件穿旧了的西伯利亚狐皮大衣。

想到晚饭,罗曼诺娃下士离开窗边的椅子,走去查看炉子上炖着的那锅浓汤,汤里只有一点点肉末和蘑菇粉,那就是她的晚餐。

汤已经快炖好了，香气扑鼻，她关上电炉，让汤在炉子上焖一会。这个时间她用来洗漱准备，这是从小家人教给她的习惯。

擦手的时候，她在洗脸池的椭圆形的大镜子前端详着自己。

曾有一个前任男友说她长得像葛丽泰·嘉宝年轻的时候，一派胡言！不过今晚她确实看上去挺美，一头绸缎般的乌发向后梳着，及肩处微微上翘（嘉宝曾经梳过这种发型，罗曼诺娃下士承认自己是在模仿）；她的皮肤娇嫩白皙，脸上有一层乳白色光泽；她眉心较宽，平直的眉毛没有任何修饰，一双湛蓝的眼睛非常端正（她先后闭上两只眼睛，啊，她的睫毛可真长啊！）；鼻翼笔直而高贵——接下来看到嘴巴，嘴巴怎么样呢？太大了点吗？她笑的时候一定很大，她望着镜中的自己笑了，是的，嘴巴很大，不过嘉宝的嘴巴也不小。至少她的嘴唇饱满，唇线优美，嘴角也始终带着笑意，没有谁会说这是一张冷酷的嘴巴！而她的瓜子脸，太长了点吗？下巴是不是太尖了一点？她转过头去看自己的倒影，转头时浓密的头发向前一甩，遮住了她的右眼，她只好把它梳回去。嗯，她的下巴有点尖，不过不算太尖，她又转过身面对镜子，顺手拿起梳子梳理那一头浓密的长发。她的长相无懈可击，不然不会有那么多男人夸她美了——更别说姑娘们总是找她寻求美容建议。不过要说像电影明星——还是著名影星葛丽泰·嘉宝，还是别开玩笑了！她对着镜子做了个鬼脸，走去吃晚饭。

事实上，塔蒂安娜·罗曼诺娃下士的确是个美女，不仅仅是脸蛋漂亮，她身材高挑挺拔，姿态优雅。她曾在列宁格勒的芭蕾舞学校培训过一年，后来因为个子超过规定的五点六英尺而被迫放弃舞蹈这一职业。芭蕾舞学校教会了她如何保持优雅的姿势。出于对花样滑冰的热爱,她常年在发电机冰场练习滑冰,并且已经入选第一支发电机女子滑冰队,因此她看上去十分健康。她的两臂和胸部十分完美,完美主义者也许会挑剔她的臀部,那里肌肉太结实,以致失去了女性特有的圆润、下坠的曲线,变得像男人一样两侧扁平中间凸出。

仰慕罗曼诺娃下士的可不仅限于国家安全部索引中心英文翻译部。大家都认为过不了多久就会有高级官员遇到她,不由分说地把她从现在这个低微的岗位抽调去当他的情人,或者干脆做他的妻子。

姑娘把浓汤倒进一只小瓷碗,瓷碗边像是狼群追赶一只雪橇的图案,她掰了一些黑面包碎块放进汤里,走去坐在窗边的椅子上,用一把锃亮的漂亮汤匙舀起汤细细啜饮。这把汤匙是几个星期前她在莫斯科酒店一个同性恋晚会后偷偷塞进包里的。

吃完了晚饭,她收拾好餐具,又走回来坐下,点起今天第一支香烟(在俄罗斯,正经姑娘都不会在公众场合抽烟,除非在饭店里,假如她在工作场所抽烟,会被立刻开除的)。她颇为不耐烦地听着收音机里播放的一支土库曼斯坦乐队演奏的低沉呜咽的怪调,他们总要播放这种讨厌的东方玩意儿,就为了取悦某个偏远的野蛮国家的富农。他们为什么不能演奏一些有文化有情调的曲子呢?比如现代爵士乐或古典音乐。这种曲子令人恶心,更糟糕的是,过时过气。

电话铃突然响起来,她走过去关上收音机,拿起听筒。

"是罗曼诺娃下士吗?"

是她喜欢的邓尼金教授的声音,可是一般在下班时间他都叫她塔蒂安娜或者干脆塔妮娅,今天这是怎么了?

女孩紧张地睁大了双眼:"是我,教授同志。"

电话那头的声音陌生而又冷漠:"十五分钟以后,也就是8点30分,锄奸局二部的克莱勃上校同志要见你,在你们宿舍八楼,听清楚了吗?"

"可是,同志,为什么? 是什么……什么?"

她喜欢的教授用一种奇怪的、不自然的声音打断了她。

"就这样,下士同志。"

女孩将听筒从耳畔拿开,她瞪大了眼睛慌乱地望着听筒,仿佛能从黑色的听筒上那些小洞里挤出更多信息。"喂! 喂!"话筒没有任何反应。她感到自己的手和小臂因为用力过度而疼痛,她缓缓地弯下腰,把话机放下。

她愣了一会儿,一动不动地呆望着黑色的电话,她应该拨回去吗? 不行,这不可能。他刚才那样说话是因为他和她都知道,进出这栋大楼的每一个电话都会被监听并录音,所以他才没有说一句废话。这是国家的任务,传达这样的信息时,你应该尽快转告,语言越简练越好,然后把自己撤出来。你已经把这张可怕的牌发出去了,你已经把那张方片传给别人,这样你的手就干净了。

女孩把手指关节塞到嘴里咬着,瞪着话机看,他们找她做什么?她干了什么? 她绝望地回想,回忆过去的每一天、每个月、每一年,她在工作中出了什么可怕的错误被他们发现了吗? 她说过什么叛国的话了吗? 或者是说了叛国的玩笑话被人举报了? 这很有可能,可是是哪一句话呢？什么时候说的？如果说错了话，她当时会有一阵犯罪感或者恐惧感。她的良心是清白的，是吗？刹那间，她想起来了，她偷的那把勺子，是那个吗？政府财产！她现在就把它扔出窗外，扔到远远的这边或那边。但是，不对，不可能是勺子，这也太鸡毛蒜皮了。她无奈地耸耸肩，手落下来。她站起身，走到衣柜，拿出她最漂亮的制服，眼里像孩子一样满是恐惧和疑惑的泪水。不可能因为刚才那些事情，锄奸局不会为了那种事抓人，一定是更严重的事情。

女孩泪眼婆娑地望了一眼手腕上廉价的手表，只有七分钟了！又一阵恐慌向她袭来，她用手抹了一把泪水，从衣架上扯下她的仪仗队军装，无论如何，不能因为迟到而罪加一等！她用手撕扯着白色棉衫的纽扣。

在她穿衣打扮的时候，她的脑海里继续寻找着答案，像一个好奇的孩子用棍子捅蛇洞一样，不管她从哪个角度捅那个洞，都会听到愤怒的嘶嘶声。

暂且不论她犯了什么罪，和锄奸局任何一个部门联系都是要万分小心的，这个机构的名字本身就令人厌恶、避之不及。锄奸局——"间谍之死"，这是个肮脏的字眼，来自坟墓的词，死神的耳语，一个甚至朋友之间的悄悄话都不会提及的词。在这个可怕的机构里，锄奸二部——酷刑和死亡的部门，是最为可怕的地方。

锄奸二部的头儿，那个女人，罗莎·克莱勃！部里有很多关于这个女人的难以置信的传闻，那些让塔蒂安娜做噩梦的事情，那些她在白天忘记过而现在又记起来的事情。

据说克莱勃不肯错过任何一个酷刑的场合,在她的办公室有一件沾满鲜血的外衣,还有一个矮凳。他们说当有人看到她穿着那件衣服,手拎着那只凳子匆匆穿过地下室的走廊时,大家会奔走相告,即便是锄奸局的职员也会压低声音,埋头工作——也许他们的双手在口袋里合十祈祷呢,直到有人通报她已回到自己房间。

那是因为——至少大家是这么说的——她会拿着那只凳子,把它放在审讯台边上的男人或女人的脸下方,然后她会坐在凳子上,望着被审讯人的脸,静静地说"1 号"或"10 号"或"25 号"。那些审讯员们就会心领神会,开始行动,而她将在距离几英尺的地方看着被审讯人的眼睛,在被审讯人撕心裂肺的叫喊声里陶醉着,像是闻着香水的芬芳。而且,她会根据被审讯人眼神的变化,悄悄改变刑罚的种类,会发出"现在换 36 号"或"现在换 64 号"的指令,审讯员们就会改变手段。当被审讯人眼中的勇气和抗拒一点点消退之后,他们开始示弱哀求,她就开始柔声安抚:"好了好了,我的小可怜,告诉我,我的漂亮宝贝,我就让他们停下来。疼啊,啊,很疼的,我的孩子。人受不了那种疼痛,想让它停下来,想静静躺着,再不要受那种折磨,妈妈在你身边,就等着阻止这一切。她为你准备好松软舒适的床铺,让你好好休息,然后遗忘,遗忘。说吧!"她会慈爱地呢喃着,"只有说了,才能享受安宁,才能免受痛苦。"如果那双眼睛依然抗拒,她就又开始用那种诱哄的口气说:"可是你这个傻孩子,你那么傻,这些痛算不了什么,不算什么! 你不相信我吗,小心肝? 那么,妈妈必须试一下,只用一点点 87 号。"审讯员们听到后立刻改换工具和手段,她会坐在那里,静观那双眼睛里生气一点点黯淡,然后她必须对着那个人的耳朵大吼,不然这些话入不了大脑。

不过他们说,没几个人能在锄奸局的酷刑下撑很久,更不要说撑到底了。而且那温柔的声音承诺会带来安宁,它几乎每次都能成功,因为罗莎·克莱勃能从被审讯者的眼睛里看到何时此人的精神被摧垮,会变成哭喊妈妈的孩子。她会适时扮演妈妈的角色,彻底融化对方的防御,而这时候男人的狠话则适得其反。

等到又成功地撬开一个嫌疑犯的嘴巴之后,罗莎·克莱勃会带着凳子顺着走廊走回办公室,脱下溅上新鲜血迹的外套,继续她的工作。这时结束了的消息总会散布开来,地下室才会恢复正常。

心事重重的塔蒂安娜又看了一遍手表,还有四分钟,她用手整了整制服,又看了一眼镜中自己苍白的脸。她转过身,向自己熟悉的温馨的小房间说了声永别,她还能再回来吗?

她走过长长的走廊来到电梯前,按下按钮。

电梯到达时,她挺胸抬头,带着赶赴刑场的表情走进电梯间。

"八楼。"她对操作电梯的女孩说。她面对门站着,在内心深处,她想起一个儿时以后就没再用过的词,她一遍遍重复着"我的天啊——我的天啊——我的天啊"。

第九章 爱的任务

站在未挂门牌的白色门前,塔蒂安娜已经闻到了屋里的味道。听到简短的叫她进去的声音,她打开门,满脑子充斥着那种气味,屋子中间的灯下一张圆桌后面坐着一个女人,正与她对视着。

这是夏天夜晚地铁里的味道——掩盖在廉价香水下的狐臭味。俄罗斯人喜欢抹香水,不管洗没洗澡,多数情况下是没洗澡就抹。像塔蒂安娜这样爱干净的健康姑娘下班后总是步行回家——除了雨雪太大的天气——就是为了逃避火车或地铁的臭气。

此刻塔蒂安娜就是置身于这种臭气包围之中,她的鼻孔因为恶心而抽动着。

有谁能受得了这种气味?出于恶心和鄙夷,她低头望着正在凝视她的四方镜片后的黄眼睛。那双眼睛里的眼神令人捉摸不透,那是一双索取的而不是给予的眼睛,它们像摄像头一般,缓缓地从上看到下,仔细打量着她。

克莱勃上校开口说话:"你是个漂亮姑娘,下士同志,在屋里来回走一遍。"

这些甜言蜜语是怎么一回事?新的畏惧涌上心头,那是对传闻中这个女人臭名昭著的坏习惯的恐惧,塔蒂安娜身体僵硬地执行着命令。

"脱下外衣,放在椅子上,胳膊举起来,高一点。现在弯腰摸你的脚趾,挺直。好,坐下。"那个女人说话的口气像个医生,她指了指桌对面的椅子。那双圆睁的、探索的眼睛垂下去,开始研究桌上的文件。

那一定是我的档案,塔蒂安娜想。能亲眼看见决定人的一生的东西真是很有意思,档案那么厚——接近两英寸厚,里面都写了些什么呢?她睁大眼睛,好奇地望着打开的文件夹。

克莱勃上校翻过了最后几页,合上封皮,封皮是橘色的,上面有一个黑色的斜杠,那些颜色代表着什么?

那个女人抬起头,塔蒂安娜鼓起勇气勇敢地迎接她的目光。

"罗曼诺娃下士同志,"这是高级官员不容置疑的声音,"我这里有关于你的工作状况的好评,你的记录相当不错,无论在履职还是运动方面,国家对你非常满意。"

塔蒂安娜不敢相信自己的耳朵,她感觉快要晕过去了,她的脸红到耳朵根,然后又变得苍白。她用手摸着桌边,结结巴巴地小声说道:"我很感、感谢,上校同志。"

"鉴于你的出色表现,我们现在挑选你去完成一个极其重要的任务,这对你来说是了不起的荣耀,你明白吗?"

无论是什么,都要比刚才料想的要好:"明白,是的,上校同志。"

"这个任务责任重大,级别很高,我要祝贺你升职,下士同志。在你完成这项任务以后,你将升为国家安全部上尉。"

这对于一个二十四岁女孩来说闻所未闻,塔蒂安娜嗅到了危险的气息。她就像是看到肉块下方的金属夹子的野兽一样全身绷紧。"我深感荣幸,上校同志。"她无法掩饰自己声音中的警惕。

罗莎·克莱勃不置可否地哼了一声,她很清楚这个姑娘在接到召唤时的反应。接到通知时的惶恐、听到好消息时的惊喜、重新燃起的恐惧,一切都没有逃过她的眼睛。这是一个美丽、单纯的姑娘,正是计划需要的那种。现在她必须缓和一下气氛。"亲爱的,"她平静地说,"我真是粗心,应该喝一杯来庆贺你升职。你可别以为我们高级官员都不通人性,我们一起干一杯,这个好消息值得开一瓶法国香槟来庆祝。"

罗莎·克莱勃站起身,走到角柜旁,她的手下早已按她的要求备好东西。

"我来开瓶,你尝尝这种巧克力。开香槟酒可不容易,干这种事我们女人的确需要男人帮忙,是吧?"

她一边继续着这磨人的唠叨,一边拿出一大盒巧克力放在塔蒂安娜面前。"这是瑞士巧克力,最好的巧克力,夹心的是圆的,方的不夹心。"

塔蒂安娜喃喃道谢,她伸手拿了一个圆的巧克力,圆的比较好咽下。当她意识到陷阱的存在,感觉到脖子上的绳索时,她的嗓子紧张得发干。这些表演一定都是为了掩盖什么可怕的东西。巧克力像口香糖似的黏在她口中,幸好香槟递到了她的手上。

罗莎·克莱勃站在她身旁,她欢快地举起酒杯:"为了您的升职,塔蒂安娜同志,热烈祝贺!"

塔蒂安娜勉强挤出一丝惨笑,她拿起杯子,略欠身:"为了您的升职,上校同志。"她按照俄罗斯饮酒风俗一饮而尽,把杯子放在面前。

罗莎·克莱勃又给她迅速斟满,洒出一点在桌上:"现在为了你的部门干杯,同志。"她举起酒杯,脸上甜腻的笑容有所收紧,望着女孩的反应。

"为锄奸局干杯!"

塔蒂安娜麻木地站起身,端起酒杯。"为锄奸局干杯。"话几乎没有出口,她呛了口香槟,不得不分两次喝完,她跌坐在座位上。

罗莎·克莱勃没有给她思考的时间,她坐在对面,双手平放在桌子上。"现在说正事,同志。"不容置疑的语气又回来了,"有很多工作要做。"她俯身向前,"你有没有想过去国外生活,同志? 去外国?"

香槟开始起作用了,也许还有更糟糕的消息等着塔蒂安娜,不管怎样,让它快点来吧。

"没有,同志,我很喜欢莫斯科。"

"你从未设想在西方国家生活——那些美丽的衣服、爵士乐以及现代化的物品?"

"没有,同志。"她实话实说,她从来没有想过。

"那么假如国家需要你去西方生活呢?"

"我会服从命令。"

"自觉自愿地?"

塔蒂安娜有些不耐烦地耸了耸肩:"服从命令是义务。"

女人停顿了一下,下一个问题是女人之间的问题。

"你是处女吗,同志?"

噢,天哪,塔蒂安娜想。"不是,上校同志。"

湿漉漉的嘴唇在灯光下闪闪发亮。

"有过几个男人?"

塔蒂安娜满脸通红,俄罗斯女人一般羞于谈论性问题,性生活也不会很随意。在那里,性环境相当于维多利亚中期。这个叫克莱勃的女人问的这些问题,因为是从她未见过的国家官员用这种冷冰冰的质问的口气问出,让她感到格外反感。塔蒂安娜鼓足勇气,自卫般地瞪着那双黄眼睛:"您问这些私密问题是什么意思,上校同志?"

罗莎·克莱勃挺直腰杆,她的声音像鞭子一样抽打过来:"记住你的身份,同志。你没有资格问问题,你忘记在跟谁说话了,回答我!"

塔蒂安娜退缩了:"三个,上校同志。"

"什么时候?你多大的时候?"那双严厉的黄眼睛盯着女孩仓皇失措的眼睛质问着。

塔蒂安娜几乎要流泪了:"在学校,我十七岁的时候,后来一次是在外语学院,我二十二岁那年,还有一次是去年,我二十三岁,是滑冰时认识的一个朋友。"

"请告诉我他们的名字,同志。"罗莎·克莱勃拿起一支铅笔,扯下一张便笺纸。

塔蒂安娜双手捂住脸,放声大哭。"不要!"她抽泣着喊道,"不要,不行,不管你们要拿我怎么样,你没有这个权力。"

"别说傻话了。"这是威胁的口气,"只要五分钟,我就能从你嘴里套出他们的名字,或是其他我想知道的信息。你在和我玩一个危险的游戏,同志,我的耐心是有限的。"罗莎·克莱勃顿了顿,她有点太粗暴了,"现在就算了,明天你把他们的名字告诉我。他们不会有什么事,只会被问一两个关于你的问题——简单的技术问题,就这么简单。现在坐过来把眼泪擦掉,不许再犯傻了。"

罗莎·克莱勃站起身,绕过桌子。她站着俯视着塔蒂安娜,声音变得平缓而和气。"喂,喂,宝贝儿,你得相信我,你的那些小秘密在我这里很安全。喏,再喝点香槟,忘掉刚才的不愉快,我们得成为朋友呢。我们还要合作呢,你必须学着,我亲爱的塔蒂安娜,把我当成你的妈妈。喏,把这个喝掉。"

塔蒂安娜从裙子腰带处抽出一条手帕擦眼泪,她哆哆嗦嗦地伸出手去接过香槟酒,低着头小口啜饮。

"喝完,亲爱的。"

罗莎·克莱勃像一只可怕的母鸭一样站在女孩旁边,咕咕叫地怂恿着她。

塔蒂安娜顺从地喝完杯中酒,她感到自己已经失去了抵抗力,疲惫不堪,一心只想着快点结束这场会面,找个地方去睡觉。她想,这就是躺在审讯台上的感觉吧,刚才听到的就是克莱勃在审讯时用的声音。嗯,确实有效果,她现在已经被驯服了,她会配合。

罗莎·克莱勃坐下来,她躲在妈妈的面具后打量着女孩。

"现在,亲爱的,就问一个隐私问题,只是女人间的谈话,你喜欢性爱吗? 能够感觉到欢愉吗? 很强的快感?"

塔蒂安娜再次举起双手捂住脸,呜呜咽咽地说:"嗯,是的,上校同志。恋爱的时候,自然而然……"她的声音越来越小,她还能再说什么? 这个女人想听什么?

"嗯,假如,亲爱的,假如你不在热恋中,那么和一个男人做爱还能给你快感吗?"

塔蒂安娜犹疑地摇了摇头,她把手放下来,低垂着头,头发从两侧瀑布般落下来。她努力想象,希望能想出答案,可是她完全想象不出那样的场景,她觉得……"我想那将取决于这个男人,上校同志。"

"这是个理性的回答,亲爱的。"罗莎·克莱勃打开桌子的一个抽屉,她拿出一张照片,推过去给女孩看,"比方说,这个男人如何?"

塔蒂安娜小心翼翼地接过照片,好像照片可能会着火似的,她警觉地看了看照片上这张英俊、冷酷的脸。她努力去想象……"我不知道,上校同志,他模样不差,假如他很温柔的话……"她紧张地推开照片。

"不,你留着它,亲爱的,把它放到床边,想这个男人。在你的新工作中,你将对他有更多了解。而现在,"那双眼睛在镜片背后闪烁着,"你想知道你的新工作是什么吗?为什么在全国这么多女孩中单就挑了你来承担这个任务?"

"是的,的确,上校同志。"塔蒂安娜温顺地望着对面那张全神贯注的脸,那张像只猎狗一样对着她的脸。

那双润湿的、弹性很好的嘴唇张开了,哄着她说:"你已被选中执行一项简单、愉快的任务,下士同志——我们称之为真正的爱的工作。就是去陷入爱河,就这么简单,没别的。只要和这个男人谈恋爱。"

"可是他是谁?我都不认识他。"

罗莎·克莱勃乐了,这个问题的答案可够这个傻妞想一阵子了。

"他是一名英国间谍。"

"我的神哪!"塔蒂安娜慌忙捂住嘴巴,一半是因为害怕,一半是为了捂住自己喊出的神的名字。她坐在那里,吓得浑身紧绷,瞪大了微醉的双眼,看着罗莎·克莱勃。

"是的,"罗莎·克莱勃说,她对自己说话的效果很满意,"他是一名英国间谍,也许是最著名的一个,从现在起你要和他谈恋爱。所以你最好适应这一事实,而且不许犯傻,同志,我们必须严肃点。这是一次重要的国家任务,你被选中作为执行这一任务的工具。所以,不许废话,现在让我告诉你一些具体细节。"罗莎·克莱勃停下来,严厉地说,"把你的手从那张蠢脸上拿开,不要摆出一副受惊的母牛的样子。在椅子上坐好,认真听,不然会对你不利,明白了吗?"

"是的，少校同志。"塔蒂安娜迅速挺直腰杆，两手放在腿上坐正，像是回到了安全军官学校一样。她的大脑一片混乱，不过现在不是想个人问题的时候，她所受的培训告诉她这是国家任务，她正在为国效力。不管因为什么原因她被选中执行这项重要行动，作为国安部的一名员工，她都必须履行职责，并且尽心尽力，她全神贯注、一丝不苟地接受着指令。

"此刻，"罗莎·克莱勃换上公事公办的口吻说，"我将提纲挈领地介绍一下任务，以后你将了解到更多内容。在接下来的几周里，你将接受最为详尽的行动特训，使你完全清楚如何应对各种突发情况。你还将学习特定的外国习俗，部里将发给你各种好看的服饰，你将被教授所有的媚惑手段。之后，你将被派往外国——欧洲的某个地方。在那里你将和这个男人相遇，你得去引诱他。关于这一点，你不必愚蠢地自责愧疚，你的身体属于国家，从你一出生那一天起，国家养育了你，现在你的身体必须为国服务，明白了吗？"

"明白，上校同志。"这种逻辑是不可避免的。

"你将跟这个男人一起去英国，在那里，你肯定会受到审问。审问的过程不会很难，英国人不会使用暴力手段。你可以在不危害国家的前提下尽量回答他们的问题。我们会告诉你一些我们想给对方的答案。你也许会被遣送到加拿大，那里是英国人遣送特定外国囚犯的地方。我们会从那里救你出来，把你接回莫斯科。"罗莎·克莱勃瞟了女孩一眼，"你看，任务比较简单吧，现在还有什么问题？"

"那这个人会怎样呢，上校同志？"

"这对我们无关紧要，我们只是利用他介绍你去英国，这次行动的目的是给英国人提供假情报。当然,同志,我们也很愿意了解你对英国生活的印象,一个像你这样受过高级训练的聪明姑娘是我们国家的宝贵财富。"

"真的吗,上校同志?!"塔蒂安娜飘飘然起来,顷刻间这次的任务听上去令人振奋,只要她能圆满完成,她肯定会竭尽全力。可是假若她没有让那个英国间谍爱上她呢?她歪着头再次端详那张照片。这是一张迷人的面孔,刚才那个女人所说的"媚惑手段"是什么?会是什么呢?也许会有所帮助。

罗莎·克莱勃满意地站起身:"现在我们可以放松了,亲爱的,今晚的工作到此结束。我去整理一下,等下我们一起好好聊聊,一会儿就好。把那些巧克力吃掉,不然就浪费了。"罗莎·克莱勃一挥手,若有所思地起身去隔壁房间。

塔蒂安娜靠在椅子上,原来是这么一回事!原来没那么糟糕,真是松了一大口气!能被选中真是荣幸,刚才还吓成那样,真傻!国家高层领导人当然不会让一名辛勤工作而且毫无污点的无辜公民受到伤害。她顿时对父亲一样的祖国满怀感激,并且为有机会报效祖国感到自豪。她甚至觉得那个叫克莱勃的女人也没那么讨厌了。

塔蒂安娜还在愉快地回味着,卧室门开了,那个克莱勃女士出现在门口。"你觉得怎么样,亲爱的?"克莱勃上校张开短粗的双臂,踮着脚像塑料模特一样转了一圈。她一只手掐着腰,一只手伸展开来摆了一个姿势。

塔蒂安娜情不自禁地张大了嘴巴,她赶忙合上,努力找话回答。

锄奸局的克莱勃上校穿着一件半透明的橙色双绉纱睡裙,低胸方领和宽荷叶边袖口点缀着同质地面料做出的扇贝形状,透过裙纱可以看到粉红色丝缎玫瑰状胸衣。她的下身穿着旧式及膝粉红丝缎松紧带内裤,一条椰果黄的胖腿从裙缝中伸出来,摆出模特的经典造型。她脚踏一双粉红丝缎拖鞋,上面饰有鸵鸟毛做的绒球。罗莎·克莱勃拿掉了眼镜,她的脸上现在涂着厚厚的睫毛膏、腮红和口红。

她看去像世界上最老最丑的妓女。

塔蒂安娜张口结舌:"很漂亮。"

"是吗?"那个女人咯咯地笑了。她走向屋角的一只大沙发,沙发上覆了一片土气俗艳的织锦盖布,沙发靠墙处放着脏兮兮的柔色绸缎靠垫。

罗莎·克莱勃快活地嘎嘎大笑,倒在沙发上摆了一个雷卡米埃夫人的造型(半躺着转过头)。她伸出手打开粉红色灯罩台灯,台灯底座是仿法国莱俪水晶的玻璃材质,形状是一个裸体女人。她拍拍身旁的沙发。

"把顶灯关掉,亲爱的,开关就在门口,然后过来坐在我边上,我们两人得加深点了解。"

塔蒂安娜走到门口,关上顶灯。她的手毅然决然地落在门把手上。她扭动把手,打开门,冷静地走向走廊。她的神经一下子崩溃了,她重重地带上门,双手捂着耳朵狂奔而去,试图把身后的喊叫声堵在耳朵外面,可是喊叫声并没有如期而至。

第十章　燃烧的保险丝

第二天清晨。

　　克莱勃上校坐在她宽敞的办公桌前,那是她在锄奸局地下室的总部。与其说是办公室,不如说是指挥中心。屋里的一面墙贴满了西半球地图。在她办公桌背后,她左手可及的地方有一台电动打字机,偶尔显示"普通文字"信号,与位于大楼顶上高高的无线电天线下方的密码部的另一台机器一模一样。每当克莱勃上校偶尔想起它时,她就会扯下长长的胶带,认真研读上面的电码信号。这只是例行公事。假如有重要事情发生,她的电话会响。从这间屋子可以控制遍布全球的锄奸局特工,而且是一种时刻警醒的牢牢控制。

　　那张笨重的脸上表情愠怒而失神,眼睛下面疙里疙瘩的皮肤高高肿起,眼睛里布满血丝。

　　她身边的三部电话中的一部嘤嘤地响起,她拿起听筒:"让他进来。"

她转身看着克朗斯蒂恩,他若有所思地坐在左手靠墙的一只扶手椅子上,用一只打开的曲别针剔着牙,脑袋上方正是非洲的最南端。

"格兰尼茨基。"

克朗斯蒂恩缓缓转头望着门口。

红色格兰特走进房间,轻轻带上门。他走到桌前,站在那里,顺从甚至是渴望地低头看着上司的眼睛,克朗斯蒂恩感觉他像是一只等着被喂食的獒犬。

罗莎·克莱勃冷冷地打量着他:"你准备好了吗?"

"是的,上校同志。"

"让我们检查一下,把衣服脱掉。"

红色格兰特没有表现出惊讶的神色,他脱掉衣服,环顾四周后把衣服扔在地上。随后,他毫不羞怯地脱去余下的衣服,甩掉脚上的鞋子。单调的房间刹那间亮堂了起来,他那强壮的红棕色身体上覆盖着金色汗毛。格兰特很随意地站着,双手自然垂落在身体两侧,一条腿微微弯曲,好像在为艺术课当人体模特。

罗莎·克莱勃站起身,绕过办公桌,她非常细致地检查他的身体,敲敲这里,摸摸那里,好像在买牲口。她转到男人身后继续审视,在她走回到他面前之前,克朗斯蒂恩看见她从外套口袋里摸出一样东西抓在手心里,有金属亮光闪过。

女人转过来,靠近男人油亮的肚子,右手背在身后,她直盯着他的眼睛。

突然,以迅雷不及掩耳之势,戴着指节铜环,她用尽右手全力捶向男人的心口。

"啊!"

格兰特惊叫了一声,他的双腿略一打弯,随即又挺直了。有那么一秒他疼得双眼紧闭,然后又睁开,两眼通红地怒视着镜片后的那对冰冷的审视的黄眼球。除了胸骨下面红了一块之外,格兰特接了那一拳后没有任何不良反应,要是换作别人,恐怕早就倒地不起了。

罗莎·克莱勃冷冷一笑,她把指节铜环放回口袋,走到办公桌前坐下。她略带骄矜地望着克朗斯蒂恩。"至少他够健康。"她说。

克朗斯蒂恩嗯了一声。

裸身男人咧嘴一笑,神情狡黠而满足,他抬手抚摸着肚子。

罗莎·克莱勃靠在椅背上,若有所思地望着他。良久之后,她开口道:"格兰尼茨基同志,我们有项工作给你,是一项重要任务,比你以往执行的任何任务都重要。这次任务将为你赢得一枚勋章。"——格兰特眼睛一亮——"因为这次的目标难度大、危险程度高,你将独自去一个陌生的国家,明白吗?"

"明白,上校同志。"格兰特感到振奋,这可是前进一大步的好机会。那枚勋章会是哪一种呢?列宁勋章吗?他凝神聆听下去。

"目标是一个英国间谍,你愿意刺杀一个英国间谍吗?"

"非常乐意,上校同志。"格兰特的热切不是装出来的。杀英国人是他再乐意不过的事,他和那帮混蛋有过节。

"你需要几周时间训练准备,你将以一名英国特工的身份来执行这项任务。你的举止投足非常粗鄙,你至少得学点绅士的皮毛。"说到这里,她的声音变得嘲讽,"我们将把你交给这里的一个英国人,他曾在伦敦外交部工作,他将负责你在英国的间谍身份。他们平时雇佣形形色色的人,这应该不难办。你还得学习很多别的东西。行动是在8月底,你得立刻开始培训,要做的事情很多,你先穿上衣服去助理那儿报到,明白吗?"

"明白,上校同志。"格兰特懂得不能问问题,他匆忙穿上衣服,丝毫不在意女人注视的目光,一边扣着扣子,一边走到门口,一边转过身说,"谢谢您,上校同志。"

罗莎·克莱勃正在写会谈纪要,她没有理会格兰特。格兰特走出去,轻轻带上门。

女人扔下手里的笔,靠在椅背上。

"那么现在,克朗斯蒂恩同志,在整个行动启动之前,还有什么需要讨论的吗?我应该向你通报,常委会已经批准了我们推荐的目标并且下达了死刑执行令。我已向格鲁博扎博伊契科夫将军大致汇报了你的计划,他表示赞同,我将会全权负责具体执行方案。策划和行动人员都已经选拔完毕,处于待命状态。你最后还有什么要补充的吗,同志?"

克朗斯蒂恩坐在那里望着天花板,指尖交叠放在面前,他丝毫没有在意女人居高临下的口气,他正在全神贯注地思考。

"这个格兰尼茨基可靠吗?能信任他在外国执行任务?他会不会脱队单干呢?"

"我们已经考验了他近十年,期间他有很多次逃跑的机会,我们一直留意监视他是否有不安分的迹象,但从未发现过。此人有毒瘾,他戒不了可卡因,也背叛不了苏联。他是我最好的杀手,没有更好的了。"

"那这个叫罗曼诺娃的女孩,她怎么样?"

女人矜持地笑了:"她很漂亮,符合我们的要求。她虽然不是处女,但是比较保守,性方面还未开窍。她将接受指导。她的英语很好,我已经给了她一个关于任务和目标的解释版本,她愿意配合。假如她表现出丝毫犹豫退缩,我有她一些亲属的地址,包括孩子,我还将知道她那几个前男友的名字,必要的话,会告诉她在完成任务之前,这些人都将成为人质。她天性善良,这么一个暗示足矣。不过我认为她不会有什么问题。"

"罗曼诺娃,那是古代的姓氏,执行如此微妙的任务用'罗曼诺娃'这个姓有点奇怪。"

"她的祖父母与皇族是远亲,不过她与那些人没什么联系。话说回来,我们的祖辈都是古人,这你没办法。"

"我们的祖父母不姓罗曼诺娃。"克朗斯蒂恩冷冷地回答,"只要你觉得行就好。"他思索片刻,"还有这个邦德,我们发现他的行踪没有?"

"有,国安部英国网络报告称他在伦敦,白天去总部报到,晚上回伦敦切尔西区公寓睡觉。"

"好,希望他在那里多停留几个星期,那就表明他目前没有正在执行的任务。这样的话,一旦他们嗅到气味,就可以派他去追逐我们的诱饵。与此同时,"克朗斯蒂恩漆黑的眼睛继续将沉思的目光锁定在天花板的某一点上,"我一直在琢磨海外哪一个刺杀地点比较合适,我觉得他们第一次碰面定在伊斯坦布尔比较合适。我们在那里有不错的基地,英国情报机构在那里只有一个小站,站长据说是个不错的家伙,但他会被铲除,那个中心就是我们的了。那里距离保加利亚和黑海不远,离伦敦比较远。我正在制定关于刺杀行动地点以及在邦德与这个女孩见面后把他引到刺杀地点的方案细节。地点不是在法国就是在德国附近,我们对法国媒体的控制力很强。我们将好好利用这类事件,利用对于性和间谍活动的曝光制造轰动效应。需要确定的还有格兰尼茨基何时介入的问题,这些都是琐碎细节,我们得选好摄影摄像人员和其他特工一起悄悄派往伊斯坦布尔。我们的人不能在那里扎堆出现,不能有异常行为,我们必须警告各部门,在行动以前和行动期间与土耳其的无线通信必须保持绝对正常。我们可不希望英国阻截者们有所察觉。密码部还同意交出斯佩克特机的外壳,那个设备吸引力会很大,机器将交到特殊装备部,他们将负责处理。"

克朗斯蒂恩住了口,他的目光从天花板上落了下来,他沉吟着站起身,望着女人警觉专注的眼睛。

"现在我想不出还有什么了,同志。"他说,"很多具体问题会逐步浮出水面,得一天天解决,不过我认为现在可以开始行动了。"

"我同意,同志。事情可以向前推进了,我会发布必要的命令。"依然是生硬权威的口气,"感谢你的配合。"

克朗斯蒂恩略一颔首。他转过身,轻轻地走出房间。

一片静默中,电传打字机突然砰的一声开始工作。罗莎·克莱勃坐在椅子上伸手拿起电话,她拨了一个号码。

"行动室。"一个男人的声音应答。

罗莎·克莱勃苍白的眼睛向房间那头望去,聚焦在地图上粉红色的区域——英国。她湿润的嘴唇张开着。

"我是克莱勃上校,关于针对英国间谍邦德的行动,可以即刻开始了。"

第二部　执行

第十一章　悠闲的生活

　　这种悠闲的生活像蓝莓枝一样绕在邦德的脖子上，一点点地收紧，他是属于战场的人，长时间不打仗，他的精神就萎靡了。

　　他从事的特殊工作，已经安静了近一年时间。这种平静让他难以忍受，想到即将面对的一天的生活，感到无比厌倦，这让他怏怏不乐。不止一种宗教教义如是说过——倦怠是头条大罪。那么，厌倦，尤其是一醒来就感到厌倦的这种令人难以忍受的情况，是邦德唯一痛恨的罪过。

　　邦德伸手按了两遍铃，提醒他所器重的苏格兰管家梅准备好早饭，然后他一把掀开被子，裸着身体站在地板上。

　　对付厌倦只有一种办法——挣扎出去。邦德俯身缓缓做了二十个俯卧撑，每一个动作都特意放慢，以充分锻炼身上的肌肉。等到胳膊痛得受不了了，他转身躺下，双手平放身体两侧，开始做抬腿运动,直到腹肌难以承受为止。他站起身,弯腰触摸脚趾二十次,又开始一边深呼吸一边做两臂及胸部运动,直到头开始发晕。他喘着粗气走到贴着白瓷砖的大浴室,站在整体浴室里用冷热水交替冲了五分钟。

最后,他刮好胡须,穿上一件深蓝色无袖海岛图案棉衬衫和海军蓝热带裤,光脚蹬上一双黑色皮拖鞋,穿过卧室来到开着大窗户的长方形客厅。运动流汗减轻了他的厌倦感,至少此刻让他感到满足。

梅是位年长的苏格兰女人,一头铁灰色头发,五官精致,表情严肃。她端着餐盘进来,把餐盘和一份《泰晤士报》放在凸出的窗边,那是邦德唯一看的报纸。

邦德向她问好后坐下来吃早餐。

“早安——生。”(梅身上让邦德最欣赏的优点之一是除了英国国王和温斯顿·丘吉尔之外,她从不称呼别人为“先生”——多年来邦德因此取笑过她,她对邦德的称号则是偶尔在名字后面加一个“生”字,以示特别的尊重。)

她站在桌边待命,邦德打开报纸,翻到头条新闻页面。

“那人昨晚又来说电视的事。”

“是什么人?”邦德浏览着新闻标题。

“那个总来这里的人,从6月起他已经来过六次。自从第一次我答复他之后,本以为他就会放弃推销的。”

“这些推销员很能坚持。”邦德放下报纸,伸手去拿咖啡壶。

“昨晚我仔细想了一下怎么对付晚饭时打扰别人的人,我要他出示身份证明——任何能证明他身份的东西。"

"我想这一招能治住他。"邦德为他的大咖啡杯倒满了咖啡。

"根本没用,他晃了晃他的工会会员证,说他有权谋生,那是电器师联合会。他们是共产主义分子,不是吗?"

"是,对。"邦德心不在焉地回答,他顿时警觉起来,他们会不会是在监视他?他抿了一口咖啡,放下杯子,"这个人说了什么话,梅?"他尽量让自己的语气显得漫不经心,但却抬起头望着她。

"他说他在空闲时间靠帮人卖电视机赚佣金,我们确实不需要电视。他说我们是广场住户中唯一没有电视的一家,我敢说他是看到我们房子外面没有天线。他总是问你是不是在家,好跟你说说这件事,看看他这脸皮多厚!我奇怪他怎么没想到守在你进出的地方等候,他总是问我你回不回来,我当然不会告诉他你的去向,要不是他这么坚持,他还算是个品行端正、轻言细语的人。"

有可能,邦德想。想知道户主是否在家有很多种办法,透过开着的大门望一眼,从仆人的表现和反应就能看出来。如果家里没人的话,"噢,你这是在浪费时间,因为他不在家",是一句现成话。要通知安全处吗?邦德烦躁地耸了耸肩,去他的,很可能什么事都没有。他们怎么会对他感兴趣?假如真有什么情况,安全处绝对能做出让他搬家的决定。"我想你这次已经把他吓跑了。"邦德微笑着抬头看着梅,"我想你应该是最后一次见到他了。"

"好的,生。"梅半信半疑地回答,不管怎么样,反正她已经按照他的指令,看见"附近有可疑的人"就要汇报。她穿着那身旧式黑制服匆匆走开,即使是在8月盛夏季节,她还是坚持穿着那身衣服。

邦德继续吃他的早餐,通常有一点点风吹草动他都会本能地开始孜孜不倦地调查。而且,如果在过去,不把这个总是上门的共产党联合会的人的问题解决,他是不会安心的。可是现在,闲散了数月之后,宝剑已经生锈,邦德的警惕性也放松了。

早餐是邦德最爱的一顿饭,只要在伦敦,他的早饭总是一成不变,包括:两大杯从牛津街德巴里咖啡店买来的用美国凯迈咖啡机泡出来的浓咖啡,不加奶和糖;一只放在镀金边深蓝色蛋杯中的煮鸡蛋(煮了三又三分之一分钟)。

鸡蛋非常新鲜,外壳棕色,布满了斑点,是梅的农村朋友家养的法国马兰鸡下的蛋。(邦德不喜欢白色的蛋,而且尽管他在许多细微之处都走在潮流之前,却愿意坚持鸡蛋一定得煮得恰到好处这个原则。)除了煮鸡蛋之外,早餐还包括两片厚厚的全麦吐司,一块深黄色泽西黄油以及用三个小玻璃罐装的英国缇树草莓酱、库珀牛津果酱以及福特纳姆公司出售的挪威石南蜜。托盘上的咖啡壶和银器是安妮女王牌的,瓷器是明顿的,与蛋杯一致的蓝花瓷镀金款。

那天早上,邦德在吃最后一道蜂蜜的时候,忽然明白了让他提不起精神的原因。首先,相爱数月的蒂芙尼·凯斯走了。在最后痛苦的几周里,她躲在一家酒店里不出来,并在 7 月底去了美国。他对她无比怀念,一直魂不守舍。现在已经是 8 月,伦敦的天气又闷又热,他也想走了,可是他既不愿意也没有心情一个人离开,或是找个临时替身一同出发。所以他只好守在特务机构几乎空了一半的总部大楼里,一天天按部就班地打发日子,时不时地对秘书发发火,和同事们拌拌嘴。

甚至连 M 最后也受不了楼下的这只因为关在笼子里而郁郁寡欢的老虎,就在这个星期的第一天,他给邦德捎了封言辞尖锐的信,安排邦德去上尉军需官特鲁普的调查委员会任职。信上说,作为机构的一名高级官员,邦德应该插手重大管理事项了。其实也没有其他人选,总部现在很缺人,00 部也没有什么事,邦德要在当天下午 2 点 30 分去 412 室报到。

特鲁普,邦德点燃今天他抽的第一支香烟,他想,特鲁普正是导致他不满的最持久、最直接的原因。

在每一个大型机构内部,总有一个令全体员工痛恨的暴君般的祸害。此人不自觉地在办公室里常有的憎恶和畏惧中扮演着类似避雷针的角色。事实上,他是通过给所有员工提供了一个共同的靶子来减轻那些憎恶与畏惧情绪的破坏力。这个人往往是总经理,或是管理负责人,他是一个不可或缺的人,负责监管琐碎事务——零用现金、用热和用电、卫生间里的纸巾、肥皂、文具供应、食堂、轮休安排及员工考勤。他是能真正影响到机构福利的人,他的权威延伸到机构内部男男女女的私人空间和个人习惯。做这份工作的人必须具备相应资格,他必须吝啬节俭、善于观察、善于窥探,而且一丝不苟。他还得严于管教、不为舆论所动。他必须是个小独裁者,所有运行良好的机构都有这样一个人。特务机构的这个人,就是上尉军需官退休的特鲁普——管理负责人,用他的话说,负责“让机构保持井然有序、整整齐齐”。

特鲁普上尉的职责不可避免地让他与机构里大部分员工发生冲突,特别不幸的是 M 偏偏就选了特鲁普担任这个委员会的主席。

95

因为这又是一个负责处理伯吉斯和麦克莱恩叛逃案那些影响微妙及其相关教训的调查委员会。在 M 合上他自己关于那个案子的案卷五年之后，他突发奇想地做出这个安排，他这一招纯粹是为了应付首相 1955 年责令枢密院对安全部进行调查的一个安抚性举措。

邦德一头扎进了与特鲁普就雇佣知识分子特工的没有结果的争论。

明知道这样做会触怒他，邦德还是故意提出以下建议：假如军机五处和特务机构打算认真考虑原子时代的"知识间谍"问题，他们必须雇佣一定数量的知识分子来应对。"那些印度军队里的退休军官，"邦德断言，"不可能明白伯吉斯和麦克莱恩的思路，他们甚至都不知道有这样的人存在——更不用说能打入他们内部，认识他们的朋友，了解他们的秘密了。一旦伯吉斯和麦克莱恩去了俄罗斯，唯一能与他们再次取得联系的办法，呃，当他们厌倦了俄罗斯之后，唯一能策反他们，让他们成为对付俄罗斯人的双料间谍的办法，就是把他们最好的朋友送去莫斯科、布拉格和布达佩斯待命，等待他们中哪一个偷偷溜出来主动联系。而且他们中的一个，很可能是伯吉斯，会因为寂寞和想要倾诉什么经历而主动联系，但是他们绝对不会冒险把自己托付给某个穿着风衣，留着骑兵唇须，大脑慢半拍的人。"

"哦，是吗？"特鲁普的声音里透着冷漠和平静，"那么你是在建议我们部门用那些长头发的变态，这个主意挺新鲜。我想我们大家都相信同性恋是目前最大的安全风险，我不能想象美国人会把原子机密拱手交给那些浑身搽满香水的娘娘腔们。"

"不是所有的知识分子都是同性恋，他们中有很多人还是秃顶呢。我只是说……"争执就这样断断续续进行了三天，委员会的其他委员多多少少更站在特鲁普一边。现在，就在今天，他们必须拟定建议方案，而邦德正在考虑是不是不按常理出牌递交一份少数派报告。

他到底把这个问题看得多重要呢？9点钟，邦德走出公寓大门，下楼梯去开汽车车门时思忖着，他是不是只是小心眼和固执呢？他把自己推入现在这样单打独斗的境遇难道只是因为自己手痒了吗？他是不是无聊到这种程度，非得把自己变成部门里的祸害？邦德自己也说不清，他感到烦躁不安、不知所措，尤其是，在这一切表象的背后，还有一种持续的、让他无法判断的躁动。

当他按下自动开启键，宾利车的两个排气管开始空空空地工作，一句奇怪的混账话不知从哪钻入邦德的脑海。

"天欲灭我，必先烦我。"

第十二章　小菜一碟

最终,邦德不必对委员会的最终报告做出决定。

那天,当他刚刚表扬过秘书的新裙子,正在翻阅当晚收到的信号文件时,桌上的红色话机传出轻柔的、不容拒绝的铃声,电话只可能是 M 或者他的办公室主任打来的。

邦德拿起听筒:"是007。"

"过来一下!"是办公室主任。

"去 M 那里?"

"对,看起来要很长时间,我已通知特鲁普你没法参加委员会会议了。"

"透露一下是什么内容?"

办公室主任笑了:"嗯,我所知道的是一个事实,不过你最好还是听他告诉你,这个消息会让你打起精神,这一次变动不小。"

邦德穿上外套,来到走廊上,砰的一声带上门。他有一种很强烈的预感,发令枪响了,热天要结束了,甚至连乘电梯上到顶层以及沿着那幽长而静寂的走廊走向 M 的秘书室的过程似乎都显得重要起来。就像以往每次红色话机铃声响起,都意味着他将会像一枚上膛的炮弹,即将穿越地球射向 M 选择的遥远的目标。而且 M 的私人秘书,莫妮潘妮小姐对他微笑的眼神里流露出以往那种兴奋和神秘,她按下对讲机的按键。

"007 来了,先生。"

"让他进来,"里面传来铿锵有力的回答,门头亮起了请勿打扰的红灯。

邦德走进去,轻轻带上房门。房间里很凉快,也许是因为百叶窗给人以凉爽的感觉。百叶窗将光影筛成一条条,投向一直铺到桌边的深绿色地毯。光线到此戛然而止,办公桌后静静坐着的那个身形沐浴在一片绿荫中。办公桌正上方悬挂一只双叶片吊扇,这是 M 办公室最近添置的东西。吊扇缓缓转动着,驱赶着八月的热浪。持续一周的高温天气之后,即便是摄政公园上空的空气,也开始沉重闷热起来。

M 指了指红皮办公桌前的椅子,邦德坐下,目光直视着面前他所爱戴、尊重、服从的那张饱经风霜的安详的脸孔。

"詹姆斯,介意我问一个个人问题吗?"M 从未向员工打听过个人事情,邦德不明就里。

"没问题,先生。"

M 一边从那只大块头的铜烟灰缸里拿起烟斗,往里面塞烟丝,一边出神地望着手指的动作。他厉声说道："你不用回答,不过此事和你的,呃,朋友有关,凯斯小姐。如你所知,我通常不关心这种事情,不过我听说自打钻石交易后你们呃,经常见面,甚至有人猜测你们可能会结婚。"M抬头看了邦德一眼又低下头去。他把塞满烟丝的烟斗放进口中,用火柴点着。他吸着烟斗,火苗跳动着,他把烟斗叼在嘴里说,"能跟我说说吗?"

这是怎么回事?邦德疑惑着,见鬼的办公室传言,他没好气地回答:"嗯,先生,我们的确关系不错,也考虑过结婚的事,不过后来她遇见美国使馆的一个家伙,武官部的一个人,海军陆战队上校,我估计她会嫁给他吧。实际上,他们都回美国去了,这样也许更好,跨国婚姻成功率不高。我看他是个挺不错的家伙,对她来说,比住在伦敦更适合她,她在这里住不惯。她是个好姑娘,就是有一点神经质,我们吵过很多次,可能是我的错吧,反正现在一切都结束了。"

M的眼睛里掠过一丝笑意。"我对这个结局表示遗憾,詹姆斯。"他说。M的声音听不出一丝同情,他一向反感邦德的"风流成性",那是他自己的说法,不过也承认他的偏见来自于他维多利亚时代的生长环境。不过,作为邦德的上司,他最不愿意看见的就是邦德永远拴在某个女人的裙角上。"这样可能再好不过,干我们这一行切忌和神经质的女人搅在一起,她们会拖你的后腿,你懂我的意思吧?原谅我问起此事,在我告诉你发生了什么事之前我必须了解你的回答。这是个相当不一般的任务,如果你打算结婚或者做出类似决定的话,就很难让你参与进去。"

邦德摇摇头,期待着下文。

"那好。"M说,他似乎松了一口气,他靠在椅背上,急抽了几口烟好让它燃起来,"是这样的,昨天从伊斯坦布尔发来一条很长的情报:大概在星期二的时候,T站站长收到一份匿名电传,通知他去取一张晚上8点从戈拉塔桥到博斯普鲁斯海峡口的往返轮渡船票,没有其他信号。T站站长是个喜欢冒险的家伙,他当然就去上船了,他站在栏杆边上等着,大约过了一刻钟,一个女孩走过来站在他的身边,那是一个俄罗斯姑娘,长得非常漂亮,他说他们聊了一会儿风景什么的,她忽然转移话题,用先前聊天的口气告诉他一个特别的故事。"

M停下来,又擦了一根火柴去点他的烟斗,邦德插嘴问道:"T站站长是谁,先生? 我没在土耳其干过。"

"一个叫凯里姆的人,达科·凯里姆。父亲是土耳其人,母亲是英国人,出色的家伙。战后一直担任T站站长,是我们最好的特工之一。工作非常出色,也很热爱这份工作。他相当聪明,对所在地区的情况了如指掌。"M把烟斗歪了一歪中断了关于凯里姆的话题,"话说回来,那个女孩说她是苏联国家安全部的一名下士,毕业后就进了部里工作,最近调到伊斯坦布尔来担任解码员。调动是她精心策划的,因为她想离开苏联,投诚到我们这里。"

"那好啊,"邦德说,"有一个他们的解码员对我们会有用,不过她为什么要投诚?"

M朝邦德望了一眼:"因为她恋爱了。"他顿了顿,又温和地补充道,"她说她爱上了你。"

"爱上了我?"

"是的,爱上你,她是这么说的。她叫塔蒂安娜·罗曼诺娃,听说过?"

"老天,没有! 我说,没有,先生。"看到邦德脸上复杂的表情,M笑了,"可是她到底什么意思,她见过我吗? 她怎么知道有我这个人?"

"嗯,"M说,"这整件事情听起来的确荒唐可笑,然而正因为离奇才有可能是真的。这姑娘今年二十四岁,自从进入国家安全部以后就在索引中心工作,相当于我们这里的档案局。而且她在英国处已经工作了六年,她所管理的案卷中就有你的。"

"我想看看那份案卷。"邦德表示。

"据她所说,起初她是被他们拍的你的照片所吸引,倾慕你的外表。"M像是刚吮了一口柠檬似的撇了撇嘴,"她看过你的全部有行动档案,认为你很了不起。"

邦德一副不屑一顾的表情,M不动声色。

"她说你对她有特别的吸引力,因为你让她想起一个叫莱蒙托夫的俄罗斯人写的一本书里的主人公。显然,那是她心爱的作品,这个主人公嗜爱赌博,整天出入赌场。反正,你让她想起这个人,她说她渐渐地满脑子都是你,直到有一天,她忽然想到,倘若她能调到部里的外国中心,就能与你联系,你就能来救她出去。"

"我没听过这么离奇的事,先生,T站站长肯定不买她的账。"

"等一下,"M试探着说,"别只是因为没遇到过就轻易下结论,设想你恰巧是一名影星,而不是干这一行的,你会收到女孩子们从世界各地写来的信,用些老天才知道的肉麻的话诉说着没有你活不下去什么的。我们所说的这个傻丫头是莫斯科的一个小秘书,兴许她工作的地方都是女员工,就像我们的档案局,整天看不到一个男人,然后,喏,案卷里你那张帅脸不断映入她的眼帘,所以我想她就像世界上所有的小秘书迷恋杂志上那一张张可怕的面孔一样被你的照片迷得神魂颠倒。"M甩了甩烟斗,表示对女人这些荒诞的行为感到莫名其妙,"说实话我是不明白这些事情,但是你得承认这是事实。"

邦德感觉到求助的讯息,他笑了笑:"嗯,实际上,先生,我现在也觉得这件事有点道理,不能说苏联姑娘就不该和英国女孩一样蠢。不过她能做出这样的事说明她够有勇气的,T站站长有没有说过她知不知道被发现的后果?"

"他说她吓坏了,"M说,"在船上东张西望,担心被人跟踪,不过当时船上都是些农民和上班族,而且因为是晚上,没有多少乘客。不过等一下,你还只听了一小部分呢。"M深深吸了一口烟,抬头朝着头顶上缓缓旋转的吊扇吐了一口烟雾。邦德望着那团烟雾钻进扇页缝隙后消失无踪。"她跟凯里姆说对你的痴恋逐渐发展成一种恐惧症。她开始讨厌看见苏联男人,渐渐地,这种恐惧变成对整个体制,尤其是她为这个体制所做的与你为敌的工作感到厌恶。所以她申请调到国外来,因为她的语言很好——英语和法语——他们同意如果她愿意去解码部工作——薪水要降低,就可以调她去伊斯坦布尔。长话短说,经过六个月的训练,就在三周前,她来到了伊斯坦布尔,之后她四处打探,很快打听到我们的人——凯里姆的名字。他在那里干了多年,土耳其差不多人人知道他干什么工作。他不在乎,这样也有利于掩护我们时不时派人过来。在这种地方有一个前哨没什么坏处,假如她知道我们是谁,知道我们在哪里,会有很多客户慕名而来。"

邦德说:"身份公开的特工往往比花大量时间和精力隐藏身份的特工干得出色。"

"所以她给了凯里姆那封信,现在她想知道他能不能帮她忙。"M停下来,思虑重重地吸了几口烟,"凯里姆一开始的反应自然和你一样,并且他四处观察,寻找陷阱的痕迹。不过他不明白俄罗斯人把这女孩送到我们手里图的是什么。与此同时,汽船循着博斯普鲁斯海峡一路向北开,很快就要回到伊斯坦布尔,凯里姆的连连追问让女孩感到愈来愈绝望。"这时候,M看着邦德的眼睛一亮,"事情的关键点出现了。"

看M眼睛里的光,邦德想,他太了解了,那代表着M冰冷的灰眼睛在暴露他内心的兴奋和贪婪。

"她还有最后一张牌没有出,而且她知道这是一张王牌,如果她向我们投诚,她会带上解码机。那是一台全新的斯佩克特,是我们梦寐以求的。"

"老天!"邦德喃喃道,这份礼物之贵重使他目瞪口呆,斯佩克特解码机!这台机器可以帮他们解读监听最高机密,拥有了那台机器,即便被苏联方面很快发觉并重新改变设置,或者从所有俄罗斯驻外使馆及间谍机构撤出该设备,也是无与伦比的胜利。邦德对密码系统不甚了解。而且,为了安全起见,考虑到他万一被俘的话,他对此也没有了解的兴趣,不过他至少明白,对于苏联特务机构来说,丢失斯佩克特机算是一场大灾难。

邦德瞬间被说服了,他立刻全盘接受了 M 对女孩说法的信任,无论故事有多荒唐。一个俄罗斯人给他们送上这样一份大礼,并为之承担骇人的风险,那只有一种解释——疯狂的迷恋,不管你爱不爱听。无论那个女孩的说法是真是假,如此巨大的赌注让人无法拒绝。

"你明白了吗,007?"M 轻声问道,从邦德眼中的兴奋不难揣度出他的想法,"你明白我的意思了?"

邦德没正面回答:"可她没说要怎么做?"

"没详细说明,不过凯里姆说她相当确定,大概是利用值夜班的机会吧。她每周都要单独值几次夜班,在办公室行军床上睡觉,她对计划的可行性确认无疑,尽管她知道如果被人察觉她会被立即处决。她甚至还怕凯里姆向我汇报此事,要他保证亲自编写密电,用一次性密码发送,而且不留底稿。他当然言听计从。她刚提到斯佩克特机,凯里姆就意识到我们迎来了战后最重要的打胜仗的机会。"

"后来呢,先生?"

"后来汽船开到一个叫奥塔克伊的地方,她说她要在那里下船。凯里姆向她承诺当晚发出信号。她不愿意建立联系,只是说如果我方信守承诺,她会说到做到,她道了声晚安后就混入人流走下甲板,之后凯里姆再没见过她。"

M 猛一欠身,紧盯邦德说道:"不过他当然没法保证我们会信守诺言。"

邦德一言不发,他想他已经猜到他要说的话。

　　"这姑娘做出这一切只有一个条件，"M 双眼眯紧，变成凶狠的两道深沟，"就是让你去伊斯坦布尔，把她和那台机器带回英国。"

　　邦德耸了耸肩，那不成问题，只是……他用坦率的眼神迎接 M 的目光："应该是小菜一碟，先生，依我看来，只有一个问题。她只见过我的照片，读过不少精彩的故事，假如看到我的真人，让她失望了怎么办？"

　　"那就是你要做的工作，"M 板着脸回答，"所以我刚才问你关于凯斯小姐的那些问题，你来负责确保她不会失望。"

第十三章 "英国欧洲航空公司载你到达……"

　　四只四方角小型螺旋桨一只接着一只缓缓地转动起来，**渐渐转**成了四条发出嗖嗖声音的小水坑。喷气式飞机的低鸣**渐渐抬高**，变成流畅的高频鸣鸣声，这种无振噪音的音质不同于以往邦德乘坐的其他飞机，不是那种时断时续的轰鸣和全马力运转的声音。当子爵号顺利驶出伦敦机场的跑道时，邦德感觉自己像是坐在**价格不菲的**机械玩具上。

　　机长启动四只引擎，直到它们发出妖精般的怪叫，飞机停顿了片刻之后，刹车猛然松开，10 点 30 分飞往罗马、雅典和伊斯坦布尔的 BEA（英国欧洲航空公司）130 加速冲过跑道，开始迅速爬升。

　　十分钟的工夫，他们已经到了两万英尺的高度，沿着英国飞地中海宽阔的航路一路向南飞。飞机的嘶鸣声渐歇，变作令人昏昏欲睡的低沉的轰鸣音。邦德解开安全带，点燃一支香烟，他伸手拿起放在身边地上的狭长的高档公文包,从里面拿出艾力克·安博勒写的《混世魔王》,然后把那只尺寸不大却有相当重量的包放在身边的座位上。他想假如当初伦敦机场的工作人员没有把它当作随身行李允许上机的话,她看到托运行李的重量一定大吃一惊,而且,假如海关人员对其重量起了疑心,把它放在检查器下检查的话,他们该会多么激动啊!

Q部制作了这只外形时尚的小包,他们把英国皇家御用品牌SA做工考究的内胆撕去,在皮革与手提箱箱脊里衬之间分两排安放了五十发点二五口径的子弹;在手提箱看似寻常的两侧各放了一把由剑商威尔金森斯制作的平抛刀,刀把巧妙地藏进拐角的缝线里。尽管邦德以不屑的态度反对,Q部工匠还是坚持在手提箱把手里做了一个暗格,通过对某一点施压,可以弹出一粒氰化物药丸到他的手心(邦德拿到手提箱就立刻把药丸冲进厕所了)。更为重要的是放在寻常洗漱包里的那一大管棕榄公司生产的剃须膏,未旋上的盖子遮掩着包裹在棉花中的贝雷塔手枪的消声器。考虑到有可能会用到现金,手提箱箱盖里放有五十枚金币,只要拉开一道镶边革条金币就会滚落出来。

这只机关复杂的箱子令邦德忍俊不禁,不过他也不得不承认,除了重达八磅这一点差强人意以外,这只箱子很方便,放得下干他这一行所需的所有工具,不然他就得把那些工具带在身上。

飞机上只有十几名散客,想到他的秘书洛艾莉亚·彭松贝知道总共是十三位乘客时的表情,邦德微微一笑。就在前一天,当他离开M,回到办公室联系航班时,他的秘书曾强烈反对他在13号星期五出行。

"可事实上 13 号出行往往是最好的选择。"邦德耐心地解释着，"飞机上差不多没什么乘客，环境更加舒适，服务也更好，我一般尽量选择 13 号出行。"

"好吧。"她无奈地说，"反正是你的性命。只是我会一整天为你担心，无论如何今天下午不要从梯子下经过，也不要经过任何危险的地方，你不应该过度消费自己的好运气。我不知道你去土耳其干什么，也不想知道，不过我的骨头有感觉(有预感)。"

"啊，你那漂亮的骨头！"邦德打趣她，"等我回来，晚上带它们去吃饭。"

"你不会有机会的。"她冷冷地回答，随后她忽然很热烈地和他亲吻作别，害得邦德又一次对自己放着这么可爱的秘书不理而偏偏去招惹其他女人的行为感到不解。

飞机在奶白色的云海上平稳地飞行，那些云朵很厚实，看上去坚实到即使引擎失灵，飞机也可以安全降落在云端似的。忽然云散开了，左前方的远处可以看得见巴黎。

一个小时以后他们飞越秸秆烧尽的法国田野。飞过了第戎，下方的土地从浅绿色逐渐转为深绿，地势不断抬高，一直延伸到朱罗山区。

开始送午餐了。邦德放下手中的书，抛开反复出现在自己和书页之间的纷繁思绪，边吃饭边俯瞰着日内瓦湖平静的水面。看着松林从山脚攀缘到阿尔卑斯山一座座陡峭山峰上的白雪皑皑的峰顶，他回想起早年滑雪度假的时光。飞机绕着勃朗主峰飞过，那儿距离港口几百码。邦德俯瞰下方如同大象灰不溜秋的皱皮一般的冰山，再次回忆起少年时代的自己：腰里系着绳索，朝着烟囱一般陡峭的红峰之巅攀缘，他那日内瓦大学的两个同伴则亦步亦趋地在翻过平滑的岩石后与他会合。

可是现在？邦德对着舷窗玻璃上自己的影像苦笑了。飞机正在钻出群山，飞越伦巴底大区罗缎一般的平原。如果在街头遇见当年那个名叫詹姆斯·邦德的少年走过来跟他打招呼，他还能认出自己十七岁时清纯、好奇的模样吗？那个年轻人又会怎样看待他，看待年长的特工詹姆斯·邦德呢？他还能透过眼前这个眼神冷漠傲慢、脸上有一道长疤、左腋下微凸的男人在多年背叛、冷血和恐惧经历浸淫之下的外表里的自己吗？如果这个少年真的认出了他，少年会怎么想呢？少年会怎么看待邦德此刻的任务？他会如何理解眼前这个飞越大半个地球来扮演一个无比浪漫的新角色——为英国卖身的英俊特工？

邦德将他逝去的青春抛之脑后，永远不后悔。纠缠过去的种种可能纯粹是浪费时间。跟随命运的安排并且随遇而安，庆幸自己没有沦落为倒卖二手摩托车的小贩或者是色情杂志记者，抑或成为瘾君子或者酒鬼，再不然跛了或是死了。

望着飞机下阳光炙烤着的热那亚和地中海湛蓝的海水，邦德停止回顾，集中精力思考迫在眉睫的事情——那桩他自我挪揄的"为英国卖身"的事情。

因为无论别人怎么表述，对他而言，他只打算这么去实施——勾引，而且是迅速勾引一个从未谋面的女孩，一个他昨天才第一次听说的姑娘。与此同时,不管她有多迷人——T 站站长说她"非常漂亮"——邦德不会关心她怎么样,而是她有什么——她带来的嫁妆。就好像为了财产迎娶一个富有的女人。他能胜任那个角色吗?也许他可以做出应景的表情,说些正确的台词,可是他的身体能不受脑子里的秘密掌控,顺利地配合他将要说出的那些爱的誓言吗?当男人满脑子想的都是女人的银行存款,他们在床上怎么可能有令人信服的表现呢?要么想象着自己面对的是一口袋金块,或许还能感受到刺激,可是一台解码机呢?

厄尔巴岛在下方闪过,飞机减速至五十英里向罗马滑翔。在强皮诺机场时断时续的广播声中坐上半个小时,时间正好够喝两杯上好的阿美丽加诺鸡尾酒,之后他们再次出发,一路飞到意大利。邦德的思绪又回到正以三百英里时速逼近的这个约会的点滴细节。

这会不会是苏俄国家安全部的一个复杂的计谋?他是否正在走进连老谋深算的 M 也没能识破的陷阱?毋庸置疑,M 一定担心会有陷阱,每一点可能性都被反复研究过——不仅是 M 本人,部里各部门负责人已经会商了一个晚上加一下午。可是无论从哪一个角度来审视,没有人能指出这些俄罗斯佬想达到什么目的。他们可能想绑架邦德,然后审讯他,可为什么选邦德呢?他只是个特工,并不了解整个机构的工作状况。除了他自己当前的工作任务以及一些不可能很重要的相关信息,他的脑子里没什么对俄罗斯佬有用的东西。或者他们想干掉邦德,作为一种报复,可是他已经有两年没有和他们交恶了。假如他们想干掉他,在伦敦街头或者他的公寓里一枪就能结果他,或者是在车里放上炸弹。

"请系上安全带。"空姐打断了邦德的思绪。在她讲话的时候，飞机陡然坠落，又猛地向上攀升，引擎的嘶鸣声透着吃力。飞机外面的天空瞬间黑了下来，雨点敲打着舷窗，一道炫目的蓝白色闪电，一声惊雷，像是被高射炮击中一般，飞机摇晃着、闪躲着逃避在亚得里亚海海口偷袭它的雷暴。

邦德嗅到危险的气息，那是一种真实存在的气味，类似你在游乐场闻到的那种汗液和电气混杂的气味。窗外闪电再次掠过，咔嚓！他们仿佛置身于闪电的中心。飞机顷刻间显得异常渺小脆弱，十三名乘客！星期五，13 号！邦德想起洛艾莉亚·彭松贝的话，他放在座椅扶手上的双手开始出汗。这架飞机有多少个年头了？它一共飞行了多少小时？机翼的金属保质期是不是过了？在过去的飞行中它折旧了多少？他也许根本到不了伊斯坦布尔，也许一头扎进科林斯湾就是他在短短一小时前回顾着的命运。

在邦德的内心有一间飓风避难所，类似热带地区老式房子里的那种堡垒。那是一种位于房子中心、建筑牢固的小室，位于底层的中央，有时会嵌在地基中。遇到风暴来袭，户主全家就会躲进小室，直到危机解除。邦德一般只在局势无法控制也无能为力的情况下才躲进他的飓风避难所。现在他躲进了安全堡垒，对外面的噪音和飞机猛烈的震动没有知觉，全部注意力都放在面前椅背上的一处缝线上，情绪舒缓地等候着上天对 BEA130 航班的安排。

几乎刹那间机舱里亮堂了，雨水不再拍打着机窗，飞机引擎发出的难听的噪音也变回平静的哨音。邦德打开飓风避难所的房门，走了出去。他缓缓转过头，好奇地望向窗外，看着下方遥远的飞机微小的影子在科林斯湾上空掠过。他深深地舒了口气,伸手往裤子后袋摸出他的金属烟盒,掏出打火机,点上一支缠有三道金环的莫兰特香烟,看到自己的双手没有丝毫抖动他很开心。他该告诉丽儿差点被她言中了吗? 他决定要是能在伊斯坦布尔找到一张足够原生态的明信片的话,他就告诉她。

窗外的世界褪去了死神云雾笼罩的阴影,黄昏中黛青色的海米托斯山映入眼帘。当雅典城闪烁的灯火出现在下方时,飞机冲向混凝土标准跑道开始滑翔,跑道两侧的风向袋耷拉着脑袋,指示牌上写着龙飞凤舞的奇怪字符。

邦德随着那十几名脸色苍白、一言不发的乘客一起走下飞机,走到候机厅来到酒吧。他点了一杯茴香酒喝下,又喝了一大口冰水,茴香味道下有一种辛辣让邦德感到一小团火顺着喉咙到了胃里,他放下杯子,又点了一杯。

等到扩音器再次呼叫他的名字时,已经是黄昏时分,半个月亮明镜一般高高悬挂在城市的万家灯火之上。夜风轻柔,空气里弥漫着花香,蝉鸣阵阵,依稀听见有人在远处唱歌,歌声清亮而哀伤,曲调悲戚。机场附近一只狗嗅到了陌生人的气味,开始起劲地嚎叫。邦德突然意识到他已经来到了东方世界,这里看门狗会彻夜叫个不停,想到这里,他的心里莫名感到一阵喜悦和兴奋。

到伊斯坦布尔只有九十分钟的航程,需要跨越黑黢黢的爱琴海和马尔马拉海。一顿丰盛的正餐,配上两支干马丁尼和半瓶干红,驱散了邦德对于在星期五又是在 13 号乘坐飞机的种种顾虑以及对眼前任务的担心,他开始愉快地期待未来。

　　他们随后到达了目的地,飞机的四个引擎在时尚现代的耶西勒廊伊机场大楼外停止了转动,机场距离伊斯坦布尔有一小时车程,邦德向空姐告别致谢,拎起沉甸甸的小手提箱经过边防来到海关,等待托运行李。

　　眼前这些皮肤黝黑、矮小丑陋的官员应该是现代突厥人了。倾听他们的对话,发音中多是开元音、轻轻的齿擦音以及变调的 U 音。他观察用轻柔、礼貌的声音掩饰的黑色眼眸,那是明亮、愤怒、残酷的眼神,是刚从山上下来不久的眼睛。那双眼睛在过去的几百年中一边看守着羊群,一边警惕着地平线的风吹草动。那是时刻下意识寻找刀柄的眼睛,是细数碗中谷糕、分辨每一枚硬币、紧盯着商贩手指每一个细微动作的眼睛。那是一双冷漠、多疑、奸恶的眼睛,邦德并不喜欢。

　　出了海关,一个身形瘦长、蓄着两撇黑胡须的男人从暗处走过来。他身着时尚风衣,头戴司机帽。他向邦德敬礼,问也不问地就接过他的手提箱,引导他来到一辆锃亮的贵族车前——那是一辆劳斯莱斯老爷车,据邦德判断是 20 年代专门为百万富翁们量身定制的。

　　汽车驶出机场,那个男人转过头,以一口流利的英语礼貌地说:"凯里姆先生认为您今晚想休息了,先生,我明早九点来接您。您住哪家酒店呢,先生?"

　　"水晶宫。"

　　"好的,先生。"汽车顺着宽阔的马路驶去。

　　在他们身后,邦德隐约听见机场停车场斑驳的阴影里有摩托车发动的声音。他对此毫不在意,舒服地靠在车座上享受着旅程。

第十四章 达科·凯里姆

水晶宫酒店位于佩拉山上。詹姆斯·邦德一早在昏暗的房间里醒来,下意识地伸手去挠右腿外侧奇痒的一块,昨晚不知被什么东西咬了一口,他恼火地抓着那个地方,他本该料到会这样的。

昨晚抵达酒店时,迎接他的是一名身着衬衫西裤,没打领结,阴沉着脸的夜班经理。他大概打量了一下大堂,看到铜盆里脏兮兮的棕榈、地板和墙上褪色的摩尔式瓷砖,他就料到房间的情况了。他本想换酒店,可是出于习惯,以及对经常发生在老式欧洲酒店的一夜情的偏好,他决定留下来。他登记入住后跟着那个男人乘坐老式滑轮电梯上到三楼。

他的房间里正如他所料,只有一张铁床、几件旧家具。在大堂经理离开之前,他仅仅检查了一下床头后的墙纸上有没有被拍死的虫子的血迹。

他的确有先见之明，当他走进浴室打开热水龙头，只听见一声长叹，接着一阵难听的咔咔声，最后一只小蜈蚣被冲到浴缸里。邦德快快地用冷水龙头细细的棕黄色水柱冲走蜈蚣。代价啊，他自嘲着，谁叫他因为想要逃离大酒店的舒适，被这家酒店的名字吸引而选了这里呢。

不过他休息得倒是很好，除了提醒自己必须买点杀虫药之外，他决定将个人舒适抛之脑后，开始一天的工作。

邦德从床上起身，打开厚重的红色窗帘，倚在铁栅栏上眺望世界最著名的景观之一——右边是金角湾平静的水石，左边是博斯普鲁斯海峡汹涌奔腾的浪花，而居于两者之间的则是佩拉清真寺高耸的尖塔与高高低低的屋檐。不管怎么说，他的选择还是对的，眼前的景色弥补了床上那些虫子带来的诸多不快。

邦德一动不动地伫立了十分钟，望着欧亚分界处奔腾的水面，然后他回到已经洒满阳光的房间，打电话订早餐。他说英语没人能听懂，最后用法语总算说明白了。他打开水龙头，用冷水耐心地刮胡子，祈盼他所点的异域早餐不会是一场灾难。

早餐没有让他失望，用蓝色瓷碗盛着的酸奶呈现出奶油黏稠时的深黄色，去皮的绿色无花果已经熟透了，土耳其咖啡颜色黛黑，略带烟味，是新研磨的咖啡。邦德坐在敞开的窗户旁享受着可口的美食，他望着汽轮和帆船穿行于眼前展开的两片海域，暗自好奇凯里姆的模样以及他会带来什么新消息。

9点整，那辆考究的劳斯莱斯准时到达，载他穿过塔克西姆广场和拥挤的伊斯边卡尔大街，渐渐驶离了亚洲。那些等候起航的汽轮冒出的黑色浓烟中，过往商船身上优雅的双锚交叉标志时隐时现；浓烟遮住了加拉塔桥的前半段，挡住了劳斯莱斯驶向的对岸。劳斯莱斯在自行车和电车的车流中艰难穿行，它那古老高贵的球状喇叭的鸣笛也只勉强把行人挡在车轮之外。随后道路开阔了，伊斯坦布尔欧洲部分的古城出现在半英里开外的桥的尽头，远望可见高耸入云的细高尖塔以及塔下匍匐的清真寺的一个个圆顶，仿佛女人丰满紧致的乳房一般。那里应该是阿拉伯之夜了，不过对于已在电车车顶和河边巨大伤疤似的广告牌上见识过它的邦德来说，它就像是被现代土耳其弃如敝屣的陈旧的舞台布景，现代土耳其更钟爱的是矗立在它背后佩拉山上的钢筋混凝土建造而成的熠熠生辉的伊斯坦布尔——希尔顿酒店。

下了桥，汽车右转经过一条与水岸平行的狭长的鹅卵石街道，停在一处高高的挡雨棚外面。

一个身穿破旧的斜纹军服，面目凶悍的看门人从门房迎了出来，胖圆脸上堆满笑容地敬礼。他打开车门，让邦德跟在他身后，带邦德走进门房，穿过一扇门来到一个整洁的碎石花坛。花坛中心长着一棵扭曲多节的桉树，树底下有两只斑鸠正在觅食。这里远离城里的喧嚣，安宁而静寂。

他们走过碎石，穿过另一扇小门，邦德发现自己走进了一个巨大的拱形仓库。仓库位置很高的地方开着圆形的窗。灰尘飞舞的阳光光柱透过一堆堆物品斜射过来。仓库里有香料散发出的凉爽的霉味和咖啡香味。邦德跟着看门人走过中间走廊时，一股浓郁的薄荷味道扑面而来。

在长长的仓库尽头有一个围栏围住的抬高的平台,十几个少男少女坐在高脚凳子上在老式的大账本上忙碌地书写着。这里就好似狄更斯笔下的账房,邦德注意到在每张桌上的墨水瓶旁边都有一把旧算盘。邦德在人群中走过,店员无一抬头观望。一名长脸黝黑,居然长着蓝眼睛的高个儿男人从最后一排桌子后面走上前接替看门人继续护送邦德。他冲着邦德热情地笑着,露出洁白的牙齿,带着邦德走到平台背后,他敲了敲装有耶鲁弹簧锁的红木门,没有等回应就推开门让邦德走进去,又轻轻带上门。

"啊,我的朋友,进来,进来。"一个身穿剪裁合体的奶白色罗缎西装的高大男子从红木桌前起身迎上前来,向他伸出手。

友善的大嗓门隐含着权威的口气,提醒邦德他就是 T 站站长,而且邦德此时正在别人的领地,理应受他指挥。这不是一种礼节,而是必经遵循的一个原则。

达科·凯里姆的手温暖而不潮湿,那是一双强壮的西方人灵活的手——不是东方人黏湿的双手,握过之后你恨不得立刻在衣襟上擦干手指,而且那只大手有一种环绕力,提醒你它可以轻松地捏紧你的手,直到捏碎你的骨头。

邦德身高六英尺,而这个男人至少高他两寸,并且看上去身材高大健硕,是邦德身材的两倍。邦德抬起头看着那张皮肤光滑的棕色脸庞,一双蓝眼睛间距很宽,笑意盈盈,鼻梁坍塌嵌在大脸盘上。那双水汪汪的眼睛布满血丝,像极了经常靠近火堆的猎犬的眼睛,邦德知道那是一双纵情声色的眼睛。

从那卷曲的黑发、鹰钩鼻以及强烈的自尊感可以看出这个人有些像吉卜赛人,而戴在他右耳上那只细小的金耳环更是突出了他的流浪士兵的气质。这是一张非常戏剧性的脸庞,充满活力、残忍而又放荡、堕落。可是令人注目的不是它的戏剧效果,而是它所散发的生命力。邦德从没在其他人脸上看到这种生机和暖意,就好像是靠近了太阳。邦德松开那只干燥有力的手,回敬了凯里姆一个对陌生人鲜露的友善的笑容。

"感谢你昨晚派车去接我。"

"哈!"凯里姆乐了,"你还得感谢我们的朋友,接你的人有两拨,每当我的车去机场他们就会跟踪。"

"是黄蜂还是兰美达?"

"你看见了?是兰美达。他们给手下小矮子们都配了一辆,我叫他们'无名氏'。因为他们的长相几乎一模一样,没法分辨。那些小混混,大部分是讨厌的小偷,为他们干些脏活儿。不过我看这些家伙会保持距离的,自从那天我的司机突然停车然后拼命倒车之后,他们就不敢再靠近劳斯莱斯了。虽然车身花了,车架底部也坏了,但好歹给他们一个教训。"

凯里姆走到他的座椅坐下,示意邦德坐在桌对面那只一模一样的椅子上。他递过一只白色的扁平的烟盒,邦德坐下来抽出一根点上。这是他抽过的最好的香烟——最温和、甜香的土耳其烟草包裹在细长的椭圆形烟管里,烟身上还有一枚精致的金色新月。

当凯里姆把一支香烟塞进一支细长的被尼古丁熏黄了的象牙烟嘴的时候,邦德乘机打量着房间,房间里油漆味很重,好像刚刚重新装修过。

　　房间四方四正,面积很大,用抛光红木做的墙群,只有凯里姆座椅背后从房顶处悬挂下来一块东方织锦挂毯,在风中轻轻地晃动,好像背后有一扇打开的窗户似的。但这好像不太可能,因为光线是从墙壁上方三扇圆形窗户照进来的。也许在织锦挂毯的背后是可以俯瞰金角湾的阳台,邦德听得见波浪拍岸的声响。右手边的墙壁中间挂了一幅镶金框的英国女王画像,是阿尼戈尼画作的仿制品。正对面的墙上,也镶了奢华边框的,是塞西尔·比顿拍摄的丘吉尔战时的照片,照片中的温斯顿·丘吉尔像一个睥睨众生的斗牛犬一样坐在内阁办公室的桌前抬头望着。靠着一面墙立着一个宽大的书架,书架对面有一只舒适的真皮沙发,位于房间中央的大写字台抽屉的铜把手闪闪发亮。杂乱的写字台上摆着三只银相框,邦德瞥见两处铜版体书写的信使字样以及大英帝国军事勋章。

　　凯里姆点燃香烟,他冲着织锦挂毯方向甩了一下头。"我们的朋友昨天来找我了,"他若无其事地说道,"他们在外面墙上安了一个吸附式爆破弹,把它定时在我到办公桌前时爆炸。算我运气好,和那年轻的俄罗斯姑娘在沙发上放松了一会儿,她还以为男人会为爱泄密呢。炸弹在关键时刻爆炸,我倒是不以为然,可那姑娘可吓坏了。当我松开她时,她已经歇斯底里了。我怕她会断定我的做爱方式太暴力。"他歉疚地晃了晃烟斗,"不过时间比较仓促,在你到来之前只来得及换上窗户玻璃,换掉我的照片,房间里还有新漆的味道。不过……"凯里姆靠在椅子上,眉心微蹙,"令我困惑的是他们为何要突然破坏现有的平静,我们在伊斯坦布尔一直都是和谐共处,各忙各的事,从没听说过我的朋友们会如此唐突宣战。这让人非常不安,只会给我们的俄罗斯朋友带来麻烦,我不得不找出肇事者来算账。"凯里姆摇摇头,"这太令人费解了,但愿此事与我们的任务无关。"

"可是有必要把我到来的消息广而告之吗?"邦德温和地问,"我可不愿意你卷入这些事,丁吗要派劳斯莱斯去机场接?这样做只会牵连到你。"

凯里姆宽厚地笑了笑:"我的朋友,我必须告诉你一些你应该知道的事情。我们和俄罗斯人还有美国人在所有的酒店都有线人,并且我们已经买通秘密警署总部官员,他会向我们提供一份每天乘机、乘火车或乘船入境的所有外国人名单。如果再多给我几天的话,我可以从希腊边境把你偷偷弄进来,不过有什么必要呢?那边必须知道你的存在,这样我们的朋友才能联系你。这是她提出的条件,她会负责安排你们的会面,可能她不信任我们的安全防范措施,谁知道呢?不过她很坚决,她说——以为我不知道似的——她的中心即刻能收到你到来的信息。"凯里姆耸了耸他的宽肩,"所以干吗要为难她呢?我只关心让你在此一切顺利舒适,这样你至少会享受在这里的经历——即使徒劳无功。"

邦德大笑:"我收回所有的话,我忘记巴尔干规矩了,无论如何,我在这里一切听命于你,你让我做什么,我就做什么。"

凯里姆把这个话题丢到一边:"现在,说到舒适度的问题,你住的酒店怎么样?我很诧异你会选择水晶宫,那里只比乱糟糟的棚子强一点点——是法国人所说的那种房子。俄罗斯人喜欢去那里,倒不是说这一点很重要。"

"不算太差,我只是不想住伊斯坦布尔的希尔顿或其他什么时尚的地方。"

"需要钱吗?"凯里姆从抽屉里拿出一包绿色的新票子,"这里是土耳其币一千里拉,按照黑市价格,约合二十英镑。这些用完了你告诉我,需要多少我给你多少。等任务结束我们俩再算账。不过那不值钱,自从第一个百万富翁克鲁索发明出金币,钱就贬值了,并且金币上的面孔和价值一样不断贬值。金币上起初印的是神像,然后是国王的,后来是总统,现在根本就没有头像了。看看这东西!"凯里姆把钱扔给邦德,"现在就是纸了,上面只有政府大楼和出纳的签名。狗屎! 奇怪的是你还可以用它买东西。不过,其他东西呢,比如香烟? 只能抽这个,等一下我叫人送几百支到你的酒店。最好的那种,外交官牌,不容易弄到,大部分都供给了部委和使馆。执行任务时除了钱还有什么要准备的? 不用担心你的一日三餐和休闲娱乐,我会安排的。我很乐意做这些,如果你不介意的话,我希望在你在伊斯坦布尔期间不离你左右。"

"乐意之至。"邦德说,"只是将来你必须去伦敦。"

"不去,"凯里姆一口回绝,"那里的天气和女人一样太冷了,我很荣幸你能来到这里,让我想起打仗的时候。现在,"他按了按桌上的铃,"你想喝原味还是加糖的咖啡? 在土耳其,没有咖啡或拉克酒就没法谈正事,而现在喝拉克为时太早。"

"原味的。"

邦德背后的门开了,凯里姆粗声吩咐着,门关上之后,凯里姆打开一个抽屉,拿出份文件放在他面前,一掌拍在文件上。

"朋友，"他神色凝重地说，"我不知道对于这个任务该说些什么，"他靠在座椅靠背上，双手环在领后，"你有没有感觉我们这种工作很像拍电影？每当我在所有人安排到位后，以为我可以开拍了，这时候就会出现天气状况、演员状况、突发事件。拍摄电影的过程中还会有其他因素，爱情会以某种形态或方式出现，最糟糕的是场景，就是眼前这种，发生于两个明星之间。对于我来说，这是这次事件中最令我百思不得其解的部分。这女孩真是爱上了她理想中的你吗？她见到你以后还会爱你吗？你能爱她到让她投诚的地步吗？"

邦德一言不发，有人敲了一下门，仆役长在两人面前各放下一只镶金边的瓷碗后走出去。邦德喝了一小口咖啡，放下杯子，味道不错，就是渣子多了点，凯里姆吞了一大口咖啡，把香烟插入烟斗，点上。

"不过对于爱情这种事我们无能为力，"凯里姆接着说，更像是在自言自语，"我们只能静候旁观。与此同时，还有其他事情。"他紧贴办公桌坐直，望向邦德，眼神瞬间变得十分冷漠而世故。

"敌营里出现些状况，我的朋友。不仅是这次企图除掉我的行动，他们来来走走，我没有多少证据，"他举起粗壮的食指，放在鼻翼边，"但是我有这个，"他像轻拍小狗一样敲了敲鼻翼，"这是我的一个好朋友，我相信他。"他把手缓缓地、夸张地放在桌上，轻声说道，"要不是赌注那么大，我会跟你说：'回家去吧，朋友，回家去，这里很危险，赶紧走吧'"。

凯里姆靠在椅背上，声音里的紧张感消失了，他粗声大笑："可我们不是老妇女,这是我们的工作,让我们忘掉我的鼻子干活吧。首先,还有什么不清楚的需要我来告诉你?在我发出信号以后,那姑娘没出现过,我也没有其他消息。不过也许你想问一些关于会面的问题。"

"我只想了解一件事,"邦德直截了当地说,"你怎么看那个女孩?你信不信她的话?她关于我的那番话,其他都不重要,假如她对我没有那种神经质的迷恋,这整桩事情就毫无根据,这就成了苏联国家安全部精心策划的计谋。现在,你相信那个女孩吗?"邦德的语气急迫,他的目光盯着另一个男人的脸寻找着答案。

"啊,我的朋友,"凯里姆摇了摇头,他摊开两手,"这是我当时问自己的问题,也是自那以后我一直在问自己的问题。可是谁能分辨出一个女人在这种事情上是不是撒谎呢?她长着一双明亮的眼睛——美丽而无邪,双唇湿润,唇形美妙绝伦。她的语气急切,被自己的言行吓着了一般,抓着船栏的手指关节发白。可是她心里想什么,"凯里姆举起双手,"恐怕只有天知道了。"他无奈地放下手臂,双手平放在桌上,望着邦德,"只有一个办法来判断女人是不是真心爱你,而且即使用那种办法也得靠专家来分辨。"

"嗯,"邦德半信半疑地说,"我懂你的意思,在床上。"

第十五章　间谍的背景

又添了杯咖啡,之后是更多的咖啡,巨大的房间里弥漫着香烟的烟雾,两个男人仔细分析梳理每一条证据,再把它们放下。一个小时过去了,他们又回到原点。还是要靠邦德来解决这个女孩的问题,假如他相信她的话,就把她的机器带出这个国家。

凯里姆负责后勤事务。他先拿起电话,让他的旅行社在下周所有的出港航班上预订两张机票——英国欧洲航空公司、法国航空公司、瑞典航空公司和土耳其航空公司。

"现在你得有一本护照,"他说,"一本就够了,她可以作为你的妻子同行。我的人会给你照相,他会给你找一张和她长相相似的女孩照片。实际上,嘉宝早期的照片就行,两个人的确很像。他可以从旧报纸里找一张。我来找总领事,他是个很好的家伙,他喜欢我的间谍小把戏,护照今晚就能做好,你想叫什么名字?"

"随便起一个呗。"

"索默塞特,我妈妈的老家。大卫·索默塞特,职业:公司董事,也就是啥都不是。这姑娘呢? 我们叫她卡罗琳吧,她长得像这个名字。一对举止优雅、热爱旅游的英国青年男女。财务控制表? 交给我吧,表格上会显示旅行支票八十镑,另外还有银行的清单显示你在土耳其换过五十英镑。海关报关单? 他们从来不查,巴不得有人走私进来什么东西,你将申报一些土耳其特产——给伦敦朋友的礼物。万一你得迅速撤离的话,就把结账和收拾行李的事交给我好了,水晶宫的人都认识我。还有什么?"

"我想不出来了。"

凯里姆看了手表:"12 点,正好让车送你回酒店。你会有一条留言,注意检查你的东西是不是有好奇的人动过。"

他按铃叫来总管,对他发布指令,总管敏锐的目光直视凯里姆的眼睛,瘦削的脑袋向前伸着,像一只小灵犬。

凯里姆送邦德到门口,他们再次友好而有力地握手。"等会带你去吃午饭,"他说,"在香料市场的一个小地方。"他开心地望着邦德的眼睛,"我很乐意与你共事,我们会合作愉快的。"他松开邦德的手,"现在我有很多事得立即着手做,可能是些错事,不过,"他咧嘴一笑,"让我们出点损招,但是,要快!"

貌似凯里姆参谋长的总管引领邦德穿过升起的平台墙上的另一扇门,那些人仍在埋头于账目之中。那里有一条短短的走廊,走廊两侧是房间。仆役长领着邦德走进其中一间,邦德发现自己置身于一个配套设施极其完善的暗室和实验室。十分钟之后,他再次来到外面的街道,劳斯莱斯钻出狭窄的小巷,返回到加拉塔桥上。

水晶宫值班经理换了人,是一个身材短小、满脸谄媚的男人,黄色脸孔上长着一双罪恶的眼睛。他从办公桌后走出来,双手摊开表示着歉意:"阁下,我万分抱歉,我的同事给您安排了不合理的房间,我们不知道您是凯里姆先生的朋友,我们已经把您的行李搬到12号房,那是我们酒店最好的房间。实际上,"经理谄媚一笑,"那是给度蜜月的新婚夫妇准备的房间,非常舒适。我很抱歉,阁下,原来那间房间不是给您这样的贵客准备的。"男人谄媚地搓着手,行了个礼。

邦德唯一不能忍受的就是被人阿谀奉迎,他直视大堂经理的眼睛说:"噢。"那双眼睛立刻闪躲到一边,"让我看看房间吧,我也许不喜欢呢,我现在的房间挺好。"

"当然,阁下。"男人跟随邦德来到电梯,"可是水工正在您原来的房间干活呢,自来水……"他的声音渐渐低下去。电梯上行了约十英尺,停在二楼。

唔,水工的说法有些真实性,邦德想,而且,无论如何,享受酒店最好的房间也没什么坏处。

大堂经理打开一扇高大的房门后退到一边。

邦德只有满意,阳光从阳台处的两扇对开的窗户倾泻而入,房间的格调是粉灰色,装饰风格仿法兰西帝国样式,虽然有些陈旧,但世纪初的优雅还是分毫未减。实木地板上铺着布哈拉地毯,一盏明晃晃的枝形吊灯从装饰华丽的天花板上垂下。靠右墙放着一张大床,床后挂了一面镶了金框的镜子。(邦德乐了,蜜月房! 天花板上还该有一面镜子。）浴室里铺着瓷砖，设施齐全，包括一个坐浴盆和淋浴器。邦德的剃须用品整齐地摆放着。

大堂经理跟着邦德回到卧室，在邦德说完可以留在这个房间后，他满怀感激地躬身退出。

为何不要呢？邦德再次检阅这个房间，这一次他仔细地检查墙壁、床的四周和电话机。为啥不要这个房间？有什么必要安装窃听器或密门呢？有什么意义？

他的手提箱摆放在五斗橱边的长凳上，他蹲下察看，发现开锁处没有划痕，他原先塞进锁孔的线头还在原处。他打开手提箱，拿出里面的公文包，也没有动过的痕迹，邦德锁上箱子站起身。

他洗浴后走下楼。"没有阁下的口信。"大堂经理恭送邦德打开劳斯莱斯车门，那双眼睛固有的邪恶背后是不是有一丝同谋的眼神呢？邦德决心不予理会。不管是什么游戏，都得奉陪到底，假如换房间是游戏开局的一步，那就更好，游戏总要有一个开局点。

汽车飞速驶下山丘，邦德的思绪又回到达科·凯里姆身上。T站站长是这么一个人物！在这个行为鬼祟的小人国里，单是他的身高就足以赋予他权威，而且他旺盛的活力以及对生活的热爱能让他和所有人交朋友。这个精力充沛的精明海盗是从哪儿来的？他怎么会给军情机关做事的？他是邦德喜欢的为数不多的类型，邦德已经打算把凯里姆加到那几个真正朋友的名单中，这些人是没有"熟人"关系的邦德真正放在心上的朋友。

汽车又开过加拉塔桥，停在香料市场拱廊外。司机引领邦德走上舒缓而破旧的楼梯，进入市场。这里充斥着奇异的香味、呵斥乞丐的声音以及扛着麻袋的搬运工。到了门厅,司机离开拥挤、嘈杂的人群向左手转,领着邦德来到厚实的墙壁上的一扇小拱门前,拱门内是炮塔般盘旋向上的石阶。

"阁下,凯里姆先生在左手尽头的房间,你可以问路,大家都认得他。"

邦德顺着凉爽的楼梯来到一间小接待室,一名侍者问也不问地带领他穿过迷宫一样铺满彩砖的拱形小房间来到凯里姆身边。凯里姆坐在门厅上方拐角的一张桌子旁。他热情地向邦德打着招呼,晃动着一杯盛着冰块的奶白色液体。

"你来了,我的朋友!喏,赶紧来杯拉克。你一路观光一定累坏了。"他冲着侍应生吼叫着点酒。

邦德在一张扶手椅上坐下,接过侍者递过来的小酒杯,他冲着凯里姆扬了一下,然后送到嘴边品尝,味道和希腊的茴香烈酒一模一样。他一饮而尽,侍者随即又给他斟满。

"你来点午饭吧,土耳其这里只吃用变质橄榄油烧的杂碎。至少香料市场的杂碎是味道最好的。"

侍者笑着推荐了几道菜。

"他说今天的多纳烤肉串很不错,我不相信他的话,不过有可能。那是炭火烤的小羊肉配上咸味米饭,放很多洋葱。或者你有什么想吃的?这里人常吃的肉饭或是灌辣椒?那也行,你得先点几条烤纸包沙丁鱼,那东西还能吃。"凯里姆冲着侍者呵斥。他靠在椅背上,对着邦德微笑着:"这是对待这些家伙唯一的方式,他们喜欢挨打受骂。这是他们能理解的语言,是在他们血液里的。那些民主做派他们受不了,他们需要苏丹,需要战争、强奸和乐子。穿着条纹西装,戴着礼帽的可怜的家伙。他们很可怜,你仔细打量他们就会发现,算了,见他们的鬼去吧。有什么新消息?"

邦德摇摇头,他跟凯里姆说了换房间和箱子没有人动过的事情。

凯里姆一口干了杯拉克酒,用手背抹了一下嘴角,他和邦德的看法一致。"唔,游戏必须有个开局,我已经做出一些小动作了。现在我们只要观望就好。午饭后我们向敌区发动一次小突袭,我想你会感兴趣。噢,我们不能被发现,我们应该躲起来,潜伏行动。"凯里姆为他的计谋开怀大笑,"现在我们说点别的。你对土耳其印象如何? 不,我不想知道答案,还有什么?"

第一道菜的到来打断了他们的说话,邦德点的烤纸包沙丁鱼与油炸沙丁鱼味道并无二致。凯里姆对着一大盘生鱼片似的东西开始动手,他看到邦德好奇的目光,说:"是生鱼! 这个吃完以后我还要吃生肉、生菜,然后吃一碗酸奶。我不是赶时髦的人,但是我曾经受过训练,要成为一个职业保镖,这在土耳其是个好职业,很受公众欢迎。教练坚持我应该只吃生食,我养成习惯了。它很适合我,不过,"他晃了晃叉子说,"我不认为对所有人都合适,我不在乎别人吃些什么,只要他们自己喜欢,我受不了吃饭喝汤时都不开心的人。"

"你为什么放弃成为保镖了呢? 你怎么干上这一行的?"

凯里姆叉起一片鱼,用牙撕扯着。他喝下半杯拉克酒,点上一支香烟靠在椅背上。"呃,"他苦笑了一下,"我们也可以谈谈我自己,你一定奇怪'这个大疯子怎么进的军机处',我会告诉你,但是会提纲挈领地说,因为说来话长。听烦了就打断我,好吗?"

"好的。"邦德点上一支"外交官",他双肘撑着桌面倾身向前。

"我来自特拉布松。"凯里姆望着盘旋而上的烟雾,"我家是个大家庭,有很多'姨娘'。我父亲是那种女人难以抗拒的男人,所有女人都为他倾倒,她们梦想着被某个男人扛在肩上,带进洞里去强奸。我父亲就是这么对待她们的。他是名了不起的渔夫,整个黑海周边地区都听说过他。他专捕剑鱼,剑鱼很难捕捞,他总能胜过别人。女人崇拜英雄,他是土耳其某个角落的英雄,那里的传统要求男人必须粗暴。他是个壮硕浪漫的家伙,所以对女人无往不胜。他来者不拒,有时候为了得到她们不惜杀掉其他男人,所以他自然而然有许多孩子。我们都在一个乱糟糟的旧房子上下铺住着,我们的'姨娘'们把那里收拾得刚能住人。那些'姨娘'的总数加起来真的抵得了一个后宫,其中有一位是来自伊斯坦布尔的英国家庭教师,是我父亲在看马戏时遇见的。他俩看对了眼,当天晚上他带她上了他的渔船,顺着博斯普鲁斯海峡逆流而上,回到特拉布松。我知道她从未后悔过,我觉得她的眼里只有他,早已忘了全世界。她于战后去世,死时六十岁。在我之前出生的孩子是一个意大利女孩生的,她给他取名叫比安科,他是白皮肤,我是黑的。所以我被叫作达科(意思是黑色的)。家里一共有十五个孩子,我们的童年很开心。'姨娘'们经常争斗,我们也是一样,就像是一个吉卜赛营地,由我父亲把我们凝聚在一起,每当我们不听话的时候,他会痛揍我们,女人、孩子都打。不过当我们老实听话的时候,他对我们很好。你能理解这样一个家庭吗？"

"听你的描述我能理解。"

"嗯，它就是那样，我长大以后跟我父亲差不多高大健硕，不过比他有文化，是我母亲的功劳。我父亲只是教育我们要爱干净，每天上一趟厕所，还有就是从不感到羞耻。我母亲还教我尊重英国，不过是顺带教的。等我长到二十岁，我有了一艘自己的船，开始赚钱。但我是放荡不羁的人，我离开了家，住在水边的两间小屋子里，我想在我母亲不知道的情况下睡女人。可是我运气不好，找了一个比萨拉比亚泼妇，她是我在伊斯坦布尔城的后山里和几个吉卜赛人打架赢回来的。他们一路追我，而我把她带上了船。我得先把她打昏，我们到特拉比苏时她还想杀我，所以我把她带到我的住处，剥光她的衣服，把她一丝不挂地锁在桌子下面。我吃饭时，就给她往桌下扔点碎渣，像喂狗一样——她得明白谁是主人。在我干那事儿之前，我母亲干了件我闻所未闻的事，她没打招呼就到我这里来，她是来告诉我我父亲要立刻见我的。她看见那个女孩，我母亲从没那样对我发过火，生气吗？她简直发了疯。她说我是个残忍的混蛋，她没脸认我这个儿子，叫我必须立刻把女孩送回家。我母亲从家里给她拿了几件自己的衣服，女孩穿上衣服，可却不愿意离开我。"达科·凯里姆朗声大笑，"有趣的一堂女性心理课，我亲爱的朋友。我母亲对她的一番安抚只换来她的吉卜赛语咒骂。那个时候，我正和父亲见面，他不知道这一切，也不会听到。那里还有一个男人，一个少言寡语的高个儿英国人，一只眼戴着黑色眼罩。他们正在谈论俄罗斯人。英国人想了解他们在边境做些什么，在距离特拉比苏仅五十英里以外的巴图姆油田和海军基地有些什么动作。他会以大代价购买情报,我懂英文和俄文,我耳聪目明,我有一条船。我父亲决定让我为英国人做事,而那个英国人,我亲爱的朋友,就是丹赛上校,前任的站长,至于其他,"凯里姆挥了挥烟斗,"你能猜出来了。"

"那你所接受的职业保镖培训呢?"

"啊,"凯里姆狡黠地说,"那只是个副业,土耳其人在边境唯一放行的几乎就是我们的巡回马戏团。俄罗斯人离了马戏就活不了,就是这么简单。我可以表演断铁链和用牙齿提重物,我在俄罗斯村庄里和当地的壮汉比摔跤。有些格鲁吉亚人是巨人,不过幸好他们是笨巨人,我几乎每次都能赢。后来,在喝汤的时候,他们总是高谈论阔,闲聊八卦,我就装傻,假装听不明白。我会时不时地问个无厘头的问题,他们就会取笑我,告诉我答案。"

又上了第二道菜,还有一瓶卡瓦克里蒂尔白酒,那是和所有巴尔干红酒相似的一种口感醇厚、有涩味的勃艮第红酒。烤肉味道不错,有熏培根油和洋葱的味道。凯里姆吃的是一种用一大块生牛肉末、辣椒丁和韭菜拌上鸡蛋黄夹在中间的扁平汉堡,他让邦德试吃了一口。"味道好极了。"邦德评价道。

"你应当每天吃这个,"凯里姆认真地说,"这对需要经常做爱的人有好处,为此你该做些练习,这些对男人来说很重要,至少对我如此。和我父亲一样,我玩过大把女人。不过,不同于他的是,我烟酒无度,这些习惯影响性爱质量,对我干的这工作也有影响。压力太大,思虑过多,血都供给了脑子,而没有流到做爱需要的地方,但是我渴望生活,我同时做所有的事情,有一天我的心脏会突然罢工。

那只铁蟹会像抓住我父亲那样抓住我。可是我不怕它,至少我会死于体面的疾病。也许他们会在我的墓碑上写上'此人死于太会生活'。"

邦德大笑。"别走得太急,达科,"他说,"M会很不开心,他对你很是器重。"

"是吗?"凯里姆审视着邦德的脸,想判断出他说的是不是真的。他开心地笑了:"那样的话,我还不能让螃蟹控制我的身体。"他看看手表。"嗨,詹姆斯,"他说,"你提醒了我还有活要干,我们要在办公室喝咖啡,现在没多少时间了,俄罗斯人每天下午2点半开战时会议,今天你我将莅临他们的研讨会现场。"

第十六章　满是老鼠的隧道

　　回到凉爽的办公室，他们等待着不可或缺的咖啡送来。凯里姆打开墙上的一扇柜门，拿出几套蓝色连身工装，凯里姆脱去上衣，穿上其中一套工装，套上一双胶靴。邦德挑了一套尺寸大致合适的工装和一双胶靴穿上。

　　主管送来了咖啡，同时带来了两只强光手电筒放在桌上。

　　看到主管走出房间后，凯里姆说："他是我儿子——大儿子，在这里工作的其他人都是我的孩子，除了司机和门卫是我叔叔，血缘是最好的安保措施。香料生意的掩护身份也很适合我们。是 M 帮我在这一行站稳了脚跟，他和伦敦城的朋友们打了招呼，我现在是土耳其最大的香料商。M 借给我的资本已经还清了，我的孩子人人都有股份，他们日子过得不错。每当有秘密任务需要人手时，我就会挑一个最合适的孩子，他们都接受过各类间谍工作训练，个个机

135

灵勇敢。有几个已经为我杀过人,他们都愿意为我牺牲——也许是为 M 牺牲,我告诉他们 M 是排在上帝之后的那个人。"凯里姆若无其事地摆摆手,"我说这些是为了告诉你你很安全。"

"我对此确信不疑。"

"哈哈!"凯里姆不置可否,他拿起手电筒,递给邦德一只,"现在开始干活。"

凯里姆走到宽大的玻璃门书架前,把手伸到书架背后,咔嗒一声,书架悄无声息地顺着墙壁滑到左边。后面是一扇齐墙高的小门,凯里姆推了一下门,门向内打开,露出一条黑洞洞的隧道,有向下一直延伸的石阶。一股潮湿的气味,混杂着隐隐的动物园的恶臭冲进屋里。

"你走前面,"凯里姆说,"沿着台阶走到底下等我,我把门关好。"

邦德打开手电筒,小心翼翼地走下楼梯,手电光束照亮了新挖不久的石壁,二十英尺的下方,隐约可见一道波光。等到邦德走到楼梯底端,他发现那一道波光原来是一道顺着右上方垂下来的一条古老的石壁水道底部中心排水沟流淌的细小水流。水道向左下方一直延伸,他猜想,会通到金角湾水面以下。

邦德的手电光之外的阴影里有一种持续的、低低的窸窣声,黑暗中有成百上千只红点点在闪烁移动,上坡下坡到处都是。水道西边二十码开外,上千只老鼠正望着邦德。它们正在嗅他的气味,邦德可以想见它们的胡须在牙齿上方抽动的样子。有那么一瞬间,他想到假如他的手电熄灭了,它们会有什么行动?

　　凯里姆突然出现在他身旁。"上坡路很长,要走一刻钟。但愿你热爱小动物。"凯里姆的笑声在隧道中回荡着,鼠群一阵骚动,"糟糕的是,我们没有多少选择,这里不是老鼠就是蝙蝠,相当于许多空军中队、许多陆军部队的士兵数量。我们得把它们向前驱赶。快到顶端时会很拥堵,我们开始向上走吧。这里通风条件不错,水流两边都是干的,可是冬天水位高时我们不得不穿蛙人的衣服。注意让你的手电筒光束照在我的脚上。遇到有蝙蝠飞进你的头发里,把它打落。这种情况不多见,它们的雷达相当灵。"

　　他们开始向陡坡上爬,四周弥漫着浓郁的老鼠和蝙蝠的粪便的气味——类似猴舍和鸡笼的混合气味,邦德感到他多少天也忘不掉这味道了。

　　一簇簇蝙蝠像干瘪的葡萄似的悬挂在洞顶,每当凯里姆和邦德的头顶掠过它们,它们会瞬间吱吱叫着炸开去。他们一路向上攀行,前方乌压压一片尖叫着的红点,在中心水道两侧愈来愈密。凯里姆偶尔用电筒光照过去,只见一片灰色的田野上布满了发亮的牙齿和闪光的胡须。每当这时,鼠群会格外惶恐,近处的老鼠会争先恐后地跳到其他老鼠身上逃窜。自始至终,那些此起彼伏的灰色身躯布满了整个中心水道,隧道上方的鼠群越来越庞大,后面的队伍一步步逼近。

　　两个人的手电筒像手枪一样一直对准后面的鼠群,直到一刻钟以后,他们到达了目的地。

　　那里是隧道侧墙上新砖修砌的壁厢,里面有两只长凳,分放在厢顶垂下的一个用厚油布包裹的物体两边。

他们走进壁厢，邦德想，再向上爬不到几码，上方的那成千上万只老鼠一定会抓狂，大部队会转向。单是空间的逼仄就足以使它们鼓足勇气直面电筒的亮光扑向这两名不速之客，再也不在乎两束光亮和可怕的气味。

"注意。"凯里姆说，片刻的沉寂，隧道上方的尖叫声戛然而止，像是有人刚下了命令，然后蓦地，隧道涌动着一英尺深的灰色躯体，冲撞着，滚动着，并且一直保持着高频的尖叫声，老鼠们掉转方向，连滚带爬地从陡坡上摔落。

有那么几分钟，这条灰色的河流不间断地从壁厢外奔涌而过，直到最后老鼠的数量越来越少，只有几只伤病员一跛一跛地在隧道摸索着前行。

鼠群的尖叫声在水流处渐止，只听见偶尔有蝙蝠惊慌飞过的声响。

凯里姆毫无表情地哼了一声："这些老鼠终有一天会死去，伊斯坦布尔又会遭受瘟疫袭击了。有时候我挺有犯罪感，要是把隧道的事告诉政府，他们就会把这里清理干净了。可是我不能，只要俄罗斯人还在上面我就不能说。"他冲着洞顶一甩头，然后看了看表，"还有五分钟，他们该拉开椅子，整理文件了。有三个人是必定在场的——国家安全部的人、部队情报部门的人以及格鲁乌的人。也可能还有另外三个人在场，两个人是两星期前分别从希腊和波斯来的，另一个是星期一到的。天知道他们都是什么身份，来这里做什么，有时候那女孩也会在场，塔蒂安娜，进来送情报然后就出去。但愿今天我们能见到她，你会心动的，她的确美貌。"

凯里姆伸手打开油布包盖，把它拉下来。邦德明白了，盖子下面是潜水艇用潜望镜闪亮的底托，潜望镜是折叠的，凸起的底座上厚厚的油污闪着水光。邦德乐了："你从哪儿搞来的，达科？"

"土耳其海军，多余的战备。"凯里姆的语气中含有拒绝继续回答的意思，"现在伦敦的 Q 部正打算给这东西装上监听装置，那不容易。它顶端的镜头只有打火机那么大，而且仅能朝上，我举起它时，它能到达他们房间的地板位置，在房间拐角它伸出来的地方，我们挖了一个小鼠洞。我们做得很逼真，有一次我往里看，看见一只放了块奶酪的大捕鼠笼，至少从潜望镜里看显得很大。"凯里姆笑了一声，"不过镜头边上没多少空间能放得下一个敏感拾音器，而且也不可能再进到楼里安装什么。上次我能进去安装这东西，是求了我在公共设施部的老朋友，求他们帮着把俄罗斯人赶出去几天。他们找的借口是上山的电车影响了房屋的地基，必须进行勘测。我为此可是花了好几百镑。公共设施部在隧道两边检测了六七栋房子后宣布这里地基是安全的，那时候我和家里人已经完成了我们的基建工作。俄罗斯人疑虑重重，我猜他们回去后一定用篦子把这里搜了个底朝天，寻找窃听器、炸弹什么的。不过那个把戏只能用一次，除非 Q 部能想出更好的点子，不然我只能满足于监视他们。终有一天他们会泄露一些有用信息，他们会审讯我们感兴趣的人或其他类似的事情。"

壁厢顶上潜望镜边有两个足球大小的金属的光在来回闪烁着。"那是什么？"邦德问道。

"炸弹底部———一枚大炸弹。万一我出了什么事，或是和俄罗斯开战,我能从办公室用按钮遥控启动这枚炸弹,这是令人难过的场景(凯里姆脸上却没有难过的表情)。不过我担心除了俄罗斯人,很多无辜的人会被炸死,热血沸腾之时,人和自然一样都是不加选择。"

凯里姆一直在擦拭潜望镜底座两侧手柄中间的目镜。他看了看表,弯下腰抓起两只手柄,缓缓地举到下巴位置,潜望镜亮闪闪的支架滑动到壁厢顶部钢套中发出嘶嘶的液压动力声。凯里姆低下头,凝视着目镜,并缓缓抬起手柄直到他可以站直,他轻轻地转动着手柄,调整镜头,对邦德招招手:"只有六个人。"

邦德走过去,接过手柄。

"好好看看他们,"凯里姆说,"我认得他们,不过你最好记下他们的长相。坐在桌头的是他们的驻地站长,左边是他的两名手下,坐在对面的是三个新人,最近到来的那位是一个看上去很重要的家伙,坐在站长右侧。他们如果除了说话还干些别的事,你就通知我。"

邦德的第一反应是,让凯里姆别那么大声,感觉他像是同俄罗斯人坐在一个屋子里,他就坐在拐角的椅子上,也许是作为书记员,在给会议做速记。

专为监控飞机以及水面舰艇设计的广角镜头为他提供了一幅奇异的画面——从鼠眼观察到的桌沿下的人腿,还有属于这些人腿的人头的各种侧面。站长和他的部下图像很清晰——都是严肃乏味的俄罗斯人脸庞。邦德记下了他们的面貌特征,站长是一副勤勉的教授的面容——厚厚的镜片,多肉的下巴,大额头,稀疏的头发向后梳去。在他的左手旁是一张呆滞的四方脸,鼻翼两侧的法令纹很深,一头金色的鬈毛,左耳缺了一角。经常列席的第三个人长着一张狡诈的亚美尼亚人的脸,明亮的杏眼透着狡黠。他正在发言,脸上装出谦恭的神情,不时露出嘴里的金牙。

邦德看不清三个访客的样子,他们侧面对他,只有最近的,可能是身份最低的那个人的侧脸看得清楚,这个人也是黑皮肤。他可能来自南欧某个共和国,他的下巴上的胡子没有刮干净,侧脸上浓黑眉毛下长着双呆滞的牛眼。多肉的鼻子上毛孔很大,上唇较宽,嘴巴向下耷拉着,显出双下巴的影子,浓密的黑发剃得很短,所以整个脖子以上到耳朵的部分都是青色的,这是部队里的发型,用理发推子推的。

坐在他旁边的人只露出肥胖脖颈后一只大疖子,一件发亮的蓝西装和锃亮的棕色皮鞋,在邦德观察的过程中,此人一动不动,一言不发。

那位身份最高的访客坐在驻地站长右侧,他靠在椅子上开始发言,那是一张棱角分明的坚定的面孔,骨骼粗壮,下巴突出,蓄着斯大林式棕色胡子。邦德可以看到他那浓密的棕色眉毛下冷灰色的眼睛,他的额头不高,上面覆盖着灰棕色粗直的头发。他是唯一一个抽烟的人,他频繁地吸着细长的木质烟斗中装着的半只香烟,并不时地甩甩烟斗,让烟灰落在地上。他的侧面比其他人更具威严,邦德猜想他应该是从莫斯科派来的高官。

邦德的眼睛有些疲劳,他轻轻地转动着手柄,尽可能地在鼠洞凹凸不平的边缘所能允许的转动半径内环顾四周,他没有发现什么特别的——两只橄榄绿文件柜、门边一个帽架上挂了六顶差不多一样的灰毡帽,一只角柜上摆着一大罐水和几只玻璃杯。邦德放下潜望镜,揉了揉眼睛。

"要是能听见说话就好了,"凯里姆沮丧地摇着头说,"那可就价值连城了。"

"那样就能解决很多问题了。"邦德附和道,随后他问,"顺便问一句,达科,你是怎么发现这隧道的? 它原先是做什么用的?"

凯里姆弯下腰,迅速向潜望镜中瞄了一眼,又直起腰身。

"这里原来是柱殿里一条废弃的下水道,"他说,"柱殿现在成了旅游景点,位于圣索菲亚大教堂旁边伊斯坦布尔高地上,一千多年以前,它是为了防止围城修建的水库。它是一个巨大的地下宫殿,长一百码,宽五十码,能贮存数百万加仑的水。大约四百年前,一个叫盖利尔思的人发现了它。我在读他写的发现经历时,看到他说那里冬天会被'一条噪音很大的水管'充满,我就想到如果敌人攻陷了这个城市,也可以用另一条'大水管'迅速排空贮水。我找到柱殿,贿赂了看门人,带着一个儿子划着一条橡皮筏子在柱殿转了一夜,我们用锤子和回声探测仪检查每一面墙壁。在一侧的尽头最可能的地方,发现了空心的声音,我给了公共事业部部长更多钱,他把那个地方封闭了一个星期——'用于清扫'。我的小队可忙坏了。"凯里姆又俯身望了一眼接着说,"我们控制水平面的位置,来到拱廊顶部,拱廊就是隧道口。我们进入隧道,顺着它向下去,过程很刺激,因为不知道它会将我们引向何处。结果发现,它径直通到山下——经过俄罗斯人办公所在的书街下面,向金角湾流淌,出口在加拉塔桥旁,离我的仓库二十码左右。所以我们随后封上柱殿的洞,从我那一头开挖。那是两年以前了,我们花了一年时间,做了大量的勘探工作才正好挖到俄罗斯人下面。"凯里姆开怀一笑,"我估计有朝一日俄罗斯人会决定搬家的,到那时候希望是别人来干这个T站站长了。"

凯里姆弯腰去审视潜望镜镜头中的内容,邦德发现他身体绷紧了。凯里姆急促地说:"门开了,快点过来,她来了。"

第十七章　消磨时间

当天晚上7点钟,詹姆斯·邦德回到了酒店,他先泡了个热水澡又冲了个冷水浴。他想这下可总算把身上的动物园气味给刷掉了。

他只穿了短裤坐在房间窗前,一边喝着掺有奎宁水的伏特加,一边欣赏金角湾上空凄美的日落。可是他的双眼并没有看见悬挂在一片清真寺尖塔上方的金红色布条似的霞光——在那背景下方,他曾第一次见到塔蒂安娜·罗曼诺娃。

他想起了那个步态优雅,手里拿着纸走进那扇单调大门的身材高挑的漂亮姑娘。她站在领导身旁,递给他那张纸,屋里所有男士都抬起头来看她。她满脸绯红,低下头去。男人们的表情是什么意思呢?好像不仅仅是男人看见漂亮姑娘的神色,他们的脸上露出好奇。那也不奇怪,他们想知道纸上写了什么,为什么打断他们的会议,可是还有什么呢？还有人们看妓女时的表情——回避与轻蔑。

那是令人费解的一幕。那里是纪律严明的准军事机构的一个分支。在座的都是军官,彼此间应该相互警觉才对,而这个姑娘只是下士军衔,正在按程序办事,他们为何要用毫不掩饰的这种好奇而鄙夷的眼神看着她呢——好像她是个被抓获即将被处决的间谍?他们怀疑她了吗?她暴露了吗?不过后来看上去又不是那么回事,驻地站长把收到的讯息念了一遍,其他人的眼睛从女孩身上移开向他看去。他说了句什么,可能是在重复讯息的内容,男人们闷闷地看着他,好像对此不感兴趣。而后,驻地站长抬头望着女孩,其他人也随之看过去,他用一种友好、征询的表情说了什么。女孩摇摇头,简短应答着,此刻其他人的脸上只是露出了一点兴趣。站长说了一个字,问询的口气,女孩的脸瞬间红到了脖子,她点点头,顺从地望着他的眼睛,其他人微笑鼓励,可能有些躲闪,但基本上是赞许的表情,没有怀疑,没有指责。站长最后又说了几句话,女孩似乎答了句"遵命,长官"。然后转身走出房间。等她走出去之后,站长面带嘲讽地说了句什么,男人们开怀大笑,那种诡黠的神情又回到他们的脸上,仿佛他说了什么黄色笑话。之后,他们又回到工作状态中。

此后,在他们顺着隧道返回到凯里姆的办公室讨论见闻的过程中,邦德一直冥思苦想企图理清这一点令他抓狂的谜团。此刻,呆望着眼前的落日,他依然不得其解。

邦德把他的酒一饮而尽,又点上一支烟,他将疑虑抛之脑后,开始研究起这个女孩。

塔蒂安娜·罗曼诺娃。罗曼诺娃家族,嗯,她确实有俄罗斯公

145

主的相貌,至少是传统印象中的公主。她身材高挑,骨骼优美,无论站立还是行动起来姿态都是如此优雅。她一头浓密的秀发垂在两肩,侧影娴静而端庄。那是一张完美的嘉宝的脸,宁静中又令人不解地多出了一丝羞怯。那双深蓝色的无邪的大眼睛和激情荡漾的丰腴的嘴唇形成了鲜明的反差,还有那羞红了脸的神态和那长长的眼睫毛奄拉下来盖住眼帘的样子。难道她还是个处女吗?邦德对此不以为然,那一对傲人双胸和放肆上翘的臀部展示着被爱的自信——那是身体发出的自信的宣言。

依邦德所见,他能相信她是那种会爱上照片和文件资料的女孩吗?这谁能够分辨呢?这样一个女孩骨子里会很浪漫,都写在她的眼睛和嘴唇上了。二十四岁的年纪,苏维埃机器应该还没有把她的情感彻底粉碎。罗曼诺娃的血脉会让她对不同于她常打交道的那些冷峻、机械、神经质而且由于长期受政党教育变得乏味到不可救药的现代俄罗斯军官的男人感兴趣。

有可能是真的,从她的外表看不出一点故事的破绽,邦德希望是真的。

电话铃响了,是凯里姆:"没有新消息吗?"

"没有。"

"那我8点去接你。"

"我会做好准备。"

邦德放下听筒,不紧不慢地穿衣服。

凯里姆对晚上的活动很坚持,邦德本想待在酒店房间,等着第一次联系——一个信条、一个电话,无论是什么。可是凯里姆不同意,那女孩坚持由她来决定时间地点,邦德不应该由她摆布。"那不是好的心理战术,我的朋友。"凯里姆坚持道,"没哪个女孩会喜欢招之即来的男人,你要是太随叫随到了她会瞧不起你的。从你的相貌和你的档案她会把你想象成一个不羁的甚至有些无礼的男人,她会喜欢那样的。她想追你,想要买一个吻,"凯里姆挤挤眼,"由那一张残酷的嘴巴赐予,这是她所爱上的形象,你的行为举止得符合那个形象,符合你扮演的那个角色。"

邦德耸耸肩:"好吧,达科,我敢说你是对的,你有什么建议?"

"正常过你的日子,现在回家去洗个澡,喝杯酒,当地的伏特加配上奎宁水还不错。如果没什么动静,我会在8点钟过去接你,我们一起去我一个吉卜赛朋友那里吃饭。一个叫瓦乌拉的人,他是部落首领,我今晚必须见他。他是我最好的一个线人,他在调查是谁要炸掉我的办公室,他的姑娘们会跳舞给你看。我不会让她们更进一步款待你,因为你得把剑磨得光光的。俗话说:一朝为王,永世为王。不过当一朝骑士就够了!"

邦德笑着回忆凯里姆的教诲的时候,电话铃再次响了。他拿起听筒,是车来了,他走下楼梯和等在劳斯莱斯里的凯里姆会合,心里承认自己有些失望。

他们穿过金角湾上方的穷人区向山顶开去,司机半转过头,平静地说了句什么。

凯里姆简单地对邦德说:"他说有一辆兰美达在跟踪我们,一个无名氏,这没什么大不了的,假如我想,我可以让自己的行动不为人知,他们常常跟踪这辆车数十英里才发现车里坐的是个假人。特征明显的车有它的用途,他们知道这个吉卜赛人是我的一个朋友,不过我想他们不知道的是为什么我要交这位朋友。让他们知道我们今晚放松一下没什么坏处,周六的晚上,和一个英国的朋友小聚,这没什么不正常。"

邦德回头从后视镜看着拥挤的街道,一辆摩托车从一辆停着的电车后面闪过,又被出租车挡住。邦德转过头,他瞬间想到俄罗斯人办中心的方式——他们拥有最充裕的奖金和最先进的设备,而英国情报机构却会用几个像此人一般花销很少、酷爱冒险的人开着自己的二手劳斯莱斯,带着自己的孩子来对付俄罗斯人。只是凯里姆拥有的是对土耳其的掌控。也许,适合的人胜过精良的机器。

8 点 30 分,他们停在半山腰,那里是伊斯坦布尔城郊,车停在一个脏兮兮的露天咖啡厅门口,人行道上摆了几张空桌子。背后高高的后墙墙头露出树冠来,他们下了车,车子开走了。他们等待着兰美达的到来,可它大黄蜂般的轰鸣声停止了,掉头下了山,他们看到的只是一个戴了眼罩的矮胖男人坐在驾驶座上。

凯里姆带着邦德穿过那几张桌子进了咖啡厅,那里好像空荡荡的,有一个男人从收银台迅速起身,一只手放在柜台下面。当他看清来客,他冲着凯里姆紧张地笑了一笑,有东西当啷落地。他从柜台走出来,带着他们穿过后院,走过碎石路,来到嵌在高墙上的一扇门前,他轻敲了一声,打开门,请他俩进去。

里面是一个果园,树下摆放着一张张厚木桌。果园中心有一块舞池,四周木头杆子上绕满了没有开启的彩灯。远处一张长桌边,坐着年龄各异的二十来个人,他们在吃饭,不过此刻都放下了刀叉向这边看过来,孩子们本来在桌后的草地上玩耍,此刻也静静地朝这边望着,四分之三的月亮明晃晃的,树下疏影晃动。

凯里姆和邦德走上前去,坐在桌头的男人对其他人说了些什么,他站起身上前迎接他们。其他人接着用餐,孩子们也继续玩他们的游戏。

男人和凯里姆打招呼时态度有些矜持,他站着向凯里姆做了一番冗长的解释,其间凯里姆认真听着,偶尔问一个问题。

这个吉卜赛人是个令人过目不忘的戏剧化的角色,他身着一袭马其顿服装——白色长袖衬衫、肥裤子和软皮系带长靴。他的黑色头发乱蛇一般蓬在头顶,两撇向下的黑色胡须遮住了丰满的红色双唇。他的眼睛凶猛残忍,鼻子上长着梅毒大疮,月光照耀在他的尖下巴和颧骨上。他的右手拇指上戴了一个金戒指,右手搭在一把短剑的把手上,短剑的皮剑鞘顶端镶嵌着精致的银饰。

吉卜赛人说完话,凯里姆说了几句,显然是介绍、吹捧邦德的话,同时手指向邦德,好像他是个夜总会的主持人,正在推介一个新的节目。吉卜赛人走到邦德面前仔细打量,他突然行了个礼,邦德回敬了他一个礼。吉卜赛人面带讥讽地笑着说了些什么,凯里姆大笑着对邦德说:"他说你今后如果失业就到他这里来,他会给你一份工作——帮他驯服女人,为他打仗。这对外国人来说是很高的赞誉,你得回敬一句什么。"

"告诉他我认为他在那些事务上不需要别人帮忙。"

凯里姆翻译过去,吉卜赛人礼貌地露出了牙齿,他说了句什么,走回餐桌,大声拍着巴掌。两个女人站起身走向他,他简短吩咐着,她们走回餐桌,拿起一只大陶碗,消失在树丛里。

凯里姆拉起邦德的胳膊,带他走到一边。

"我们今晚来得不巧,"他说,"饭店关门了,他们有家庭纠纷需要解决——以激烈的方式私下解决。但我是老朋友,所以他请我们一起吃晚饭。晚饭会很难下咽,不过我已经叫了拉克酒,然后我们可以旁观——条件是不要管闲事。我希望你理解,我的朋友。"凯里姆捏了一下邦德的胳膊,"不管你看到什么,你都不能动也不许说。他们已经进行了审判,就要履行正义——他们的正义。这是一起关于爱和妒忌的事件,部落的两个女孩都爱上了他的一个儿子。空气中弥漫着大量死亡的气息,她们两人都叫嚣着要杀掉对方来得到他。他选了一个,落选的那个发誓要杀掉他和那个女孩。这是一个僵局,部落里争执不断,所以他的儿子被送去了山里,这两个女孩今晚要在这里决一死战。他的儿子同意娶获胜的那个女孩。两个女人现在分别被锁在车上。这种自相残杀娇气胆小的不适合看,但这将是桩大新闻。我们能在此是很大的荣幸,你明白吗?我们是外国人,你会忘记自己的礼数吗?你不会干预吧?要是你那么做,他们会杀了你,可能也会杀了我。"

"达科,"邦德说,"我有一个法国朋友,一个叫马西斯的人,他是二局负责人,他曾经跟我说过,'我就喜欢这种刺激的感觉'。我和他很像,不会让你丢面子。男人打女人是一回事,女人打女人是另外一回事。不过炸弹是怎么回事?那枚在你办公室爆炸的炸弹,他是怎么说的?"

"那是那帮无名氏的头儿干的,他亲自安上的炸弹,他们坐船来到金角湾,他爬上梯子把炸弹安在墙上。不走运的是他没炸到我,计谋设计得倒不错。那人是黑社会的,一个保加利亚来的叫克里兰德的难民。总有一天我要找他清算的,天知道他们干吗突然想杀我,不过我可不允许这么被骚扰,我可能今天晚些时候会决定采取行动。我知道他住哪里,考虑到瓦乌拉可能知道答案,我叫司机回去取必要的装备。"

一个穿着老式厚实黑色连衣裙的特别迷人的年轻姑娘,脖子上挂着一串串金币,每只手腕上套了大约十条的金手镯,从桌边走来,在凯里姆面前环佩叮当地行了个躬身礼。她说了句什么,凯里姆回应着。

"他们请我们去餐桌坐下。"凯里姆说,"但愿你会用手指吃东西,我看他们今晚都是盛装出场。那姑娘值得娶,她披金戴银,那都是她的嫁妆。"

他们走到桌前,吉卜赛首领的两侧已经清空了两个位置,凯里姆礼貌地对着大家打了个招呼,人群冲他点点头。他们坐下来,面前摆放着一大盘蒜味很重的蔬菜炖肉、一瓶拉克酒、一罐水和一只便宜的玻璃酒杯。桌上还有很多没动的拉克酒,凯里姆伸手拿过他的酒瓶,给自己倒了半杯,大家都纷纷效仿。凯里姆往杯子里加了点水,举起酒杯,邦德跟着举杯。凯里姆简短而热切地说了几句话,大家一起举杯痛饮,气氛轻松了一些。坐在邦德身边的一位老年妇女递给他一大块面包,说了句什么。邦德笑了说:"谢谢你。"他掰下一块递给凯里姆,凯里姆此刻正用拇指和食指拨弄着他的蔬菜炖肉。凯里姆一只手接过面包,同时用另一只手抓起一大块肉塞进嘴里吃起来。

邦德正要效仿,凯里姆轻声严厉地说:"用右手,詹姆斯,这些人左手只有一个用途。"

邦德的左手停在半空中,他用它伸过去抓过离他最近的拉克酒瓶。他给自己又倒了半杯酒,开始用右手进食。蔬菜炖肉很好吃,但是滚烫。邦德每次把手放进去都往回一缩,大家都看着他俩吃,老年妇女时不时把手伸进邦德的菜里,替他拣一块出来。

当他们把盘里的食物吃光以后,一个盛满水的银碗被端了上来,上面漂浮着玫瑰花瓣,还有一条干净的餐巾放在邦德和凯里姆之间。邦德在水里洗干净他的手指和油乎乎的下巴,转头对主人说了些感谢的话。凯里姆翻译过去,餐桌边众人喃喃回应,吉卜赛首领向邦德一欠身,说(凯里姆如是翻译),他讨厌邦德以外所有的外国人,但对于邦德他很愿意称作是朋友。然后他响亮地拍拍手,人人站起身,拿开长凳,把它们沿舞池四周摆放。

凯里姆绕过餐桌走到邦德面前,他们一起走到一边:"有什么感觉?他们去带那两个女孩了。"

邦德点点头,他今晚感觉挺好,眼前的场面美好而又刺激——皎洁的月光照在环坐在长凳上的人群身上,人影移动之间只见珠宝金饰熠熠闪光,舞池灯光亮如白昼,而四周树木哨兵一般静静地站在各自的阴影之中。

凯里姆带领邦德来到吉卜赛首领独坐的长凳,他们在他的右侧坐下。

一只绿眼睛黑猫慢步穿过舞池,走到一群静坐着的孩子中间。

孩子们像在静候着有人来到舞池给他们上课的模样。黑猫坐下来,开始舔它的胸毛。

高墙外,马在嘶鸣,吉卜赛人循声回头望去,像是在读取马鸣的讯息。路上一阵自行车铃声,有人正从山上下来。

压抑的沉寂被拉开门闩的声音打破,墙上的大门轰然开启。两个女孩,像发狂的野猫一般扭打着互相吐着口水,被推搡进门,穿过草地,来到舞池中心。

第十八章　强烈震撼

吉卜赛首领粗声喊了一句,两个女孩不情愿地分开,站在那里望着他,首领开始用一种严厉指责的口气说话。

凯里姆用手捂着嘴巴轻声说:"瓦乌拉告诉他们这个部落是吉卜赛人的伟大部落,她们俩给部落带来了纷争。他说部落内部不允许有仇恨,仇恨只能对外。她们制造的仇恨必须被消除,这样部落才能恢复宁静,她俩得决斗。输了的人即使没被杀死,也会被永远驱逐出部落,那样等于判了死刑,这些人在部落之外就会枯萎而死,她们无法在我们的世界生存,那就像把野兽关进笼中。"

凯里姆说话的时候,邦德仔细审视场地中间的两个美丽、紧张又阴鸷的小兽。

她们都长着吉卜赛人的黝黑的皮肤,粗糙的黑发披在肩上,两人都身着破布条,就像住在棚户区的黑人一样——破破烂烂的通常用于织补的棕色布条。其中一个女孩比另一个骨架大一些,也明显强壮一点,但是她看上去迟钝,可能步伐不会敏捷。她有着母狮一般的相貌,在她没太睁开的眼睛里有一丝红色的凶光,她站在那里,不耐烦地听着部落首领的训话。她应该能赢,邦德想。她略高半英寸,而且她也强壮一些。

如果说这个姑娘是一头母狮,那另一个姑娘就是头豹子了——柔韧、敏捷、眼神灵活犀利,那一双眼睛没有看着讲话的人,而是瞥向一边,测算着距离。放在身体两侧的双手紧握,她那双美腿上长着男人一样的肌肉。她的乳房不大,和另一个姑娘的丰满不同,她的胸部无法在破布条下起伏颤动。她看上去是条危险的小母狗,邦德想。她肯定会第一个出拳,她对另一个来说速度快得无法防备。

事实立刻证明他错了,瓦乌拉话音未落,那个壮一点的女孩——凯里姆低声说叫作左拉的女孩,向一边乱踢了一脚,正中另一个女孩的肚子。小个儿女孩摇晃着,左拉紧跟着挥了一拳打在对方头侧部,把她打翻在地上。

"噢,维达。"人群中一个女人哀号着。她不必担心,就连邦德都能看出维达躺在地上是在装样子,她表面上喘着粗气,当左拉的脚踢在她的肋骨上时,他能看出她的眼睛在弯曲的手臂下闪着光。

维达的双手同时挥出,它们抓住了左拉的脚踝,她的头像蛇一样撞向左拉的脚背,左拉疼得大叫一声,拼命扭动着要抽出那只受困的脚。但是已经太迟了,维达已经站起身,而且站得笔直,手里依然抓着那只脚,她向上一拉,左拉的另一只脚瞬间离地,她整个人摔在了地上。

　　大个儿女孩摔在地上的重击晃动了地面,她一动不动地躺了片刻。随后只听见野兽般一声狂吼,维达压在她身上,又抓又扯。

　　我的上帝,真是一只地狱猫,邦德想。凯里姆在他身边紧张地吸着凉气。

　　但是大个儿女孩用胳膊肘和膝盖保护着自己,最后她成功地踢开了维达。她摇晃着站起身,向后退去,衣服被撕成了布条挂在她美丽的胴体上。她立刻又投入了战斗,她伸出两臂去抓,小个儿女孩闪到一边,左拉抓住了她的衣领,一把撕下来。然而维达在她的手臂下倏地转身,她的拳脚重重地落在袭击者的身上。

　　这种近身攻击是一个错误,那双强壮的手臂把小个儿女孩紧紧地夹住,把她的双手困在下面,让她够不到自己的眼睛。而且,左拉开始一点点用力夹紧,而维达的腿脚只能在下面徒劳地乱踢乱蹬。

　　邦德认为现在叫左拉的大个儿女孩肯定能赢,左拉要做的就是压倒另一个女孩,那时左拉就可以为所欲为了。可是,刹那间,大个儿女孩尖叫起来,邦德看见维达的头深埋在对方的双乳之间。她的牙齿在发力,左拉松开手臂去抓维达的头发,试图把她扯开,但是维达的双手此刻已经解放出来,它们对着大个儿女孩的身体乱抓乱挠。

　　两个女孩分开来,像猫一样退后,她们汗涔涔的身体在直身裙残留的碎片缝中闪着光,鲜血从大个儿女孩裸露的乳房间流出。

　　她们警觉地在场地打着转,双方都庆幸从对方手中逃出来。她们一边打转一边扯下身上最后几缕破布扔向观众。

　　看到两具闪亮的裸体,邦德屏住了呼吸。他能感觉到身边凯里姆的身体也绷紧了,吉卜赛人围着两个打架的人的圈子越来越小,月光映在一双双明亮的眼睛里,人群中听得见炽热的喘息声。

两个女孩仍在缓慢地打着转,她们龇着牙,喘着粗气。她们起伏的胸部、肌肉紧绷的小腹和光光的脊背上反射着亮光。她们的脚在白色石头上留下黑色的汗印。

又是大个儿女孩,左拉,突然向前一跃,双手像摔跤选手一样向前伸着。而维达守在原地,她的左脚用力一踢,像枪击一样发出清脆的响声。大个儿女孩痛得大叫一声,弓下身子。维达的另一只脚踢向她的肚子,随即她也扑了上去。

左拉跪倒在地时,人群中传来一声低吼,她举起双手去捂脸,可是已经太晚了。小个儿女孩已经骑在左拉身上,她的双手紧紧抓住左拉的手腕,全力压住她,把她压向地面,张开嘴,咬向眼前的脖颈。

啪!

爆炸声打破了紧张的气氛,火苗照亮了舞池后面的黑暗,一大块石头从邦德的耳畔呼啸而过,刹那间果园里满是跑动的人群。吉卜赛首领越过石块悄然前趋,手里握着弯刀,凯里姆紧随其后,手里拿着枪。吉卜赛首领经过两个呆若木鸡、浑身颤抖的女孩身旁时,他冲她们吼了一声,两人撒腿就跑,消失在树林里。女人和孩子们早已不见踪影。

邦德不明所以地握着贝雷塔,慢慢跟在凯里姆身后来到花园围墙被炸出的缺口前,不明白到底出了什么事儿。

围墙豁口处和舞池之间的草地上一片混战,邦德参战之后才分清楚矮壮的身穿民族服装的保加利亚人和一身盛装的吉卜赛人。

看上去保加利亚人比吉卜赛人多,几乎是二比一的比例。邦德瞟了一眼打斗的人群,一个吉卜赛青年捂着肚子跃出人群,跌跌撞撞地摸索着向邦德扑来,上气不接下气地咳嗽着,两个矮个儿黑皮肤的人在他身后追赶着,手里握着刀。

邦德本能地闪到一边,让那个吉卜赛人跑过去,然后瞄准那两人膝盖以上的位置,开了两枪。两个男人脸冲着草地倒了下去。

射出两发子弹,只剩下六发,邦德一点点靠近打斗现场。

一把刀嗖地飞过他的头顶,哐当一声落在舞池地板上。

刀是扔向凯里姆的,他正被两个男人追赶着从阴影处跑出来。第二个人停下脚步,举刀投掷,邦德来不及瞄准直接开枪,那个人应声倒下。另一个人转身逃往树林,凯里姆在邦德身边单膝跪倒,拨弄着他的枪。

"掩护我,"他大声说,"开第一枪的时候卡住了,是那些该死的保加利亚人,天知道他们是不是清楚自己在做什么。"

突然,一只手从背后捂住邦德的嘴巴,把他向后拉。邦德倒地时闻到石碳酸皂和尼古丁的味道。他感到一只靴子踢在了他的颈后。当他侧翻在草地上时,他以为迎接他的会是利刃砍杀的疼痛,可是那些人,共三个人,全部扑向了凯里姆。当邦德挣扎着站起身来,他看见那些矮壮黝黑的身影压在蹲在地上的凯里姆身上,男人挥了一下卡了壳的枪,和他们一同倒在地上。

正当邦德跃上前用枪托狠砸一个光脑袋时,他的眼前有东西飞过,吉卜赛首领的弯刀插在了一个起伏的后背上。随后凯里姆站起身,第三个人见势不妙,转身便跑,站在围墙缺口处的一个人一遍遍地喊着同一个字,偷袭者们停止战斗,一个个跑向那个人,跟着他向外面的马路逃去。

"开枪,詹姆斯。开枪!"凯里姆吼叫着,"那是克里兰促。"他开始向前跑。邦德的枪响了一声,可是那个人躲在墙后,而三十码的距离对于夜间的自动手枪来说射程太远。邦德放下滚烫的枪管,听到几辆兰美达陆续发动的声音,随后声音越来越小,最后消失在夜色中。

四周一片沉寂,除了伤员的呻吟声。邦德无精打采地望着凯里姆和瓦乌拉从围墙缺口处进来,走在死尸堆里,间或用脚翻动尸体。其他吉卜赛人从路上陆续回来,年长的妇女匆忙走出树荫去照顾男人们。

邦德摇摇头,这他妈算怎么回事?死了十几个人,为什么?他们想来杀谁?

不是他邦德。当他倒在地上准备束手就擒时,他们却越过他去追赶凯里姆。这是他们第二次追杀凯里姆了。这和罗曼诺娃一事有关系吗?怎么能关联得上呢?

邦德身体绷紧,他的手枪响了两声,一把刀无力地从凯里姆的后背滚落。那个从尸体堆里站起来的行凶者像芭蕾舞演员一样缓缓转身,脸朝下栽倒在地。邦德跑过去。他的枪开得正是时候。刚才月光正好照在刀刃上,他才好瞄准。凯里姆看着地上抽搐的那个人,他转过身面向邦德。

邦德停下脚步。"你这个笨蛋,"他怒气冲冲地说,"怎么不小心一点!你得找个保镖了。"邦德的怒火更多来自于他感到是他的存在让凯里姆受到了死亡威胁。

达科·凯里姆难为情地咧咧嘴："这可真是过意不去,詹姆斯,你已经救了我两次了。我们本来能成为朋友,可是现在我们之间的差距太大,我真是无以回报。"他伸出手来。

邦德推开他的手。"别犯傻了,达科。"他粗声粗气地说,"不过是因为我的枪管用,你的枪坏了。你最好找一把好用的枪。看在上帝的分上告诉我是怎么一回事。今晚太血腥了,我觉得恶心。我得喝一杯,过来我们一起把拉克酒干掉。"他挽起凯里姆的胳膊。

当他们走到堆满残羹剩饭的桌前,果园深处突然传来一声骇人的尖叫。邦德慌忙伸手掏枪,凯里姆摇摇头:"我们很快就能知道这些家伙要干什么。"他脸色阴沉地说,"我的朋友们马上就能查清楚。我大概知道他们会查出什么情况。我想他们不会原谅我今晚到这里来,他们死了五个人。"

"本来还可能再多一个女人。"邦德冷冷地说,"你至少救了她的命。别傻了,达科。这些吉卜赛人在开始为你打探保加利亚人的情报时就知道他们所承担的风险。"他向两杯拉克酒里兑了点水。

他俩一饮而尽。吉卜赛首领走过来,用一把草擦拭着他的弯刀刀尖。他坐下来接过邦德递上的一杯拉克酒。他看上去兴致勃勃。邦德觉得这场战斗对他来说似乎意犹未尽。吉卜赛首领俏皮地说了句什么。

凯里姆乐了:"他说他的判断是对的。你很擅长杀人。现在他要你把那两个女人收下来。"

"告诉他一个我都收不了。不过告诉他她们都是好女人,如果他能给我个面子,算她们今晚打了个平手,我会很欣慰。他的人今晚伤亡太大,他需要这两个女孩为部落繁衍生息。"

凯里姆把他的话翻译过去。吉卜赛首领怏怏地望着邦德,苦涩地说了几句什么。

"他说你不该对他提出这么难的请求。他说作为一名斗士,你的心肠太软。不过他会按照你说的去做。"

吉卜赛首领没有理睬邦德感激的一笑。他开始急促地同凯里姆说话。凯里姆凝神倾听,偶尔插进一个问题。克里兰促的名字不时被提及。凯里姆开始应答。他的语气里充满懊悔,他不顾对方的反对连续不断地说下去。他最后提了一次克里兰促,然后转过头来对着邦德。

"我的朋友,"他干巴巴地说,"事情很蹊跷。好像是保加利亚人奉命来杀瓦乌拉,并尽力杀光他的手下。这件事情不复杂,他们知吉卜赛人在帮我工作。或许这次有点过于激烈,不过就杀戮而言,俄罗斯人真没有那么多讲究,他们就喜欢大屠杀。瓦乌拉是主要目标,我也是。向我个人宣战我也可以理解,可是看上去他们并不打算伤害你。他们事先听到过关于你的描述,所以不会失误。这一点很奇怪,兴许他们是不希望造成外交事件吧。谁知道呢。这次偷袭是有周密计划的,他们绕小道来到山顶,然后顺山坡滑下,所以我们没有察觉。这地方很偏僻,方圆数里地都没有警察。是我自己太大意了。"凯里姆看上去困惑又沮丧。他像是在暗下决心。他说:"不过现在已经半夜了,劳斯莱斯应该到了。在我们回去睡觉之前,还有一件小事要办。走吧,这些吉卜赛人在天亮之前有很多事情要做。那么多尸体得扔进博斯普鲁斯海峡,还要修补那面墙。天亮以前必须清除所有的打斗痕迹。我们的朋友祝你一切顺利。他说你一定得再来,左拉和维达两个姑娘,在她们的乳房下垂之前,一直都是你的人。他不愿把今天的事情迁怒于我。他说我还要继续把保加利亚人招到这里来,今晚他们杀死了十个人,他还没过瘾。现在我们同他握手道别吧。这是他对我们的所有要求。我们是好朋友,但是我们是外人,我想他不愿意让我们看到女人们哀哭的场面。"

凯里姆伸出大手,瓦乌拉伸手握住,凝视着凯里姆的双眼。那一刻他凶悍的眼神似乎柔和了。然后瓦乌拉松开手,转向邦德。那只手干燥粗糙,手掌厚实得像兽爪。他松开邦德的手,对凯里姆急促地说着话,之后转身走向树林。

当凯里姆和邦德经过围墙缺口时,没有人停下手里的活驻足观望。劳斯莱斯停在月光下,在咖啡厅对面数码开外。一个年轻人坐在司机旁边,凯里姆伸手指了指:"那是我的第十个儿子,他叫鲍里斯。我觉得可能需他,现在看来,还非得他不可。"

年轻人转过头问好:"晚上好,先生。"邦德认出他是库房的一个伙计。他像总管一样黝黑、精瘦,也是蓝眼睛。

汽车向山下行驶。凯里姆用英语对司机说:"去竞技广场边上的小街。到了那里以后开慢一点,我会告诉你在哪里停车。你带了制服和设备没有?"

"带了,凯里姆先生。"

"好的,开快一点,这个时间我们本该睡觉了。"

凯里姆仰靠在座位上,掏出一支香烟。他们坐在车里抽着烟。

邦德望着寂寞冷清的街道、零星的街灯,觉得这里是个穷酸、朴素的地方。

过了半晌凯里姆才开口。他说:"吉卜赛人说我们俩都被死亡的羽翼笼罩着。他说我得提防'雪之子',而你要小心一个'月亮的臣民'。"他放声大笑,"那是他们的行话。不过他说克里兰促不是这两个人之一,那就好。"

"为什么?"

"因为我不杀此人就无法入睡。我不知道今晚的事情和你以及你肩负的任务有什么关联,我倒不在乎。他们不知为何已经对我宣战。如果我不杀克里兰促,那么事不过三,第三次他一定能杀了我。所以我们现在去萨马拉会一会他。"

第十九章　玛丽莲·梦露之口

　　汽车飞驰在空荡荡的街道上，经过一座高高矗立的清真寺，越过废弃的沟渠，通过位于大市场关闭的入口北侧的阿塔图尔克大道。寺庙的尖塔长矛一般伸向月亮。汽车在君士坦丁柱向右转弯，经过散发着垃圾恶臭的曲折的小巷，最后来到一个长方形街心广场，那里竖着三根石柱，火箭电池一般耸入群星闪烁的夜空。

　　"慢一点。"凯里姆轻声说。他们顺着李子树树荫绕过广场。在广场东侧的一条街上，苏丹宫殿下方的灯塔射出的黄色光柱扫过他们。

　　"停车。"

　　汽车停在李子树下的黑影里。凯里姆伸手打开车门："我们很快就回来，詹姆斯，你到司机的位子上去坐。如果有警察过来，你就对他说'Ben Bey Kerim'in ortagiyim'。能记住吗？意思是说'我是凯里姆先生的同伴'。他们就不会管你了。"

邦德对此嗤之以鼻。"非常感谢。要是我说我要跟你们一起去,你会吃惊的。没有我在你肯定会遇上麻烦。反正我是不愿意坐在这里等着糊弄警察。学会一句外语最糟糕的结果就是让它听上去好像你会说这门语言。警察一定会接着说一大段土耳其语,我回答不上来的话,他会起疑心的。别和我争了,达科。"

"好吧,如果你不喜欢的话,你别怪我。"凯里姆的语气有点窘,"这将是一场冷血杀戮。在我们国家,睡着的狗你可以不去理会,可是当它醒来咬人的时候,你得开枪杀死它。你不能给它们决斗的机会。"

"你说了算,"邦德说,"我还剩下一发子弹,万一你没打中的话。"

"那你来吧。"凯里姆不情愿地说,"我们有很长的路要走,他们俩走另一条道。"

凯里姆从司机手里接过一根长拐杖和一个皮包。他把它们扛在肩头,和邦德一起朝着灯塔的黄色光柱走去。他们的脚步声被沿街商店的卷闸门反弹回来,发出空洞的回声。四周杳无人迹,连只猫都看不到。邦德庆幸自己不是一个人沿着这条长长的街道走向远方。

伊斯坦布尔一开始给他的印象是一座当夜幕拉开,连石块都映着恐惧的城市。在他眼中,这是一座拥有血腥暴力史的城市。每当太阳落山,这里便只有魂灵出没。他的直觉告诉他,也同样告诉其他旅者,伊斯坦布尔是一个只要能活着离开就该感到庆幸的城市。

他们来到一条顺着山坡向下的陡直窄小又散发着恶臭的街巷。凯里姆走过去，小心翼翼地顺着鹅卵石路面前行。"看着脚下，"他轻声说，"'垃圾'这个词只是对我亲爱的同胞们扔到街面上的东西的委婉的说法。"

皎洁的月光洒在鹅卵石路面上。邦德紧闭双唇，只用鼻子呼吸。他一步一个脚印，弯曲着双腿向前走，像是在雪地里下山一般。他想起酒店的床，还有那芬芳的李子树下车里舒服的坐垫。不知道今晚他还要遭遇多少种臭味。

他们在巷道尽头停了下来。凯里姆转头对他咧嘴一笑。他向上指着黑压压的一大片黑影："苏丹阿赫迈特清真寺、著名的拜占庭壁画。抱歉我还没来得及带你参观我们国家的景点。"不待邦德答话，他向右一转，来到一条满是尘土的大道。路两边都是小商铺，道路一直延伸到马尔马拉海。他们一言不发地走了十分钟，然后凯里姆放慢脚步，招呼邦德走进黑影里。

"这次行动很简单。"他悄声说道，"克里兰促住在那边的铁道旁。他就藏在巨幅广告牌后面的棚子里。那个棚子有一个前门，还有一个穿过广告牌通往马路的隐门。他以为没人知道。我的两个随从将从前门进去，他会从广告牌的隐门溜出去，然后我们朝他开枪。明白了？"

"听你的。"

他们顺着马路继续前行，紧贴着墙走。十分钟之后，他们来到一个高达二十英尺的广告牌前。广告牌像一面墙一般立在马路尽头的十字路口。广告牌把月亮挡在了背后。这时，凯里姆走路更加小心,每落一步动作都很轻。距离广告牌大约一百码,阴影消失,月光明晃晃地照在交叉路口。凯里姆在最后一个黑暗的门廊前停下来,让邦德紧挨着他的胸膛站在前面。"现在我们必须等待。"他悄声说。邦德听见凯里姆在他背后摸索着,皮箱盖子咔嗒一声打开,一把大约两英尺长的颇有分量的细钢管被塞进了邦德的手里。"这是德国制造的红外瞄准镜。"凯里姆小声说,"远红外的镜头可以夜视。你看一眼那边的巨幅电影海报。看那张脸,就在鼻子下面,你能看见一扇隐门的轮廓,就在信号箱下方。"

邦德把手放在门把手上,把细管子拿到右眼的位置。他瞄准对面的黑影,渐渐地,黑影褪成了灰色,一张巨大的女人的脸庞和一些文字出现了。现在邦德看得见那些字:《尼亚加拉》——玛丽莲·梦露和约瑟夫·科顿主演。下方是卡通字体 BONZO FUTBOLOU。邦德一点点向下挪动镜头,掠过玛丽莲·梦露瀑布般的头发、陡峭的前额、两英尺长的鼻翼,来到幽深的鼻孔处。海报上隐约出现了一个方框,从鼻子以下直到那诱人的唇线部位,大约三英尺长。从那里进去,离地面还有好一段距离。

邦德的身后响起一连串轻轻的咔嗒声。凯里姆举起拐杖,邦德猜得没错,那是一杆枪,一杆步枪,枪托同时是螺旋式后膛。凸出的消音器部分占据了原先橡胶头的位置。

"温彻斯特新款 88 式枪管。"凯里姆自豪地小声宣布,"安卡拉的一个人帮我安装的。用的是 308 弹匣,短的那种,一共三个。把瞄准镜递给我。在我的人从前门进入之前,我得瞄准那个隐门。不介意我用你的肩放一下吧?"

"请便。"邦德把瞄准镜递给凯里姆。凯里姆把它装在枪管顶部，然后把枪架在邦德肩头。

"看见了，"凯里姆小声说，"就在瓦乌拉说的位置。他真不错。"他刚放下枪，两名警察就出现在路口右侧拐角处。邦德紧张起来。

"没关系。"凯里姆低声说，"那是我儿子和司机。"他把两根手指塞进嘴里，发出非常急促而又低沉的哨音。一名"警察"把手放在颈后，两人转身走开。他们的靴子响亮地踏在人行道路面上。

"再过几分钟，"凯里姆小声说，"他们就转到广告牌背后了。"邦德感觉到步枪沉重的枪管在他的右肩就位。

突然广告牌后面的信号箱传来当啷一声铁器撞击声，打破了月光下的沉寂。一只信号杆落了下来，一簇红光中有一点绿光闪动。远处苏丹宫殿左侧轻微而缓慢的火车隆隆声透迤而来。声音渐行渐近，可以听得出是发动机的闷响和草草连接起来的车厢之间刺耳的摩擦撞击声。一道微弱的黄光顺着左侧路边闪动着。车头渐渐出现在广告牌上方。

火车在嘈杂声中缓慢地向着几百英里之外的希腊边境前行，构成了银色地平线上时断时续的黑色剪影。廉价燃油释放出的黑烟在静止的空气中笼罩在火车四周。火车上的红灯闪动片刻后旋又熄灭。车头开进路上的一个凹坑，火车发出更加沉重的隆隆声。随后，靠近一英里之外的王子小站时，火车又发出两声尖锐而忧伤的喘息声。

火车的隆隆声渐行渐远，邦德感到肩头的步枪越来越重。他眯起眼睛望向远处的目标,看见阴影中心出现了一团深黑色的影子。

邦德小心翼翼地抬起左手挡住月光。他的右耳传来低低的耳语声:"他来了。"

阴影中,从巨大的海报上两片快乐地张开的紫红色的嘴唇中间出现了一个男人的身影。他像一只死尸嘴角上的爬虫一样悬挂下来。

男人落到地上。这时,开往博斯普鲁斯海峡的一艘轮船像动物园里不眠不休的野兽一样长啸一声。邦德感到额头上沁出汗珠。随着男人悄悄走下人行道向他们走来,步枪枪管一点点向下压去。

等他走到阴影的边缘,他会开始奔跑的,邦德想着,你这个笨蛋,怎么把枪头向下压呢?

现在,男人弓下腰,企图一路小跑穿过被月光照得亮如白昼的街道。他正走出阴影,他的右腿弯曲,肩膀来回晃动着以增加冲力。

邦德的耳畔传来斧子砍进树干的一声闷响。男人双手向前伸直俯冲,他的下巴或是前额咚地撞在地上。

一只空弹匣叮当一声落在邦德的脚旁。他听见另一发子弹上膛的声响。

男人的手指胡乱抓着鹅卵石,鞋子蹬着路面。不一会儿,他就一动不动了。

凯里姆哼了一声,步枪从邦德的肩头滑下来。邦德听见凯里姆叠起枪支,把瞄准镜收进皮箱的声音。

邦德的视线从地上挣扎的人影身上移开,应该说是曾经的人影,现在人已经不在了。片刻间他对这一具迫使他经历这一切的躯体充满憎恨。他的憎恨并不针对凯里姆。凯里姆曾经两次遭受这个人的偷袭。从某种意义上说，这是一场加长版的决斗，决斗中那个男人对凯里姆开了两枪，而凯里姆只开了一枪。只不过凯里姆更加机智、冷静，也更加幸运，仅此而已。可是邦德从未这样故意杀过人，他不喜欢看到这种场面，也不喜欢协助别人做这种事情。

凯里姆默默地挽起他，他们迈着缓慢的步伐离开现场，回到来时的路上。

凯里姆似乎看穿了邦德的心思。"死亡在生活中随处可见，我的朋友。"他意味深长地说，"人有时候注定是死亡工具。我不后悔杀了那个人。我也不会为杀了今天在那间办公室见到的俄罗斯人而懊悔。他们都很凶残，从他们那里你既得不到力量，也得不到慈悲。他们都一样，这些俄罗斯人。我希望贵国政府能够认识到这一点，对他们强硬一点。像我今晚这样偶尔给他们上一堂礼数课。"

"在强权政治的博弈中，没有谁能常有机会像你今晚这样干净利落地解决问题，达科。别忘了今天你惩罚的只是他们的一名走卒而已，一个经常给他们干脏活的人。你记住这一点。"邦德说，"我非常同意你对俄罗斯人的看法，他们根本不懂得欣赏胡萝卜，只有大棒对他们才有点用。他们根本就是受虐狂。对于英国来说，今天的麻烦就是不加区别地给所有人都喂胡萝卜，这成了一贯做法，不论是对国内还是国外。我们已经无牙可露——只剩下牙床了。"

凯里姆狂笑一声，但是没说话。他们重又走到那条臭烘烘的巷道，臭气熏得他们没法开口说话。他们一路向上走，在巷道口稍作休息，然后慢步走向竞技广场的树林。

"那么你原谅我今天的所作所为了?"从这个大大咧咧的大个子男人嘴里听到这样一句期待认可的话让人有点不太习惯。

"原谅你? 有什么好原谅的? 别开玩笑了。"邦德的语气里透着亲切,"你有任务要完成,你去完成了,令我折服的是你设计得滴水不漏。我才是那个该道歉的人。我好像给你带来了很多麻烦,而你已经从容应对,我只是跟在后面旁观。何况我的主要任务到现在还毫无进展,M 部长一定等得不耐烦了。兴许酒店里会有什么讯息等着我呢。"

可是当凯里姆送邦德回到酒店,并和他一起到前台问询时,却没有收到留给邦德的讯息。凯里姆拍拍他的后背:"别担心,我的朋友,"他兴冲冲地说,"希望是最可口的早餐,你多吃一点。明早我会派车过来。要是还没有信息的话,我会再安排点小刺激来打发时间。把枪擦干净带上它睡一觉,你和它都需要休息。"

邦德走上几级台阶,打开房门,进去后把门锁上。月光从窗帘透进来。他走到梳妆台前打开粉红色灯罩的台灯。他脱去衣服走进浴室,在淋浴下冲了一会儿。他想到 14 号星期六的这一天远比 13 号星期五那天不平静得多。他刷了牙,用一种味道很冲的漱口水清除今天吸进口鼻的恶臭。他关上浴室的灯,走进卧室。

邦德拉开一面窗帘,打开窗户。他站在那里,用手撑开窗帘,望着窗外月下流动的潮汐。夜风凉飕飕的,轻拂在他裸露的身体上。他看了看手表,已经 2 点了。

邦德深深地打了一个呵欠。他松开窗帘任它落下,弯腰去关梳妆台上的台灯。突然间,他僵在了那里,心里咯噔一下。

　　房间阴影处传来一声紧张的笑声。一个女孩的声音说："可怜的邦德先生,你一定累坏了,过来上床吧。"

第二十章　粉色上的黑色

邦德猛一转身,向床上望去。他的眼睛由于刚才长久地凝视着月光现在什么也看不清。他走到床边,打开粉红灯罩的床头灯:被单下面有一具修长的胴体。棕色头发摊开在枕头上。只露出手指尖在被单外,脸蒙在被单下面。双乳在被单下耸起像皑皑白雪下鼓起的山丘。

邦德笑了一声。他俯身向前,轻轻拉了一下枕头上的头发。被单下发出抗议的尖叫。邦德坐在床边。沉默了片刻之后,被单的一角被小心翼翼地拉下来,露出一只蓝色的大眼睛仔细端详着他。

"你看上去很没有修养。"声音从被单下传出来。

"那你呢! 你是怎么进来的?"

"我下了两层楼进来的,我也住在这里。"那个声音不大并且有一丝挑衅的意味,基本上没有地方口音。

"好吧,我要上床了。"

被单一下子被女孩拉到下巴处,她满脸绯红:"噢,不行,你不能。"

"可这是我的床,再说你刚才说让我上床的。"那张脸美得惊人。邦德冷冷地打量着她,她的脸红得更厉害了。

"那不过是一种表达而已,我是在自我介绍。"

"哦,那我很高兴见到你,我叫詹姆斯·邦德。"

"我叫塔蒂安娜·罗曼诺娃。"她把"安"和"曼"两个字的发音都拖得很长,"朋友们都叫我塔妮娅。"

两人对视着一言不发,女孩的眼神里带着好奇和好像是解脱的神情。邦德的眼里则是冷静的估量。

她先打破了沉默:"你和照片上一模一样。"她的脸又红了,"不过你得穿上件衣服,不然我不好意思。"

"你也同样让我不好意思。我跟你一起上床倒不要紧,不过你穿了什么?"

她把被单又拉下了一点,露出绕在脖子上细细的黑丝绒蝴蝶结:"这个。"

邦德俯视着那双挑逗的蓝眼睛,此刻睁得大大的像是在质问他蝴蝶结难道不够端庄。他感到自己的身体正在失去控制。

"该死,塔妮娅,你没穿其他衣服吗? 你不会就穿着这个乘电梯下来的吧?"

"呃,不是,那样太不正经了。我的衣服在床下面呢。"

"呃,假如你觉得你这个样子走出去……"

邦德没有说完要说的话。他站了起来,走到衣架旁,穿上一件深蓝色睡衣。

"你是想说不正经吧。"

"是吗?"邦德讥讽道。他走回床边拉开一张椅子。他冲她微笑着说:"那我跟你说句正经的,你是世上最美的女人之一。"

女孩的脸又红了。她认真盯着他问道:"你是认真的吗? 我觉得我的嘴巴太大了。跟西方的女人比我怎么样? 曾经有人说我像葛瑞塔·嘉宝,是真的吗?"

"你比她漂亮。"邦德说,"你的脸更有光泽,而且你的嘴巴也不大,大小正好,反正对我来说正合适。"

"什么叫'脸上的光泽'? 你指的是什么?"

邦德的意思是她看上去不像俄罗斯间谍。她看上去没有间谍的城府,没有丝毫冷漠和算计。她给人的印象是热情欢快的。这些特质反映在她的眼神里。他寻找着一句语意含糊的表述。"你的眼睛里充满着乐观。"他毫无信服力地说。

塔蒂安娜神色严肃。"那就怪了,"她说,"俄罗斯没有什么乐趣和愉悦,也没人跟我说过这个。"

乐观? 她想,经过最近这两个月吗? 她怎么可能面露喜色? 不过,是的,她的心情感到轻松。她天生是个轻浮的女人吗? 还是因为这个初次见面的男人? 一直痛苦地想象着自己要完成的任务,看见他的模样感到轻松和释然了吗? 这个任务确实比她想象的要容易得多。他使这个任务变得轻松,变得有趣,有一点危险但只是用来调味的。他相貌出奇地英俊,而且看上去也很爱干净。等他们到达伦敦,等她告诉他真相之后能得到他的原谅吗? 告诉他她是被派来勾引他的? 甚至在哪一晚,哪个房间进行都是事先策划好的,他还能原谅自己吗? 他当然不会那么计较,对他也没什么坏处。这只是她到达英国上交报告的一种途径。"眼睛里的乐观",嗯,有什么不好呢? 这也有可能。能够毫无愧疚地和这样一个男人独处的确给人一种妙不可言的自由的感觉。太让人兴奋了。

"你很英俊。"她说,她想用一个比方来讨好他,"你像一个美国影星。"

他的反应却吓了她一跳——"老天! 那是对一个男人最大的侮辱!"

她慌忙补救她的失言。可是奇怪这句赞美的话没有奏效——西方人不是人人都想长得像明星吗? "我没有说实话,"她说,"我是想让你开心。事实上你很像我的偶像,他是俄罗斯作家莱蒙托夫小说里的人物。等哪天我再详细跟你介绍他。"

哪天? 邦德觉得该说正事了。

"你听好了,塔妮娅。"他尽量不去看枕头上那张美丽的脸,他把视线集中在她的下巴尖上,"我们不要胡闹了,说正经事。这一切是怎么回事? 你真想跟我一道回英国吗?"他抬眼凝视着她的眼睛。她再一次睁大双眼,用那种要命的天真无邪的神情望着他。

"那是当然的!"

"噢!"邦德被她的直率吓了一跳,他心怀疑虑地看着她问,"你确定?"

"是的。"她的眼神严肃起来,不再和他开玩笑。

"你不害怕?"

他看见她的眼睛里阴云掠过。不过不是他想的那样,她是想起了她要扮演的角色。她被自己的所作所为吓住了。这出戏听上去简单,但实际上很艰难。真是奇怪,她决定要妥协。

"是的,我害怕。不过现在不那么害怕了,因为你会保护我,我想你会的。"

"嗯,那是当然。"邦德想到她远在俄罗斯的亲人,这件事的发生肯定会牵连到他们。但他迅速将这个念头逐出脑海。他该做什么? 是劝她不要来吗? 他不再考虑他曾为她设想过的种种后果。"没什么可担心的,我会守护你的。"现在,应该问他一直回避的那个问题了。他居然有点不好意思。这姑娘和他想象的完全不一样,问那个问题会破坏气氛,可是他必须要问。

"机器在哪里?"

的确,像是被他扇了一记耳光,她露出痛楚的神情,眼圈也红了。

她用被单蒙住嘴巴说话,露在被单上方的眼睛冷若冰霜。

"那才是你真正关心的。"

"听着,"邦德用无所谓的口气说,"这台机器和你我没有关系,但是我伦敦的那些同事们想要。"他又想起说话要注意安全,就又温和地补充说,"它也没那么重要。他们都熟悉那台机器,认为那是俄罗斯一项了不起的发明。他们想用它做样本来仿造,就好像你们的人仿造外国照相机和其他东西一样。"上帝! 这番解释多么苍白无力啊!

"现在你在说谎。"一大滴眼泪从她蓝色的大眼睛里流出,顺着她柔软的脸颊落到枕头上。她拉过被单蒙上双眼。

邦德伸出手,把手放在她被单下的手臂上,却被那只手气冲冲地甩开了。

"让他妈的解码机见鬼去好了。"他烦躁地说,"不过看在上帝的分上,塔妮娅,你得明白我有任务要完成。你只要说怎么做就行,之后我们绝口不提此事。我们还有很多事情要商量,得安排行程及其他事情。我的人当然想要那台机器,不然他们不会派我来接你和机器一道回去。"

塔蒂安娜用被单擦了擦眼泪,她呼地把被单拉到肩头。她意识到自己忘记了肩负的任务,只是因为……唉,算了。只要他说不在乎机器,只在乎她同往,其他就是奢求了。他说得对,他有任务在身,她又何尝不是?

她平静地抬起头望着他:"我会带上它,你别担心。可是我们别再提它了。现在你听好了,"她在枕头上挺直腰杆,"我们必须今晚就走。"她想起受训的内容,"这是唯一的机会。我今晚 6 点开始值夜班,只有我一个人在办公室。我会把解码机带上。"

邦德眯着眼睛,大脑飞速转动,思考必须面对的一系列问题:把她藏在哪里?事情暴露后如何送她上最早一班飞机?这将是一个高风险的任务。他们一定会不惜一切代价抓捕她,夺回解码机。他们会在去机场的路上设卡检查,会炸毁飞机,会无所不用其极。

"太好了,塔妮娅。"邦德若无其事似的说,"我们会把你保护起来,然后我们坐明早第一班飞机走。"

"别傻了。"塔蒂安娜曾被提醒，知道此刻她要背的台词比较难，"我们坐火车走。东方快车，今晚9点发车。你以为我没有经过深思熟虑？在伊斯坦布尔我一秒钟也不愿意多停留。我们一早就能出境。你必须弄到火车票和一本护照。我将作为你的妻子与你同行。"她开心地看着他，"我很向往哦。我在书里看到有一种四轮双座马车。火车车厢一定很舒服，像是架在车轮上的小房子。反正我们可以聊天、看书，晚上你会站在我们包厢外面的走廊里站岗放哨。"

"我也很期待。"邦德说，"可是你看，塔妮娅，这个主意太疯狂。他们一定会在某一站追上我们。坐那趟火车去伦敦要四天五夜的时间。我们得另外想办法。"

"不行。"女孩断然拒绝，"我只同意这么做。如果你够机敏，他们怎么能找到我们呢？"

噢，上帝！她想，他们为什么非要坚持坐这趟火车呢？可是他们态度很坚决。他们说，火车很适合谈恋爱，她有四天时间让邦德爱上她。以后，等到了伦敦，她就没那么紧张了，他会保护她的。可要是他们直接飞去伦敦，她会直接被投进大狱。所以，这四天非常重要。并且，他们警告过她：我们会在火车上派人监视，确保你们不会中途下车。所以，你要当心，老实执行命令。噢，上帝，噢，上帝！可是她是那么渴望和他在车轮上的小房子里共度这四天。真是奇怪！原本强迫他是她的责任，现在却变成她热切的渴望。

她凝视着邦德忧心忡忡的脸庞，她多么想伸手去抚摸他的脸告诉他不会有事的，告诉他这只是让她成功赴英的一个毫无危险的计划，对他说他俩都没有危险，因为他们不是计划的目标。

"嗯，我还是觉得行不通。"邦德说，他好奇 M 会有什么样的反应，"但我想它也可能会成功。我有护照，只需要一个南斯拉夫签证。"他严厉地看着她，"别指望我带你坐那班经过保加利亚的火车，不然我会以为你要绑架我。"

"我就是要绑架你。"塔蒂安娜咯咯娇笑，"我正想这么做呢。"

"现在不要说了，塔妮娅，我们得好好计划一下。我负责火车票，我还会带上一个人随行，以防万一。他是个好人，你会喜欢他的。你现在叫卡洛琳·索默塞特，别忘记了。你怎么去火车站?"

"卡洛琳·索默塞特，"女孩在脑海中反复念着这个名字，"是个好听的名字，那么你就是索默塞特先生。"她开心地笑了，"真有意思，别为我担心，我会在火车开启之前上车的。西鲁克兹车站，我知道在哪里。那就这样，我们没什么可担心的了，不是吗?"

"可是万一你临场胆怯了，万一你被他们抓住了呢?"邦德忽然对女孩的镇定自若起了疑心。她怎么能这么确定呢? 他疑窦陡生。

"在我见到你以前，我很害怕，不过现在我不怕了。"塔蒂安娜试着说服自己这是真的。从某种程度上说，这几乎是事实，"现在我不会像你说的那样临阵胆怯，而且他们也抓不到我。我会把我的行李留在酒店，只带平时上班的包去办公室。我舍不得丢下我的貂皮大衣，我太喜欢那件衣服了。今天是星期天，我有理由穿着貂皮大衣去办公室。今晚8点半我会走出办公室，打辆车去车站。现在你千万别再愁眉不展了。"她冲动地向他伸出一只手，这是她不得不做的动作，说，"告诉我你很高兴。"

邦德移到床边,他拉起她的手,俯视她的双眸。上帝!他想,但愿平安无事。我希望这个疯狂的计划能够成功。这么美丽的姑娘会是个骗子吗?她说的是真话吗?她是真心的吗?那双眼睛向他表明的只有一点:她是快乐的,她在等他爱上她,她对于发生在自己身上的事情有些惊慌。塔蒂安娜抬起另一只手,环住他的脖子,猛地拉过他来。起先她的双唇在他的唇下有些颤抖,随后,在燃烧的激情之下,那双唇义无反顾地投入长吻之中。

邦德抬腿上床。他一边吻着她,一边用手摸向她的左乳,握住它,感受乳峰在他的指尖欲火中烧,一点点坚挺。他的手向下掠过她平坦的小腹。她的双腿无力地挪动着,她娇声呻吟着,张开嘴唇。在她紧闭的双眼下面,长长的睫毛像蜂鸟翅膀一样不停地颤动着。

邦德伸手抓起被单边,一把掀起来,把它扔下床。果然,她全身赤裸,只有颈上的黑色蝴蝶结和一双过膝黑色丝袜。她伸开双臂向他摸索着。

在他们上方,不为他们所知的房顶上那块镶金框的镜子后面,锄奸局的两名摄影师正挤在偷窥狂的密室里。在他们之前,酒店店主的许多朋友在水晶宫酒店的贵宾套房也曾如此偷窥过许多蜜月之夜。

当两名偷窥者冷冷地俯望着两人不停变化的激情造型时,摄像机正轻轻发出嗡嗡的声音。偷窥的两个人嘴巴张开着,喘着粗气,激动的汗水从他们的胖脸上一串串滚落到廉价领结上。

第二十一章　东方快车

　　火车在欧洲四通八达。著名的东方快车雷打不动地每周三次在伊斯坦布尔和巴黎之间一千四百英里锃亮的铁轨上轰隆隆地开过。

　　弧光灯下,加长底盘的德国造火车像被气管炎折磨得苟延残喘的巨龙一般费力地喘着气。每一声沉重的呼吸都似乎是最后一口气。一缕缕蒸汽从车厢之间冒出来,迅速消逝在8月闷热的空气中。东方快车是在伊斯坦布尔中心车站廉价而丑陋的洞穴般的建筑中运行着的唯一列车。其他铁轨上的火车都没有发动机和列车员——默默等待着明天。唯独三号线及其站台上,悸动着离别的悲情诗篇。

　　深蓝色的车厢外有一行铜字"国际列车欧洲专列"。在字幕上方,嵌入金属缝里的一块铁板上白底黑字写着"东方快车",下面有

三行字:

　　伊斯坦布尔—塞萨洛尼基—贝尔格莱德

　　威尼斯—米兰

　　洛桑—巴黎

　　詹姆斯·邦德无神地望着世上最浪漫的一块标牌。他已经第十次看手表了:8 点 51 分。他的视线又回到标牌上。标牌上除了米兰外其他所有城市的名字用的都是本国文字拼写,而米兰为什么没用意大利语呢?邦德拿出手帕擦了擦脸。那姑娘在哪里?她是不是被抓住了?她变卦了吗?他昨晚,要不就是今早,在那张大床上,对她是不是太粗暴了点?

　　8 点 55 分,发动机静默的喘息声已经停歇。自动安全阀释放多余蒸汽时发出前后呼应的呼呼声。一百码之外,越过乱哄哄的人群,邦德看见站长向货车司机和锅炉工挥手示意,并开始顺着火车缓慢地向回走,关闭三等车厢的车门。乘客大都是刚刚与土耳其亲人们共度周末后准备返回希腊的农民。他们的身体探出车窗,对着下面嬉闹的人群急切地说着话。

　　远处,越发微弱的弧光灯光线无法照及的地方,深蓝色的夜空和闪烁的繁星从车站半圆形开口处露了出来,邦德看到远处一个红点变成了绿色。

　　站长走近了。身着棕色制服的乘务员拍了拍邦德的胳膊:"请您上车。"两个看上去挺有钱的土耳其人和他们的情人亲吻着——

她们长得太漂亮,不像是妻子——然后,在一连串笑着说出的警告声中,他们踏上踏板,迈上两级台阶走进车厢。月台上再也没有其他乘客。列车员不耐烦地瞟了一眼这个高个子英国人,收起踏板,走进车厢。

站长故意从他身边走过。再经过两节车厢——一等和二等车厢,等他走到行李车,就要举起那面脏兮兮的绿旗子了。

售票处没有人匆忙向这边赶来。在售票窗口上方、车站房顶处,灯光照亮的大钟向前跳了一格,指向9时。

邦德头顶的一扇窗咣的一声打开了。邦德抬头望去,一位戴着黑色面纱的女人站在窗口旁,他的第一反应是那张黑色面纱的网眼太大了,用这种东西来遮住那丰润的嘴唇和激动亢奋的蓝眼睛,手段实在是太业余了。

"快点。"

火车已经开动。邦德伸手抓住扶栏,跃上台阶。列车员还留着门,邦德不慌不忙地走进车厢。

"夫人来晚了。"列车员说,"她是从过道走过来的,估计是从最后一节车厢上的车。"

邦德顺着铺了地毯的走道来到中间车厢。白色的金属牌上"7""8"两个数字上下并列刻在一起。门半掩着,邦德走进去关上门。女孩已经摘下面纱和黑草帽。她坐在靠窗的一角,修长光滑的紫貂皮大衣敞开着,露出裸色稠裙,裙摆打着细细的褶皱,腿上穿着蜜糖色的尼龙丝袜,系着一条鳄鱼皮皮带,脚蹬一双鳄鱼皮皮鞋。

"你不相信我,詹姆斯。"

邦德在她身旁坐下。"塔妮娅，"他说，"要是这房间还能挤出空儿来，我会把你搁在腿上揍你屁股。你害我差点犯心脏病。出什么事了？"

"没出什么事。"塔蒂安娜一脸无辜地说，"能有什么事？我说我会到这里，我来了，是你不相信我。所以我说你对我的'嫁妆'比对我本人更加在意。它在那儿呢。"

邦德漫不经心地抬起头。行李架上在他的箱子旁边放着两个小包。他拿起她的手说："谢天谢地你平安无事。"

他的眼神中有点什么，许是承认自己对机子比对女孩更在意的一丝愧疚，这令她安下心来。她握着他的手，心满意足地坐在角落里。

火车在苏丹宫殿附近缓慢减速。火车车灯照亮了铁路线两边土褐色的棚屋。邦德腾出一只手掏出香烟来点上。他想到再过不久他们就要经过克里兰促，曾经——二十四小时以前住过的巨幅广告牌。邦德的眼前再次浮现出那时的场景。白色的路口，阴影下的两个人，被死神追赶的人从紫红色嘴唇中滑下来。

女孩温柔地看着他的脸。这个人在想什么？那双冷峻的深蓝色眼睛，时而温柔，时而就像昨夜在她怀里激情未褪时那么明亮如炬。此刻这双眼睛陷入了沉思。他在为他们担忧吗？担心他们的安危？假如她能够告诉他没什么好担心的，告诉他他是她去英国的唯一护照——包括他本人以及那晚站长交给她的那只沉重的手提箱就好了。站长正是这么说的："这是你去英国的护照，下士。"他兴冲冲地说："你看，"他打开包，"一台全新的解码机。注意别再打开包,在你到达终点站之前也不要把它带出车厢。不然这个英国人会从你手里抢走它,然后把你甩了。他们要的是这台机器。当心别让他们从你手上抢走,不然就是你的失职。明白了吗?"

车窗外信号箱在蓝色暮霭中闪着光。塔蒂安娜看见邦德起身拉下车窗向外探身。他的身体靠近了她。她挪动膝盖好让它碰触到他的身体。真奇妙啊!自从昨晚她看到他裸身站在窗前,举起双臂撑着窗帘,月光下他凌乱的黑发下那专注、白皙的侧影,她的心里就充盈着炽烈的柔情。还有那妙不可言的眼神和身体的交融,发生在两个来自完全不同的敌对阵营特工之间的电光石火,彼此却肩负着对抗对方祖国的使命。这对职场的对头,却因为各自政府的命令变成了恋人。

塔蒂安娜伸出一只手抓住大衣边,扯了一下。邦德拉上窗帘转过身。他冲她微笑着,读着她的眼神。他弯下腰双手放在她的胸前,重重地吻上她的双唇。塔蒂安娜身体后仰,把他拉向她。

门外传来两声轻轻的叩门声。邦德站起身,掏出手帕,草草擦去嘴唇上沾着的口红。"肯定是我的朋友凯里姆。"他说,"我得跟他谈谈。我会让列车员过来铺好床,在他铺床的时候,你就待在这里别动。我一会儿就回来,我就在门口。"他倾身向前,轻抚着她的手,望着她的大眼睛和她那我见犹怜的微启的朱唇,"我们还有一整晚的时间呢。当前第一要务是确保你的安全。"他打开门,轻轻走出去。

达科·凯里姆的大块头堵在过道里。他斜倚在铜栏杆上,抽着烟,郁郁寡欢地望向马尔马拉海。当长长的火车向着北方内陆蜿蜒而去时,海水正在退潮。凯里姆望着黑色车窗玻璃上邦德的脸。他轻声说:"情况不妙,车上有他们的三个人。"

"啊!"邦德的脊背一阵发凉。

"是我们在那个房间里看到的三个陌生人。显然他们是冲着你和那姑娘来的。"凯里姆忽然望向一边,"也就是说她是个双面间谍,不是吗?"

邦德的头脑异常冷静:这么说这个女孩就是个诱饵。可是,可是,这不可能。该死,她不可能是在演戏,这不可能。解码机? 也许它根本就不在包里。"等一下。"他说。他转身轻轻敲了敲包厢门。他听见她打开门锁,放下门锁链。他走进去,关上门。她一脸惊讶,她原以为是列车员进来铺床的。

她粲然一笑:"你完事啦?"

"坐下,塔蒂安娜,我要和你谈谈。"

这时她注意到他冷若冰霜的表情,她的笑容凝结了。她顺从地坐下,双手放在腿上。

"你听着,塔蒂安娜。"邦德的声音冷漠无情,"出了点状况,我必须检查一下那个包,看看里面有没有机器。"

她无所谓地说:"你拿下来看吧。"她盯着放在腿上的双手仔细看。那么现在就要发生了,就像站长所说,他们要拿走机器,然后把她甩掉,也许会把她推下火车。噢,上帝! 这个男人就要这么对待她了。

邦德伸手拽下那只沉重的包,把它放在座位上。他打开拉链向里望,是的,里面是一个漆成灰色的金属匣子,上面有三排宽键盘,酷似打字机。他用手撑开包给她看:"这是解码机吗?"

她不在意地朝袋口瞟了一眼:"是的。"

邦德拉上拉链,把包放回到行李架上。他在女孩身旁坐下:"火车上有三个苏联国家安全部的人。我们知道他们星期一去了你们中心。他们在车上干什么? 塔蒂安娜?"邦德的声音很轻,他端详着她的脸,竭尽全力找寻可疑的蛛丝马迹。

她抬起头,眼睛里盈满了泪水。这是被抓了现行的孩子的眼泪吗? 可是她的脸上却没有一丝愧疚,她看上去只是被吓坏了。

她伸出一只手,又缩了回去:"现在你拿到机器了,不会把我扔下火车吧?"

"当然不会,"邦德不耐烦地回答,"别说傻话了。可是我们必须知道这些人在这里做什么。这是怎么一回事? 你事先知道他们会上火车吗?"他试图在她的脸上寻找线索。他看到的只是如释重负的表情。还有什么呢? 有隐瞒,还是矜持? 是的,她在掩饰着什么。可是是什么呢?

塔蒂安娜似乎在下决心,她草草地用手背抹了一把眼泪。她伸手放在他的膝盖上,手背上留下一道泪痕。她凝视着邦德的眼睛,强迫他相信她。

"詹姆斯,"她说,"我不知道这些人在火车上。我听说他们今天要出发去德国,我以为他们会坐飞机走。我知道的只有这么多。在我们到达英国、在我逃离我的人的手掌心之前,求你别再问我什么了。我已经兑现了我的承诺,现在我带着机器来了。相信我,别担心。我相信这些人无意伤害我们。我完全肯定,你也要有信心。"

可是她自己也需要有信心——相信她所接受的命令。这些人一定是上来看着她防止她中途下车的。他们不可能伤害他们。以后,等他们到了伦敦,这个人就会把她藏到安全的地方,藏到锄奸局找不到的地方。她会把他想知道的一切都告诉他。她已经在脑海中下定了决心。可是不知道假如她现在就背叛了他们会怎么样?他们总能抓住他俩。她知道,对于这些人来说没有什么秘密可言,而且他们也不会手软。只要她演好她的角色,就会平安无事的。塔蒂安娜仔细观察邦德的表情,想找到信任的痕迹。

邦德耸耸肩,他站起身:"我不知道该怎么去想,塔蒂安娜。"他说,"你有事瞒着我,但是我觉得那是你不明白其严重性的事情。我相信你认为我们是安全的。也许吧。这些人在火车上可能纯属巧合。别担心,我们会保护好你,不过现在我们必须非常小心。"

邦德环顾包厢四周。他推了一下通往另一个包厢的门。门是锁着的。他决定等列车员走后塞个东西把门加固。他也会往过道门门缝里塞上东西。他还得时刻保持清醒。车轮上的蜜月真不让人闲着啊!邦德苦笑着,按铃召唤列车员。塔蒂安娜忧心忡忡地望着他。"别担心,塔妮娅,"他重复说道,"什么都不用担心。等这个人走了你就上床睡觉,确定是我你再开门。我今晚不睡,我会一直守着。到了明天情况可能会好一些。我要和凯里姆一起商议个计划。他是个好人。"

列车员敲了敲门。邦德把他让进来后走到过道里。凯里姆还在那里发呆。火车已经加快了速度,在夜幕中疾驰。铁轨两侧隧道的墙壁上映照出车窗的亮光忽明忽暗。火车刺耳而又忧伤的鸣叫声回荡在他们的耳畔。凯里姆纹丝不动,但是玻璃窗上他的眼神却是警觉的。

邦德将他和女孩的谈话告诉了凯里姆,但想跟他解释清楚自己为什么这么相信这个女孩的话并不容易。当邦德试图描绘她的眼神和自己的直觉时,他注意到玻璃窗上那个人嘴角嘲讽地上扬。

凯里姆无奈地叹了口气。"詹姆斯,"他说,"现在是你负责,这是你的任务,我们今天已经讨论过这个任务的各个方面——乘坐火车的危险、用外交邮包把机器送回国的可能性和这个女孩的真实性,也已经达成一致意见。毫无疑问的是,她看上去已经无条件地听从你的命令。而同时你也得承认你也对她毫不隐瞒,或许是有所保留的毫不隐瞒。至少你决定相信她。今天早上我在和 M 通话时,他说他支持你的决定,既然他交给你做主,那也只能这样了。但是他不知道车上还有苏联国家安全部的三个人,我们也没有想到。我认为这个新情况推翻了我们之前的所有判断。难道不是吗?"

"是的。"

"那么现在唯一要做的就是除掉这三个人,或者把他们赶下火车。天知道他们为什么来到这里,我和你一样都不相信巧合。不过有一件事是确定的,我们不会和他们同行,对不对?"

"当然。"

"那就交给我吧,至少今晚交给我处理。现在还在我们国家,我还有一定的影响力和钞票。我不能杀他们,那样的话火车会延误,你和那个女孩会受到牵连,我们只能想其他办法。他们有两个人在卧铺车厢,那个留胡子拿着小烟斗的官员模样的家伙住在你隔

壁——喏,在 6 号包厢。"他向后仰头示意,"他手持德国护照,用的
是'曼希沃·本兹——销售代表'的身份。那个皮肤黑一点的亚美
尼亚人在 12 号包厢,他拿的也是德国护照——'库尔特·古德法
波——建筑工程师'。他们持有到巴黎的车票。我看过他们的证
件。我有警官证,所以列车员很配合,他的房间里有所有人的车票
和护照。第三个人,也就是颈后长了疖子,脸上也有疖子的那个。
他是个蠢笨丑陋的家伙。我没看到他的护照。他在一等车厢,在我
的包厢隔壁。现在还没有到边境,所以不必上交护照,不过他把车
票交了。"像变魔术似的,凯里姆从上衣口袋里亮出一张黄色的一等
车厢车票。他把车票放回口袋,得意地对邦德咧嘴一笑。

"怎么拿到的?"

凯里姆咯咯一笑。"在他睡觉之前,这头蠢驴去了趟厕所。当
时我站在走道里,忽然想起小时候蹭火车的经历。我等了一分钟,
然后走过去敲厕所的门。我抓紧了门把手。'收火车票了。'我大
声说,'请出示车票。'我用法语和德语各说了一遍。里面传来咕哝
声。我感觉他在试着打开门。我抓紧门把手,他以为门被卡住了。
'不要着急,先生。'我礼貌地说,'把票从门下面递出来就行。'门把
手一阵乱晃,我听见里面粗重的喘息声。然后片刻停顿之后,门下
传来窸窸窣窣的声音,车票从门下递了出来。我彬彬有礼地说了
声:'多谢,先生。'我拾起车票,经过两节车厢连接处进入另一节车
厢。"凯里姆神气活现地挥了挥手,"那个笨蛋现在应该已经睡下
了。他以为到了边境车票就会还给他。他错了,他的票会成为灰
烬,灰烬会随风飘散。"凯里姆指向黑漆漆的窗外,"不管他有多少

钱,我都能保证让他下车。他会被告知需要接受调查,需要与售票处核实他的个人信息,他可以搭乘下一班火车。"

邦德想象着凯里姆恶作剧的场景不禁哑然失笑:"你的确是个人物,达科。另外两个人你打算怎么对付?"

达科·凯里姆耸了耸他宽厚的肩膀:"我会制造些状况。"他信心十足地说,"对付俄罗斯佬的办法就是让他们出丑,让他们丢脸,嘲笑他们。他们受不了的。我们想办法让这些人冒汗,然后交给苏联国家安全部来惩罚他们的失职。毫无疑问他们将被自己人枪毙。"

在他们说话的当儿,列车员走出 7 号包厢。凯里姆转向邦德,把手搭在他的肩头:"别担心,詹姆斯。"他兴高采烈地说,"我们能打败这些人。去找你的姑娘吧,我们早晨再见。今晚我们是睡不了了,不过即便是那样也没啥用处。情况每天都在变化,也许明天能睡觉。"

邦德望着大个儿在晃动的过道里自在地走开,他注意到,尽管火车晃动得很厉害,凯里姆的双肩从来没有碰到过过道两侧的墙壁。邦德心中涌起了一股暖流,对这位坚强乐观的职业间谍的好感又加深了。

凯里姆消失在列车员的座舱。邦德转身轻敲着 7 号包厢的门。

第二十二章　逃离土耳其

　　火车呼啸着穿越长夜。邦德坐在那里看着窗外月色中疾驰而过的景物，努力让自己保持清醒。

　　周围的一切令他昏昏欲睡——车轮飞速滚动的声音、窗外银色电报线令人犯困地不断撞入眼帘、火车汽笛间或发出的忧伤的鸣叫、过道两头催人入眠的金属撞击声、包厢板壁吱呀吱呀的催眠的声音，甚至连门头上的淡紫色夜灯灯光似乎都在说："我替你守着，有我照着不会有事的。闭上眼睛睡觉吧，睡吧。"

　　女孩的头靠在他的腿上，温暖而又沉重。被单下显然只留下够他钻进去和她挤在一起的空儿。他的大腿贴着她的腿弯。他的脑袋枕在她瀑布般摊在枕头上的头发上。

　　邦德合上双眼，又睁开。他警惕地抬起手腕：4 点钟。还有一个小时就到土耳其边境了。也许到了白天他能睡一会儿。他会把枪交给她,把门再塞好,由她接着看守。他低头端详着熟睡中的倩影。她的样子多么无辜啊,这个来自苏联特务机构的女孩——长长的睫毛在柔和饱满的两颊上投下了两道淡淡的影子,朱唇微启,一绺长发滑落在前额,他想伸手帮她理好。她裸露的颈部脉搏在缓慢地跳动着。他的心中突然柔情荡漾,有一种想拥她入怀的冲动。他希望她从睡梦中醒来,这样他就可以亲吻她,告诉她一切正常,看着她再次开心地进入梦乡。

女孩坚持这样入睡。"我要你抱着我睡。"她是这样说的,"我必须知道你一直都在我身边。假如我醒来摸不到你,那就太可怕了。求你了,詹姆斯。求你了,先生。"

邦德脱掉外衣,解下领带,把自己安顿在角落里,脚跷在箱子上。贝雷塔放在枕下触手可及的地方。她对于那把枪没说什么。她已经脱光了所有衣服,只留下系在脖子上的黑色蝴蝶结。她毫不在意地爬上床,扭来扭去寻找一个舒服的姿势,还装出一副不是故意挑逗的模样。她曾向他张开双臂,邦德抓住她的头发,狠狠地久久地吻了她一次,然后吩咐她去睡觉。邦德靠在座位上,等着身体的热度退却。她睡眼蒙眬地抱怨着躺下了,一只手搭在他的大腿上。起初她用力抱紧他的腿,后来渐渐地她松开了手,进入梦乡。

邦德把有关她的念头全部丢在脑后,开始思考眼下的行程。

他们很快就要离开土耳其,可是到了希腊会安全一点吗?希腊和英国素来不睦。那么南斯拉夫呢?铁托是哪一边的?也许两边都算。无论那三个苏联国家安全部的人是为何而来,他们或者是已经知道邦德和塔蒂安娜在火车上,或者很快就能发现。他和这姑娘总不能关着窗帘在包厢里连坐上四天不出来。他们在火车上的消息会通过某一站的电话传到伊斯坦布尔，到了早晨他们就会发现解码机丢了。然后呢？他们会通过苏联驻雅典或者贝尔格莱德使馆采取紧急行动？把这姑娘当贼一样从火车上抓走？那样是不是过于简单了？那么假设情况更加复杂的话——假如这一切只是苏联的某项错综复杂的神秘行动的一部分——他应该躲避吗？他是否应该和这姑娘在路边某个小站下车，从站台另一侧溜走。然后租一辆车，想办法去伦敦呢？

车窗外，晨光开始把疾驰而过的树木和岩石刷上蓝边。邦德看了看表，5点钟。他们很快就会到达邬桑科普鲁。凯里姆那儿有什么进展？邦德放松了下来，找了个舒服的姿势靠着坐下。假如他们依靠自己的力量可以迅速甩掉那三个苏联国家安全部特工的话，他们将按照原计划继续留在火车上；倘若不行，邦德会把女孩和机器一起带下火车，带到希腊的某个地方，换一条路线回国。然而，邦德还是倾向于继续乘火车前进。他和凯里姆都是足智多谋的人。凯里姆在贝尔格莱德还有人上车接应。退一万步说，还有使馆呢。

邦德的大脑在飞速转动，为胜算做加法，给风险做减法。在他的理性分析的背后，邦德承认在他的心底有一个不够理性的想把游戏进行到底、一窥究竟的念头。他想接受这些人的挑战，探清楚这个谜团。并且，假如这是某个计谋，那就去粉碎它。M让他全权负责，他手上有女孩和机器，他为什么要惊慌？有什么好惊慌的？现在临阵逃跑太不可思议了，逃走也有可能是才出龙潭又入虎穴呢。

火车长啸一声，开始减速。

现在是第一轮交锋。假如凯里姆失手了,那三个人还留在火车上……

一个火车头拖着几节货车车厢吃力地开过。车厢的轮廓一闪而过。随着火车车厢一个趔趄,车厢接缝处发出刺耳的声响。东方快车开进了车站,它驶离了直达线路。窗外出现了以蔓草相隔的四对铁轨和空旷的月台。一只公鸡打着鸣。列车放慢到人步行的速度,随后,伴随着液压刹车和砰的一声蒸汽释放的声音,列车停了下来。女孩在睡梦里轻轻动着,邦德轻轻地把她的头放在枕头上,起身悄悄走出门。

这是典型的巴尔干风格的路边小站——棱角过分分明的石块砌就的毫无生气的建筑,灰蒙蒙的月台与轨道路面齐平,所以下火车处有长长的一级台阶。月台上鸡群在四处觅食,几个无精打采的官员无所事事地站在那里,胡子也没刮,甚至无心装出威严的样子。走到列车后半部分三等车厢处,一群扛着包袱、挎着竹篮的农民嘈杂地等待着检票,接着再费力地爬上火车,加入车厢内拥挤的人群中。

邦德对面月台的另一侧有一扇关闭的门,上面挂着"警署"的标牌。透过门边脏兮兮的窗帘,邦德仿佛看见了凯里姆的头和肩。

"护照,海关检查!"

一个便衣男子和两名身着墨绿色制服的警察,腰里别着手枪枪套走进过道。列车员走在他们前面,挨个敲门。

在12号包厢门口,列车员用土耳其语怒气冲冲地嚷嚷着,手里扬着一把车票和护照,像扑克牌一样摊开在手心里。在他说完之后,便衣男子招来那两名警察,潇洒地敲门,门开启之后,他走了进去,两名警察在他身后守卫着。

邦德顺着过道一点点靠近。他能够听见混乱嘈杂的蹩脚德语。其中一个声音冷冰冰的,另一个声音激动而惊惶。库尔特·古德法波先生的护照和车票不见了。古德法波先生是不是自己从列车员座舱把它们拿走了?当然没有。古德法波先生是否确实把证件交给列车员了?那是当然。那么这是一件倒霉事,必须开展调查。德国驻伊斯坦布尔的法律机构肯定能查明此事(听到这里,邦德会心一笑)。与此同时,很遗憾古德法波先生没法继续他的旅程了。他明天肯定可以再启程。古德法波先生会穿好衣服,行李会被拿到候车室。

古德法波先生一下子蹦到过道上,他脸色苍白,吓得面如死灰。他的头发乱蓬蓬的,只穿了睡裤。可是看着他气急败坏地冲过走道,却令人感觉不到一点喜感。他与邦德擦肩而过,在6号包厢门前停住,佯作镇定。他紧张地敲着门,门开了一条小缝,邦德瞥见一只大鼻子和半截胡须。门锁链打开,古德法波走进屋内。接下来没有什么动静,便衣警察检查完9号、10号包厢两位法国老年妇女的证件,走到邦德面前。

官员几乎瞧也不瞧邦德的护照,他啪地合上护照递给列车员。"你是和凯里姆先生一起的吗?"他用法语问道,眼神飘忽。

"是的。"

"谢谢,先生。祝您旅途愉快。"官员敬了个礼。他转身猛敲6号门。门开了,他走了进去。五分钟以后,门砰的一声打开。便衣男子理直气壮地向警察招招手。他用土耳其语凶巴巴地对他们说话。他转身向包厢内说："你已经被捕,我的先生,试图行贿在土耳其是一项重罪。"古德法波用蹩脚的德语愤愤地吵嚷着。他的话被一句不容置疑的俄语打断。

一个迥然不同的古德法波,一个眼神癫狂的古德法波在门口现身,他踉踉跄跄地冲进过道,走进12号包厢。一名警察守在门口等候着。

"您的证件,我的先生。请您向前一步,我得核对照片。"便衣男子迎着光举起德国护照,"请您上前。"

那个自称"本兹"的国家安全部男子的胖脸上满是愠色。他穿着明艳的蓝色睡袍走到过道里。那双凶悍的棕色眼睛直视邦德的眼睛,眼神却是视而不见的。

便衣男子啪地合上护照递给列车员。"您的证件没有问题,先生。现在,请允许我检查您的行李。"第二名警察跟着他走进包厢。苏联国家安全部的男人转身背对着邦德,看着他们搜查。

邦德注意到他的睡袍左臂下方鼓起一块,腰间露出皮带的轮廓。他不知道他是不是应该提醒便衣男子。他还是决定保持沉默,不然他也许会被叫去做证。

检查完毕,便衣男子冷冷地敬了个礼,在过道中继续向前走。穿着蓝色睡袍的男子走进6号包厢,把门狠狠地关上。

遗憾,邦德想,逃掉了一个。

邦德转身面向窗户。一个戴着灰色毡帽、颈后长了个大疖子的壮汉被押进了警署。过道尽头,一扇门重重地合上。古德法波被警察押着走下火车。他垂头丧气地走过灰蒙蒙的月台,消失在同一个房间门口。

火车鸣叫着,崭新的汽笛声,是希腊火车司机特有的那种勇敢刺耳的巨响。火车车厢门哐当关上。便衣男子和第二名警察走向车站。站在车尾的列车员看了看手表,举起了旗子。火车猝然一动,火车头喷出一股蒸汽,东方列车的前半部分开始移动,向下一站进发——经过五十英里之外保加利亚边境的德莱格曼。走北线的那部分车厢则被留在月台边等候。

邦德拉下车窗,回头最后看一眼土耳其边境。那两个人正在那间空荡荡的房间里接受着相当于死刑的判决。打下来两只鸟,他想,三只打下来两只。胜算看上去更大了。

他凝望着灰尘遍布的死寂的月台,望着月台上的鸡群和列车员瘦小的黑色身影,直到长长的列车开向交会处,驶上了主干线。他向远处眺望,越过阳光炙烤的、丑陋的郊外景色,看到正从地平线升起的金色太阳。今天会是一个艳阳天。

邦德从凉爽而又清甜的晨风中缩回脑袋,推上了窗户。

他已经做出决定:他会留在火车上,直到旅程结束。

第二十三章　达科之死

邦德从皮埃利亚车站简陋的小食摊买来一杯热咖啡当早餐(中午以前餐车车厢不开门)。希腊海关和边防的例行检查之后,火车一路向南驶向爱琴海北端的埃内兹海湾。车窗外阳光更加炽烈,色彩也更加斑斓,空气更为干燥,路边小站和田野看上去优美如画,太阳花、玉米、葡萄和烟草在阳光下生长、成熟。一切正如达科所说,又是新的一天。

邦德在塔蒂安娜饶有兴致的注视下洗漱完毕。她赞成他不往头发上搽头油的做法。"这是个不讲卫生的习惯。"她说,"我听说许多欧洲人都有这个习惯,这让我们俄罗斯人感到匪夷所思,因为头油会把枕头弄脏。不过奇怪的是你们西方人不用香水,我们那里的男人都用。"

"我们每天都会洗澡。"邦德没好气地说。

她正欲辩解,外面响起了敲门声。是凯里姆。邦德给他开了门。凯里姆向女孩欠身示意。"多么温馨的家庭画面。"他乐呵呵地评论道,一边躬身在门边角落里坐下,"你们大概是我见过的最漂亮的一对间谍了。"

塔蒂安娜对他怒目而视。"我不习惯西方的玩笑。"她冷冷地说。

凯里姆的笑声令人放松戒备。"你会习惯的,亲爱的。英国人特别擅长开玩笑,在英国什么都能拿来说笑,我也学会开玩笑了。玩笑是润滑剂。今天早上可把我乐坏了——警察给德国驻伊斯坦布尔总领馆打电话的时候我要是在场就好了,真想听听他们是怎么处理的。那本护照造得最假了。假护照不难做,可是同时要伪造他们的出生证几乎是不可能的——伪造出生证理论上应该给他们发证件的国家的文件。我担心您那两位同事的前程即将画上一个悲惨的句号,索默塞特夫人。"

"你是怎么办到的?"邦德打上领带。

"钞票外加影响力。塞给列车员五百美元,跟警察们夸夸海口。幸运的是我们的朋友还试图贿赂警察。可惜的是隔壁那个精明的本兹先生没有上当。"他指了指隔壁,"护照把戏没办法玩两次,我们得想其他办法抓到他。那个长疖子的人好对付,他不会德语,无票乘车是大过错。啊,好啊! 今天开局良好,我们已经赢了一个回合。但是我们隔壁的朋友从现在起会十分小心,因为他知道他的对手是谁了。也许那样更好。要让你俩始终处于掩护之下很难,现在我们可以四处走动,甚至一起吃午饭,前提是你把传家宝带在身上。

我们必须注意看他是否会在某一站打电话,不过我怀疑他不会通过希腊的电话接线员接通电话。也许他会一直等到我们抵达南斯拉夫。不过等到了那里,我们也可以得到增援。这将是最有意思的一段旅程,东方快车上总是不乏刺激。"凯里姆站起身,打开包厢门,"另外还有浪漫。"他回头笑着说,"中午我来叫你们!希腊餐比土耳其餐更难吃,不过即便是我的胃也在为女王效忠呢。"

邦德起身锁上门。塔蒂安娜愠怒道:"你的朋友真没教养!像他那样说女王陛下是大逆不道的。"

邦德在她身旁坐下。"塔妮娅,"他耐着性子解释道,"他是个很不错的人,也是个好朋友。他在我面前可以畅所欲言。他嫉妒我有你这样一个女朋友,所以他逗你玩,你应该把这当成赞美。"

"你是这么看的吗?"她用那双蓝色的大眼睛看着他,"可是他刚才所说的关于他的胃和你们国家元首的那番话,要是放在俄罗斯,就真是太没教养了。"

火车开到苍蝇乱飞、暴晒在阳光下的亚历山德鲁波利斯车站。停车时他俩还在争论不休。邦德打开包厢门,来到过道里。阳光跨越与希腊国旗一般湛蓝的天空和波光粼粼的银色海面,像流水一般倾泻进来。

他们共进午餐时,那只沉甸甸的包就放在桌子下面邦德的两脚之间。凯里姆和那姑娘很快成了朋友。那个叫本兹的苏联国家安全部的男人不进餐车。他们看见他在月台上从小吃推车上买了三明治和啤酒。凯里姆建议邀请他一起打桥牌。邦德忽然感到一阵疲倦,他感觉他们把这段危险的旅程当成一次郊游了。塔蒂安娜注意到他的沉默。她站起身说她得休息了。他们走出餐车,听见凯里姆兴冲冲地要着白兰地和雪茄。

回到包厢,塔蒂安娜不容置疑地说:"现在你该睡觉了。"她放下窗帘,挡住刺眼的午后强光和阳光下一望无际的玉米地、烟草地和晒蔫了的向日葵。包厢变成了一个墨绿色的地下洞穴。邦德塞上门,把手枪交给她,头枕在她的腿上,立刻进入了梦乡。

火车长龙一般在希腊北部罗多彼山脉中蜿蜒前行。桑迪到了,然后是德拉玛和塞雷,之后他们来到马其顿高地。火车向南转,驶向萨洛尼卡方向。

当邦德在她柔软的腿上醒来时,已是黄昏时分。塔蒂安娜第一时间捧起他的脸,就好像她一直在等待这个时刻似的。她望着他的眼睛,急切地问:"亲爱的,我们还有多久能够这样在一起?"

"很久。"邦德仍然睡眼惺忪。

"到底是多久呢?"

邦德抬头望着那双布满愁云的美丽眼眸,他睡意全消。根本没有办法去预测接下来的三天旅程结束之后,在他们抵达伦敦以后会怎么样。他必须要面对的事实就是这个女孩是敌方特工。军情六处和部委的审判官们丝毫不会关心他的个人情感。其他情报机构也会渴望从女孩那里了解到她所使用的这台机器的情况。也许到了丹佛,她就会被带进"笼子",那是靠近吉尔福德附近警备森严的一栋私人住宅。她会被安置到一个舒适但却装满窃听装置的房间。那些工作高效的便衣男子会依次进入,坐下来与她交谈。楼下房间的录音机将会开始转动,那些录音会被誊录下来,过滤成他们需要的新的讯息——当然,也会过滤出他们将要诱导她说出的自相矛盾的话。他们也许会安插一个卧底进去,一个看上去挺好的俄罗斯姑娘。她会同情塔蒂安娜的遭遇,会给她出些逃跑的点子、变身双面间谍的办法以及向父母报平安的方式,等获取她的信任后便劝她充当双面间谍。这种情况会持续几周乃至数月。与此同时,邦德会被命令回避,除非审讯者们认为可以利用他们的感情从她嘴里套出更多机密来。然后呢?她会改名换姓,去加拿大开始她的新生活,从情报基金里每年拨给她一千英镑生活费。等她熬过这一切之后他会在何处?也许会在世界的另一端,或者,即使他还在伦敦,在经历了审讯机器榨汁般的审讯之后,她对他还能有多少感情?经历了那些之后她对英国人会有多么仇恨和鄙夷?并且,到了那时他自己炽烈的爱情又能剩下几分呢?

"亲爱的,"塔蒂安娜不耐烦地追问着,"多久呢?"

"尽可能久一点吧,这取决于我们自己。很多人会干预,我们会被分开,再没有现在这样轻松待在一起的场景。几天之后我们就得走进外面的世界。前方没有坦途,可要是不跟你说实话就太不明智了。"

塔蒂安娜脸上瞬间放晴。她对他莞尔一笑:"你说得对。我不会再问些傻问题,但我们不可以再浪费剩下的时间了。"她把他的头挪向一边,起身在他身旁躺下。

一个小时后,邦德站在过道里,达科·凯里姆突然出现在他身边。他端详着邦德的脸,调皮地说:"你不该睡那么久,你错过了希腊北方最有名的景色。现在是头等车厢点餐的时间。"

"你成天光想着吃。"邦德向后扬了一下头,"我们的朋友怎么样了?"

"没有动静。列车员一直帮我看着呢。那个人将成为铁路公司最有钱的列车员。我为古德法波的证件付给他五百美元,现在又按照每天一百美元的标准给他钱,直到旅程结束。"凯里姆咯咯一笑,"我告诉他他甚至会因为自己对土耳其做出的贡献荣获一枚奖章。他以为我们在稽查走私团伙。走私团伙经常用这趟车从土耳其偷运鸦片到巴黎。他不觉得奇怪,只是庆幸自己能得到这么丰厚的报酬。现在,除了这东西,你从那位俄国公主那里还得到了什么? 我还是觉得有点悬,一切都太平静了。被我们甩掉的那两个家伙可能像那女孩所说确实是去柏林的,这个本兹一直躲在包厢不出来是因为怕我们。我们的旅程一切顺利,可是,可是……"凯里姆摇摇头,"这些俄罗斯人都是象棋大师,他们对敌人的每一步都有所准备,这些动作都应该被预见到并设计好对策。"凯里姆面色忧虑,"我心里有一种感觉,你、我和这女孩都是一个大棋盘上的马前卒——我们之所以还能自由活动是因为我们的行动尚未影响到俄罗斯人的整体计划。"

"可是这一计谋的目的是什么呢?"邦德望向车窗外的黑暗,他对着玻璃上自己的映像说,"他们能达到什么目的? 我们总是不断回到这个问题上。当然我们都嗅出了阴谋的气息,而且这姑娘可能自己都不知道已经深陷其中。我知道她在隐瞒着什么,但我认为她隐瞒的只是她认为无关紧要的一些小秘密。她说等我们到了伦敦她就会和盘托出。她是什么意思呢? 她只是说我必须有信心——

不会有危险。你得承认，达科，"邦德抬起头在那双目光迟缓、足智多谋的眼睛里寻求赞许，"她到目前为止一直是说到做到的。"

凯里姆的眼睛里毫无热度。他一言不发。

邦德耸耸肩："我承认我爱上了她。可我不是笨蛋，达科。我一直在寻找蛛丝马迹，关注一切有价值的信息。你知道一旦有些防线瓦解了，能暴露很多信息。嗯，她的防线完全瓦解了，我知道她说的是实话，至少百分之九十是实话。而且我知道她认为其他百分之十并不重要。假如她一直在说谎，那么她自己也是被蒙在鼓里的，按照你所说的象棋棋局理论，那是可能的。但是那样的话就又回到那个为了什么的问题上。"邦德的口气变得强硬，"而且，如果你要个答案的话，唯一的办法就是跟他们下完这盘棋。"

凯里姆望着邦德固执的样子突然笑出声："换作是我，朋友，我会在萨洛尼卡悄悄下车——带着机器，如果你愿意，也带上那姑娘，虽然那无关紧要。我会租辆车去雅典，乘坐最早的航班去伦敦。我活着不是为了风度。"凯里姆的话里暗带嘲讽，"这对我来说不是游戏，而是工作。对你来说意义不一样。你是一个赌徒，M 也是一个赌徒。他显然是的，不然他不会授权给你。他也想一窥究竟。就这样吧。只是我本人做事讲究稳当，喜欢经过确认的事情，不给偶然留一点机会。你以为自己胜券在握?"达科·凯里姆转身面向邦德，他的口气变得坚持，"听着，我的朋友，"他把大手放在邦德肩膀上，"这是一张台球桌，一张平滑的绿色台球桌。你击打了你的白球，它顺利地滚向红球。球洞就在旁边，命中注定地、不可避免地白球将击打到红球，红球将滚进洞。可是，就在这时，一架喷气式飞机的飞行员昏倒了,他驾驶的飞机径直撞向台球室,或者一个天然气站爆炸了,再或者闪电击中了房子,大楼倒塌,压在你和台球桌上。那么,那个注定不会错过红球的白球,还有注定进洞的红球会怎样呢?按照台球的规则,白球不可能碰不到红球。可是,台球桌的规则不是这世上唯一的规则。这列火车前进的规则,你前往目的地的规则,也不是这场游戏中唯一的规则。"

凯里姆顿了一下。他耸了耸肩,终止了自己的长篇大论。"这些你都懂,我的朋友。"他歉疚地说,"这些老生常谈让我口干舌燥了。催那个姑娘动作快一点,我们去吃饭。不过你要小心,我请求你。"他用手指在上半身中央画了个十字,"我没在心房上画十字,那样太过正式,但是我在肚子上画了,那对我来说是很重要的一个誓言。我们两个都会遇到意外。那个吉卜赛人让我们当心。现在我要说同样的话。我们可以在台球桌上玩游戏,但是我们必须同时警惕台球室外面的世界。我的鼻子,"他敲了敲鼻子,"是这么告诉我的。"

凯里姆的肚子发出了愤怒的咕噜声,像一部忘记放回去的电话机那头有一个怒气冲天的人在嚷嚷。"嗨,"他乞求地说,"我刚才怎么说的?我们必须去吃饭了。"

他们吃完饭时,列车开进了塞萨罗尼基丑陋的现代枢纽。邦德背着沉重的小包,他们回到包厢,各自休息。"我们很快会再次被打扰,"凯里姆警告道,"一点钟到达边境。希腊人不会找麻烦,可那些南斯拉夫人喜欢吵醒旅途中睡不安稳的人。如果他们找你麻烦,你就叫我。即使是在他们的国家,我也有认识的人。我在另外一节车厢的2号包厢。我一个人住。明天我会搬到12号我们的朋友古德法波的铺位,这种时候一等车厢是理想的地方。"

邦德恍恍惚惚地打着盹。火车穿过月色笼罩下的瓦尔达尔山谷,向着脚背形状的南斯拉夫开去。塔蒂安娜头枕在他的腿上再次入睡。他想起达科刚才的话,对于等他们安全通过贝尔格莱德后他是否能把大个儿安全送回伊斯坦布尔心里并没有底。拖上他一道穿越整个欧洲,在他的势力范围之外将他拖入他本人并不赞成的险境,这不公平。达科显然怀疑邦德是不是已经色令智昏,看不清楚形势了。嗯,他有一定的道理。现在下车换一条路线回国肯定更加保险。可是,邦德承认,如果这是计,他可不愿意临阵脱逃。正如达科所说,M也想知道谜底。邦德决定不去理会这个问题。旅途一切顺利,还是那句话,有什么好惊慌的呢?

十分钟之后,他们已经来到希腊边境的艾多曼尼站,门外突然响起急促的敲门声,吵醒了女孩。邦德把腿从她的头下挪出来,走到门前侧耳倾听:"谁啊?"

"先生,我是列车员。出事了,是您的朋友凯里姆先生。"

"等一下。"邦德紧张地说。他把贝雷塔放进枪套,穿上外衣,一把拉开门。

"怎么了?"

过道灯光下,列车员面色萎黄:"这边来。"他向一等车厢跑去。

官员们围在2号包厢敞开的门口,他们站在那里,目瞪口呆。

列车员为邦德开出一条道,邦德挤到门前向里面望去。

他头顶上的头发轻轻抖动。右手座位边上有两具尸体。尸体定格为殊死搏斗的狰狞造型,像是为拍电影专门摆出的姿势。

凯里姆在下面,他的双膝抬起,是想要站起来的动作。一把刀柄上缠了胶带的匕首从他的颈部静脉处伸出来。他仰面朝天,充血的眼睛空无一物地望着夜空。他的唇部扭曲成咆哮状,一缕鲜血流到下巴处。

趴在他身上的沉重身躯是那个叫本兹的苏联国家安全部的男人。凯里姆的左手环绕在他的脖子上。邦德看见他那斯大林式胡须的一角,以及他乌青的侧脸。凯里姆的右臂斜放在男人的背上,他的右手握拳,攥着刀柄,右手下方衣服上有一大块血迹。

邦德想象着当时的场景,就像放电影一样:熟睡中的达科,悄无声息溜进门来的男人。本能向前两步,举起手中的刀向凯里姆的颈部刺去。随后这个垂死的男人扬起胳膊一把勒住刺客,把刀深深插进他的第五根肋骨处。

这个神奇的男人所到之处洒满阳光,现在他熄灭了,永远离开了。

邦德猛一转身,走出为他而牺牲的这个男人的视线。

他开始,仔细地、不动声色地思考凯里姆提出的问题。

第二十四章　逃离危险

东方快车下午 3 时缓缓驶入贝尔格莱德,晚点了半个小时。列车在这里还要停留八个小时,等候从保加利亚开来的另一部分车厢。

邦德望着外面的人群,等待凯里姆的手下敲门。塔蒂安娜坐在门边,缩在她的黑貂皮大衣里望着邦德,不知道他是否还会回到她身边。

她从窗子里目睹了一切——运上火车的长长的柳条箱、警方摄影师的闪光灯、列车长焦急催促的手势,还有詹姆斯·邦德高挑的身影,像一把笔直而又冰冷坚硬的屠刀似的,走来走去。

邦德回到包厢,坐在那里望着她。他问了一些尖锐、残忍的问题。她孤注一掷地——否认,冷冷地坚持着她最初的说法。她知道假如她此刻把一切都告诉他,比如锄奸局的介入,她一定会永远失去他。

此时此刻她惶恐不安地坐着,惧怕着她所陷入的这个网,担心她在莫斯科被告知的一切都是谎言——最担心的还是她将失去这个已经在瞬间成为她生命之光的男人。

敲门声响起,邦德起身应门。门外是一个长着印度橡胶般皮肤的开朗结实的男人,长着和凯里姆一模一样的蓝眼睛,棕色的脸膛上方顶着一头乱蓬蓬的头发。他冲进包厢。

"斯特凡·特兰姆坡向您报到。"他冲着他俩咧嘴一笑,"他们叫我'坦姆坡'。站长呢?"

"坐下。"邦德说。他心里暗想,我知道,这是达科的另一个儿子。

男人盯着他俩。他小心翼翼地坐在他们中间。他脸上的光泽渐渐褪去,那双明亮的眼睛带着骇人的专注望着邦德,眼睛里写着恐惧和怀疑。他的右手不经意地伸进了大衣口袋。

邦德讲述完,男人站起身。他一句话都没问。他说:"谢谢您,先生。请跟我来。我们一同去我的住所,有很多事情要做。"他走进过道,背对着他们站着,凝望着栏杆外面。女孩走出来时,他头也不回地走上过道。邦德跟在女孩后面,提着沉重的包和他的小手提箱。

他们走上月台,来到站前广场。天空飘起了细雨,破旧不堪的出租车开过时溅起了水花。现代建筑的外表枯燥乏味,眼前的场景令人颓丧。坦姆坡打开一辆旧摩力士轿车后门,让他们上车,自己则坐进了驾驶位。他们一路颠簸,经过鹅卵石路面,开上了柏油马路,在宽敞空旷的街道开了十五分钟。他们没看见几个行人,路上也没有几辆汽车。

他们在一条铺着鹅卵石的小街中间停下。坦姆坡带着他们走进一个宽敞的单元门,上了两层楼梯。楼梯里弥漫着巴尔干人的味道——汗馊味掺杂着香烟和白菜的味道。坦姆坡打开一扇门,把他们让进一套两居室的公寓。房间里摆放着毫无特色的家具,厚重的红丝绒窗帘拉到一边,可以看见街对面光秃秃的窗户。在一个角柜上的托盘里放着几瓶还没打开的饮料、酒杯、几盘水果、饼干——为欢迎达科和达科的朋友们准备的。

坦姆坡对着饮料摆了摆手,说:"先生,请您和夫人自便。这里有浴室,你们一定想洗个澡。请您原谅,我得去打个电话!"他那坚强的外表几乎要崩溃了。男人迅速走进卧室,带上房门。

接下来的两个小时里他们无事可做。邦德呆坐着望着窗外对街的墙壁。他不时起身踱来踱去,然后又坐下。在头一个小时里,塔蒂安娜坐在那里,佯装翻看一堆杂志。然后她猛然起身进了浴室,邦德隐约听见往浴缸放水的声音。

6点左右,坦姆坡走出卧室。他告诉邦德他要出门。"厨房里有吃的,我9点回来送你们上车。请把这里当成自己的家。"不待邦德回答,他已走出去轻轻带上房门。邦德听见他的脚步声、开启前门以及摩力士发动的声音。

邦德走进卧室,坐在床上。他拿起电话,对长途电话接线员说着德语。

半小时后,电话里传来 M 冷静的声音。

From Russia, with Love

邦德的语气像是个出差途中的销售员对全球出口集团的执行董事报告情况。他说他的同伴病得很严重,问有没有最新指示。

"很严重?"

"是的,先生,非常。"

"那家公司的情况怎么样?"

"和我们一道的有三个人,先生。其中一个染上同样的病,另外两个在离开土耳其的路上不太舒服,他们在邬桑科普鲁离开了我们——那里是土耳其的边境。"

"也就是说另一家公司停手了。"

邦德想象得出 M 在过滤信息时的表情。他猜测吊扇正在天花板上缓慢地转动着。M 手里拿着烟斗,办公室主任在另一条线路上听着他们的对话。

"你是什么意见?你和你夫人打算换一条路线回来吗?"

"我想这还是由您来决定吧。我太太没有任何问题,样品也好着呢,我看不出它有变质的可能,我还是希望继续走下去。不然的话,那里就成了没开发的处女地,我们对所有的可能就一无所知了。"

"你需要我派别的销售业务员来帮你吗?"

"应该没有必要,先生,您看着办吧。"

"我会考虑一下。那么你真的想把这场销售战进行到底?"

邦德可以看见 M 的眼睛发亮,和他一样被奇怪的好奇心、强烈的求知欲燃烧着:"是的,先生。现在我已经走到中途,如果半途而废的话似乎太遗憾了。"

"那好,我会考虑再派一名业务员去帮助你。"电话那头停顿了片刻,"还有其他事情吗?"

"没了,先生。"

"那就再见吧。"

"再见,先生。"

邦德放下电话。他坐在那里望着话机。他忽然希望自己当时同意 M 关于增援的建议,为了防止万一。他一边想,一边从床上站起来。至少他们很快就能离开巴尔干地区,到达南边的意大利,之后是瑞士、法国——那里的人们和善友好,可以远离这些鬼鬼祟祟的地方。

可是这个女孩,她怎么办呢? 应该把凯里姆的死怪罪在她头上吗? 邦德走进隔壁房间,再一次站在窗前。他凝视窗外,思考着,回忆整个过程的点滴细节。从他那天晚上在水晶宫酒店第一次听见她的声音之后她的每一个表情和动作。不,他知道他不能责怪她。即使她是间谍,她也是一名不知情的间谍。世界上她这个年龄的女孩没有人能在不暴露自己的情况下扮演好这个角色。况且他喜欢她,他信任他的直觉。另外,现在凯里姆已死,这个计谋,不管出于什么目的,是不是已经终结? 总有一天他会看清这个计谋的真相。此刻他能够确定的是塔蒂安娜并不知情。

他决心已定。邦德走到浴室门口,敲了敲门。

她走出浴室。他拥她入怀,搂住她亲吻。她贴紧他的身体。他们站在那里,感觉荷尔蒙反应又回到他们中间,隔离了凯里姆之死的残酷记忆。

塔蒂安娜挣脱出他的怀抱。她抬头望着邦德的脸。她伸出手，把他额头上那一簇逗号似的碎发拂到一边。

她满脸喜色。"你能回来我很高兴，詹姆斯。"她说，接着，她平静地说，"现在我们得该吃吃，该喝喝，重新开始我们的生活。"

他们喝了梅子白兰地，吃过熏火腿肉和桃子之后，坦姆坡回来了。他送他们去火车站乘坐弧光灯下等候在那里的火车。他冷漠地飞快道别，走下月台，消失在黑暗里。

9点整，新火车头发出另一种鸣叫，拖着长长的车厢连夜奔驰在萨瓦河谷。邦德走到列车员的座舱，给他塞了点钱，得以翻阅所有新上车乘客的护照。

邦德熟悉假护照的马脚：模糊的字迹、过于精准的印痕、照片边缘旧胶水的痕迹、页面上因为改动字母或数字而留下的略为薄透的地方。但是这五本新护照——三本美国的、两本瑞士的——似乎没有问题。那两本俄罗斯假证贩子最喜欢的瑞士护照属于一对年逾七旬的老夫妇。邦德最后归还了这些护照，走回包厢，准备迎接塔蒂安娜躺在他腿上休息的另一个夜晚。

温科夫奇站到了，接着是布罗德。然后，迎着火红的朝霞，列车来到毫无章法地蔓延开来的萨格勒布市。火车在生锈的火车头之间停下来。那些从德国人手里俘获的火车头被遗忘在侧轨的蔓草丛中。当它们逐渐消失于铁丝网围起来的陵园之后，邦德看见其中一个火车头上的标牌——柏林机械工程股份有限公司。长长的黑色车身上机关枪弹痕斑斑驳驳。邦德仿佛听见俯冲式轰炸机的呼啸，看见司机扬起的手臂。片刻间，对比战后自己在幕后的间谍生活,他沉浸在刺激而又混乱的对炽热战事无端的怀念中。

他们乘坐的列车铿锵驶入斯洛文尼亚的群山。放眼四周,苹果树和牧人小屋的景象令人仿佛置身于奥地利。火车开过卢布尔雅那时,女孩醒了。他们一起吃早餐。早餐有煎蛋、硬面包和基本上只有菊苣味道的咖啡。餐车里挤满了来自亚得里亚海滨的兴高采烈的英美游客。想到下午他们就可以进入西欧边境,第二个危险的夜晚已经平安度过,邦德感到一阵轻松。

他一直睡到赛桑那。不苟言笑的南斯拉夫便衣警察登上列车进行检查。南斯拉夫人离开以后,他们来到波焦雷亚莱,开始感到轻松生活的气息:意大利官员嘻嘻哈哈的说笑,站台上人群无忧无虑的面容。新换的柴油电动机车快乐地叫了一声,他们轻快地驶向威尼斯,驰往远方波光粼粼的特里亚斯特和蔚蓝的亚得里亚海。我们成功了。邦德想。我真觉得我们成功了。他将过去三天的记忆抛在脑后。塔蒂安娜看见他的脸部肌肉松弛了。她伸手拉过他的手。他走过去紧挨着她坐下。他们一同望向窗外海岸边令人赏心悦目的别墅群、帆船和冲浪的人们。

火车铿锵经过铁道交会点,静静地驶入特里亚斯特闪闪发光的车站。邦德站起身,拉下车窗,他们并肩站着凝望着窗外。邦德蓦地开心起来,他一把揽过女孩的腰肢,紧紧搂住她。

他们望着下面度假的人群。阳光透过车站高高的窗户,在地上形成一束束金色的光。光芒万丈的场面反衬出火车沿途经过的那些国家的黑暗与肮脏。邦德带着一种几近享受的快感望着盛装的人们在阳光照耀下走向入口,望着那些在度假时晒黑了的人们匆忙上车找座位。

这时邦德注意到一个男人。一缕阳光照在这个男人头上,他显然属于这个快乐闲暇的世界。阳光掠过帽檐下的金发和新蓄的金色胡须,时间很宽裕,男人不紧不慢地走着。邦德意识到他是英国人。可能是那顶墨绿色坎戈尔贝雷帽,或是那件米色的旧风衣,或是那枚英国游客徽章,或是灰色法兰绒裤子、磨损了的棕色鞋子,反正从他刚一走上月台,邦德的眼睛就一刻没离开他,好像他是一个认识的人。男人拎着一只启示录牌旧箱子,另一边腋下夹着一本厚书和一些报纸。他看上去像是一个运动员,邦德想。他肩膀宽阔,健康英俊的古铜色脸上露出职业网球选手刚参加完国外比赛回家的神情。

男人走近了。现在他径直望向邦德。他认识我?邦德冥思苦想。他认识这个人吗?不会。不然他会记得那灰白色睫毛下冰冷的眼睛。那是一双浑浊的死鱼一般的眼睛,溺水者的眼睛。可是那双眼睛分明在告诉他什么。是什么呢?警告他,还是对邦德的注视做出自我防卫的反应?

男人来到卧铺车厢门口,他的眼睛打量着火车。他走过去,皱纹胶底短靴走在地上悄无声息。邦德望着他伸手抓住护栏,轻轻一跃便跃上一等车厢的阶梯。

此时,邦德明白了那一瞥的含义,知道这个男人是谁。当然!这个人是军情处派来的。M到底还是决定再派个人过来。那就是那双古怪眼睛传达的讯息。邦德确信那个男人很快会主动联系他。

确保万无一失绝对是 M 的风格!

第二十五章　温莎结领带

　　为了便于男人联系,邦德走出包厢,站在过道里。他回忆着当前密码,每月 1 号更新一次的几句无关痛痒的话,是英国特工之间的接头暗号。

　　火车晃动了一下,缓慢地驶离站台,进入阳光下。过道尽头车厢之间的门砰的一声关闭。邦德没有听见脚步声,眼前的玻璃上却突然出现一张红金色的脸膛。

　　"打扰一下,能借盒火柴吗?"

　　"我用的是打火机。"邦德掏出他的旧朗森打火机递了过去。

　　"这更好。"

　　"不听使唤的时候就没那么好了。"

　　邦德抬头望着男人的脸,期待他在说完最后一句孩子气的暗号"谁又不听使唤了? 朋友,递过来吧"之后的微笑。

男人厚厚的嘴唇抽搐了一下。在那双淡蓝色的眼睛里依然看不到一丝光亮。

男人脱下风衣。他上身穿着件红棕色旧斜纹呢外套，下着法兰绒长裤，里面穿一件浅黄色维耶勒夏季衬衫，系一条深蓝色红条纹的皇家工兵部队领带。领带打的是温莎结，说明他很爱虚荣，因为温莎结往往是花花公子的标志。邦德决心摒除偏见。男人抓住护栏的右手小拇指上戴着一枚印章戒指，上面的文字无法辨认。他的上衣胸袋处露出大红色印花手帕的一角。一只镶着旧皮腕带的旧银表戴在他的左手手腕上。

邦德了解这一类人——不知名的公立学校毕业后赶上了战争，可能当过外勤特工，战后不知道该干什么，于是他就留在了占领军部队中。起初他当了军警，后来，高级别的官员都陆续回国了，而他想留在这里，躲避英国的寒冷。他也许有个女朋友，或是娶了当地意大利人。在部队撤离后，军情处需要在特里亚斯特小站安插一个人，此人是现成的人选，于是他们就招募了他。他平时做些日常工作——在意大利和南斯拉夫警方以及情报网络有一些低级别的线人。每年一千英镑工资，生活舒适惬意，也没有什么工作压力。突然间，来了这个任务，收到这些标了"特急"的信号他一定吓了一跳。他可能对邦德有一点犯怵。奇怪的表情，眼神很是疯狂。不过在海外执行特工任务的人大多如此。人要有点疯狂才会接受这种任务。是个强壮的家伙，可能有点蠢，不过适合这种警卫任务。M只是派了距离最近的人上车。

这些揣测在邦德脑海中掠过，他同时记录下男人的衣着和外表。他说："很高兴见到你,你是怎么接到的任务?"

"昨天很晚的时候收到一个信号,M 亲自发的。老实说我吓了一跳,老兄。"

奇怪的口音。是哪里呢? 有点像爱尔兰土音——爱尔兰穷人的口音,掺杂着其他邦德无法分辨的口音。也许是因为长时间的国外生活和同时说各种外语的缘故吧。还有最后那声可怕的称呼"老兄",许是因为怯场吧。

"那是肯定的。"邦德理解地说,"他怎么说?"

"只是告诉我今早登上东方快车,在直达车厢找到一个男人和一个姑娘。他大概描绘了你的长相,然后要我跟着你们,把你们送到巴黎。就是这些,老兄。"

语气里是不是有一丝戒备? 邦德向他看去,那双浅色眼睛迎上他的眼神。眼神里红色火光一闪,仿佛熔炉的安全门忽然打开。火焰熄灭了,男人的心门怦然关闭。现在那双眼睛再次变得浑浊——内向者的眼睛,是一双很少放眼世界而总是考虑自己的人的眼睛。

那里的确有疯狂的神色,邦德惊讶了。也许是炮弹休克症或是精神分裂症。可怜的家伙,可惜了那副好身板。总有一天他会彻底崩溃,癫狂会控制一切。邦德最好提醒一下人事部门,让他们查一下他的医疗记录。另外,他叫什么来着?

"呃,很高兴有你加入。也许没有太多任务给你。我们刚启程的时候后面跟了三个赤色国度的人,他们被我们甩了,不过火车上可能还有其他人,或者还会有人上车。我必须把这个姑娘顺利带去伦敦。如果你愿意,可以先四处转转。今晚我们最好待在一起,交替值班。今晚是最后一晚,我不想有任何闪失。顺便自我介绍一下,我叫詹姆斯·邦德,现在用的名字是大卫·索默塞特,坐在那边的是卡罗琳·索默塞特。"

男人从内侧口袋掏出一个旧皮夹,里面似乎装了不少现金。他抽出一张名片递给邦德,名片上印着"诺曼·纳什上尉",左下角印着"皇家汽车俱乐部"。

把名片放进口袋时,邦德用手搓了一下,名片是凹凸版的。"谢谢。"他说,"纳什,认识一下索默塞特夫人,我们没理由不同行。"他鼓励地笑着。

那团红色火焰再度熄灭。金色胡须下,男人的嘴唇嚅动着:"乐意之至,老兄。"

邦德转身轻敲包厢门,报出他的名字。

门开了,邦德招手示意纳什进去,把门关上。

女孩一脸惊异。

"这位是纳什上尉,诺曼·纳什,他奉命保护我们。"

"你好。"女孩迟疑地伸出手。男人轻轻碰了一下她的指尖。他的眼神僵直,一言不发。女孩尴尬地笑了一声:"不坐下吗?"

"呃,谢谢。"纳什身体僵硬地坐在座位边沿。他似乎想起了什么,想起当无话可说时该做些什么。他伸手在侧口袋里摸出一包普雷厄尔香烟:"抽一支,呃,香烟吗?"他用相当干净的拇指指甲打开烟盒,撕去铝箔,从底部顶出香烟。女孩拿了一支。纳什用汽车销售代表的殷勤飞快拿出打火机。

纳什抬起头。邦德倚门而立,琢磨着该怎么去帮这个笨拙、尴尬的男人。纳什捧着香烟和打火机,像是给部落首领敬献玻璃串珠一般:"您也来一支,老兄?"

"谢谢。"邦德回答。他不喜欢弗吉尼亚烟草的味道,可他又太想安抚这个男人。他接过一支香烟点上。这年头他必须学会和机构里一些怪人打交道。这家伙平时究竟怎么跟特雷亚斯特的社交圈打交道的?

邦德找着话说:"你看上去很壮实,纳什,打网球吗?"

"游泳。"

"在特雷亚斯特很久了吗?"

那团火焰再次出现:"大概有三年了。"

"这工作有意思吗?"

"有时候还可以,你知道的,老兄。"

邦德不知道该如何阻止纳什称呼他为"老兄",他无计可施,对话陷入沉默。

纳什显然感到应该由他来找话题了。他从口袋里掏出一张剪报。那是《晚间邮报》的首页。他递给邦德:"看过这个吗,老兄?"那双眼睛忽明忽暗。

简报内容是首页标题。廉价的新闻纸张上粗体黑字油墨还未干透。标题上写道:

伊斯坦布尔特大爆炸
苏联驻伊斯坦布尔领事馆被炸

邦德只能大概猜出标题的意思,下面的文章就看不懂了。他叠起剪报递回去。这个人知道多少? 最好只把他当个保镖。"真糟糕,我猜是煤气管爆炸吧。"邦德眼前又出现了隧道中在壁厢顶上悬挂着的那枚炸弹丑陋的腹部,还有从潮湿的隧道壁一直延伸到凯里姆办公桌抽屉的按钮。昨天下午坦姆坡的电话打过去之后谁按下了按钮? 是总管? 或者他们抽签决定后一起看着那只手按下按钮,随后听见山上布克斯特街传来轰隆一声巨响。他们应该都在那里,在那间凉爽的办公室里。他们个个眼睛里喷着火,眼泪都留到夜里再流,先报仇要紧。那些老鼠怎么样了? 有多少只被炸死在隧道里? 几点钟引爆的? 大概是4点。苏联人在开每日例会吗? 死了三个,楼上还有多少人? 也许其中有塔蒂安娜的朋友。他得向她隐瞒这个消息。达科在看着吗? 从瓦尔哈拉的窗口? 邦德仿佛听见他得意的笑声在墙壁间回荡。虽然牺牲了,无论如何,凯里姆也干掉了不少敌人。

纳什望着他。"是的,我敢说是煤气管。"他漫不经心地说道。

过道里响起了摇铃声,渐渐近了。"第二次餐车服务,第二次餐车服务,您喝点什么,劳驾。"

邦德望了一眼塔蒂安娜,她面色苍白,眼睛里流露出赶紧避开这个蠢笨、没教养的男人的乞求。邦德说:"去吃午饭吧?"她立刻站起身。"你呢,纳什?"邦德又问道。

纳什上尉已经站起身。"我吃过了,谢谢,老兄。我想在火车上来回转转。那个列车员——你懂的……"他做了个捻钞票的动作。

"哦,是的,他会配合的。"邦德说。他伸手取下沉甸甸的小包,为纳什打开门:"一会儿见。"

纳什上尉走到过道里,他说:"好,一会儿见,老兄。"他向左转,大步走开,丝毫不受火车晃动的影响。他双手插进裤子口袋里,后脑勺细碎的金色发卷在光线照耀下闪着光。

邦德跟在塔蒂安娜身后走着。车厢里挤满了度假后回家的游客。在三等车厢的过道里,人们坐在行李上一边聊天一边嚼着橘子和露出腊肠的看上去硬邦邦的面包卷。在塔蒂安娜挤过人群时,男人们眼都不眨地盯着她看;女人们则审视般地打量着邦德,猜测着他的床上功夫如何。

进了餐车,邦德点了美式咖啡和一瓶基安蒂红酒。美味的西式开胃菜上来了。塔蒂安娜脸色转晴。

"滑稽的家伙。"邦德望着她挑挑拣拣地吃菜,"不过我还是高兴有他帮忙,这样我能睡一会儿。等我们到家后我要睡一个礼拜。"

"我不喜欢他。"女孩没心没肺地说,"他没有教养。我不信任他的眼神。"

邦德大笑:"对你来说,没有谁算是有教养的。"

"你以前认识他吗?"

"不认识,不过他是组织里的人。"

"你说他叫什么来着?"

"纳什,诺曼·纳什。"

她拼读出来:"n、a、s、h? 是这样吗?"

"是的。"

女孩露出诧异的神色。"我想你知道那在俄语里是什么意思。

纳什的意思是'我们的'。在我们组织里,'我们的'人才叫纳什,'他们的'人叫'斯沃伊'——敌方的人。可这个人说他自己叫纳什,这不令人愉快。"

邦德笑了:"真是的,塔妮娅,你不喜欢别人还真能想出奇怪的理由。纳什是个非常普通的英国名字。他毫无恶意。至少他能胜任我们交给他的任务。"

塔蒂安娜做了个鬼脸。她继续吃她的午餐。意大利宽面来了,接着是红酒,还有美味的鸡排。"哇,这么丰盛啊!"她说,"离开俄罗斯后我就特别能吃。"她睁大了眼睛,"你可别让我长得太胖,詹姆斯,你别让我胖到没办法做爱了。你得小心了,不然我会整天吃了睡睡了吃。要是我太贪吃的话,你会揍我吗?"

"我肯定会揍你。"

塔蒂安娜皱了皱鼻子。邦德感到她用脚踝蹭着他,那双大眼睛直勾勾地看着他,睫毛羞涩地垂下来。"埋单吧,"她说,"我困了。"

火车正开进梅斯特雷车站,那里是运河的起点。一艘满载蔬菜的刚朵拉正缓缓地沿着笔直的水道开进城里。

"可是我们马上就进威尼斯城了,"邦德不同意她的提议,"你不想看看吗?"

"不过是另一个车站罢了,以后我可以来看。现在我要你爱我,求你了,詹姆斯。"塔蒂安娜俯身向前,把手放在他的手上,"给我我需要的,只有这么一点时间了。"

他们又回到那个小房间,海水的气息从半开的车窗以及在火车开动时随风晃动的百叶窗缝涌进来。地板上又出现了两堆衣服,铺位上喃喃低语着扭缠在一起的身体结成了同心结。当火车摇晃着经过汇合点驶入汽笛声回响的威尼斯车站时,包厢里发出欲仙欲死的叫喊声。

帕多瓦到了,之后是维琴察,维罗纳上空炫目的落日余晖透过百叶窗的缝隙洒下金黄、赤红的霞光。过道里再次响起的按铃声吵醒了他们。邦德穿上衣服,走出包厢,倚靠在护栏上。他眺望着伦巴底平原上空一点点褪去的绯红色晚霞,思索着塔蒂安娜和未来。

纳什的脸出现在黑色车窗玻璃上。他靠得很近,肘弯碰到了邦德的肘弯。"我想我发现一个敌人,老兄。"他轻声说。

邦德毫不意外。他曾预料到,假如有敌人上车,只能是在今晚。他几乎漫不经心地问:"是什么人?"

"不知道他的真实姓名,不过他来过特雷亚斯特一两次,和阿尔巴尼亚有关,他也许是那里的站长。现在他拿的是美国护照,叫威尔伯·弗兰克。自称是银行家,住在 9 号包厢,就在你隔壁。我感觉我的判断不会错,老兄。"

邦德对那张棕色大脸盘看了一眼,那双眼睛里的炉膛再次打开一条缝,红色火苗蹿了出来,转瞬又熄灭了。

"幸好被你发现了。今晚可能不太好过,你最好从现在开始守着我们,我们不能把女孩一个人丢下。"

"我就是这么想的,老兄。"

他们一起吃晚餐。晚餐很安静。纳什坐在女孩身旁,眼睛没有离开过盘子。他就像拿钢笔似的握着餐刀,不时在餐叉上擦抹,动作笨拙。饭吃到一半的时候,他伸手拿盐瓶,却打翻了塔蒂安娜的红酒杯。他连声道歉,夸张地叫来一只新杯子,重新为她斟满酒。

咖啡来了。这次是塔蒂安娜手脚不听使唤,她打翻了杯子后脸色煞白,呼吸急促。

"塔蒂安娜!"邦德差点站起身来。可是纳什上尉抢先一步站了起来。

"女士感到头晕,"他急促地说,"让我来。"他伸手揽住女孩,扶她起身,"我带她回包厢,你最好照看一下包。这是账单。你过来之前我可以照看她。"

"没关系。"塔蒂安娜的嘴唇越发没有血色,"别担心,詹姆斯,我去躺一下。"她把头靠在纳什的肩上。纳什粗壮的胳膊揽住她的腰,带着她快速穿过拥挤的过道,离开餐车。

邦德焦急地打响指唤来侍应生。可怜的宝贝,她一定累坏了。他怎么没能想到她所承受的压力?他为自己的粗心自责着。幸好有纳什在,高效率的家伙,虽然粗鲁了点。

邦德付了账,拿起沉重的小包,在拥挤的车厢里飞速穿行。

他轻轻叩响7号包厢的门。纳什打开门,用手指挡在嘴唇上示意他噤声。"她有点休克症状,"纳什说,"不过现在没事了。床已经铺好,她在上铺睡着了。我想这一切对这姑娘来说太难承受了,老兄。"

邦德点了点头。他走进包厢。黑貂皮大衣下,一只手苍白无力地垂下来。邦德站在铺位下方,轻轻地握着那只手。手很冰凉,女孩没有出声。

邦德走下床铺,还是让她先睡一会儿吧。他走到过道里。

纳什眼神空洞地望着他："哎，我想我们还是休息吧。我带了书。"他举起手里的书——《战争与和平》，"我花了好几年还没看完。你先睡吧，老兄。你自己看上去也疲惫不堪了。等我困得睁不开眼来，我会叫醒你。"他把头向9号车厢一歪，"还没露面呢。他要是想玩什么把戏，我想他就不会露面的。"他顿了一下，又说，"另外，你带了枪吗，老兄？"

"有。干什么？你没有吗？"

纳什面露窘色："恐怕没有，家里有一把鲁格，不过对这个任务来说太笨重了。"

"呃，好吧。"邦德不太情愿地说，"那你用我的吧，进来。"

他们走进包厢，邦德关上门。他拿出贝雷塔递过去。"八发子弹。"他悄声说，"半自动的，保险没有打开。"

纳什接过手枪，很专业地在手里把玩着。他把保险不停地打开关上。

邦德讨厌别人碰他的枪。枪不在身上令他感觉像是赤身裸体似的。他没好气地说："手感轻了点，瞄得准的话还是能杀死人的。"

纳什点点头，他在靠窗的下铺坐下。"我守着这一头，"他轻声说，"这个角度适合开枪。"他把书放在腿上躺下。

邦德脱去外套和领带，把它们搁在旁边铺位上。他靠在枕头上，脚跷在手提箱旁放解码机的包上。他拿起他的书，翻到上次读到的地方，试图看下去。翻过几页之后，他感觉自己在走神。他太累了，他把书放在腿上，合上眼睛。他能睡吗？他们还需要采取哪些警戒措施?

门塞!邦德在外套口袋里摸索着。他滑下床铺,使劲把它们塞进两扇门下。然后他又躺下,关掉了床头灯。

紫色的夜灯轻柔地照射下来。

"谢了,老兄。"纳什上尉轻声说。

火车呜地叫了一声,冲进了一条隧道。

第二十六章　夺命酒瓶

脚踝处的光束把邦德弄醒了。他没有动,感官像动物一样瞬间复活。

一切照旧。火车仍在行驶中——轻柔的铁轨声,一点一点地累积着里程,板壁的吱呀声,洗手池上方的橱柜里漱口杯晃动发出的叮当一声响。

是什么吵醒了他?夜灯鬼魅般的眼睛把深紫色的微光洒在小房间里。上铺没有声音。窗边,纳什上尉坐在那里,腿上摊着书,百叶窗边一缕月光照亮了书页。

他目不转睛地看着邦德。邦德注意到那双紫色眼睛里的专注。黑乎乎的嘴唇张开,露出牙齿:"抱歉打扰到你,老兄。我想聊聊。"

那声音里有什么变化?邦德把脚轻轻放在地上,坐正身体。危险,像第三者一样,站在了房间中央。

"好的。"邦德尽量保持语气轻松地说。那几个字中有什么让他脊背发凉呢？是纳什声音里不容置疑的语气吗？邦德忽然想到纳什可能是疯了。邦德嗅到的也许不是危险，而是房间里的疯狂气息。他对这个人的直觉是对的。在下一站要设法摆脱掉他。他们到哪里了？到达边境还要多久？

邦德抬起手腕看时间。紫色光线让人看不清荧光数字。邦德抬起头望着射入窗户的一束月光。

从纳什的方向传来一声响亮的咔嗒声。邦德感到手腕上遭到一记重击。手表的玻璃碎片溅了他一脸。他的胳膊被震得甩到了门上。他不知道手腕是不是断了。他让胳膊悬空，晃动了一下手指，还都能动弹。

那本书仍然摊开放在纳什的腿上，只是现在书脊顶端的洞里冒出一缕青烟，屋子里弥漫着淡淡的火药味。

邦德顿时感到咽干，像是吞下了一口明矾。

所以说这一切都是陷阱，现在敌人开始收网了。纳什上尉是莫斯科派来的，不是 M 派来的；而 9 号包厢的那个持美国护照的苏联国家安全局的特工则是个幌子。况且邦德还把自己的枪给了纳什，他甚至还在门下塞了门塞，让纳什感觉更加安全。

邦德打了个寒战，不是因为恐惧，而是厌恶。

纳什开了口。他的声音不再那么低沉，不再油腔滑调，而是洪亮且充满自信。

"这会省去我们不少争论，老兄。只是一场小小的展示。他们认为我玩这个特别拿手。这里有十发子弹——点二五口径的达姆弹,用充电电池做动力。你不得不承认俄罗斯人的机智,能想出这些把戏。很可惜你的书只能用来阅读,老兄。"

"看在上帝的分上,别再叫我'老兄'了。"在这紧要关头,要了解、要思考的事情那么多,邦德在大难当头的第一反应居然是这么一句话。就好像房子着火了,里面的人首先抢救的却是最微不足道的物件一样。

"抱歉,老兄,我习惯了。一直在扮演这该死的绅士。瞅瞅这身行头,都是服装部提供的。他们说这一身能蒙混过关。还真是的,不是吗,老兄? 不过我们还是谈正事吧。我想你一定很想知道事情的来龙去脉,我很乐意告诉你。在你上路之前,我们大概还有半个小时。让我亲口告诉了不起的英国特工邦德先生他是怎样一个笨蛋,这让我格外激动。你瞧,老兄,你没有自己想象的那么棒。你只不过是只呆鸟,我的任务就是摧毁你的光环。"他的语气平淡、毫无生气,每句话的结尾都是降调,似乎纳什已经厌倦了说话。

"是的,"邦德说,"我要知道一切。我可以给你半个小时的时间。"他焦急万分:有没有办法让这家伙分神呢?

"别自欺欺人了,老兄。"他的口气里对邦德和邦德的威胁毫无兴趣。对他来说,邦德只是一个打击对象。"你半小时后就完蛋了,这一点毫无悬念。我从未失过手,不然这工作早就丢了。"

"你干什么工作?"

"锄奸局首席行刑官。"他的声音里有了一丝活力,有一些自豪,但语气旋即又变得寡淡,"我想你知道这个名字,老兄。"

锄奸局。原来如此——最糟糕的结果。这个人是他们的首席杀手。邦德想起那双浑浊的眼睛里闪动的火苗。一名杀手。一名精神病患者——也许是一名躁郁症患者。一个真心喜欢杀人的人。锄奸局真是找了个有用的人！邦德忽然忆起瓦乌拉的话。他试探着问了一句:"月亮对你有影响吗,纳什?"

那双黑色的嘴唇翕动着:"真能啊,特丁先生,以为我脑子不正常。别担心,要是我脑子不正常的话,我就不在这里了。"

男人语气里的愤怒与讥讽告诉邦德自己触及了他的痛处。不过让这个人失控又能怎样呢? 最好还是稳住他,争取一点时间。也许塔蒂安娜……

"这姑娘扮演什么角色?"

"算是诱饵的一部分吧。"那个声音又烦躁起来,"别担心,她不会插话的。我给她倒那杯红酒的时候放了一点催眠药。她今夜会一直睡过去,然后每个一晚上都会像今晚一样。她会和你一道上路。"

"噢,是吗?"邦德慢慢地把那只还在疼痛的手挪到腿上,活动着手指让血液流通,"那好,让我们来听听是怎么一回事。"

"老实点,老兄,别耍花招。要是你哪一个小动作让我不顺眼,那就是一颗子弹穿心,没别的,这就是你的下场。一颗穿心弹。你要是敢乱动,子弹就会来得更快一点。别忘记我是谁。还记得你的手表吗? 我从来不会失手,一次都不会。"

"表现不错。"邦德满不在乎地说,"只是你不用担心,你拿了我的枪,记得吧? 你继续说。"

"好的,老兄,只是你在我说话时别挠耳朵,不然我一枪打飞它。

你明白吗？嗯，锄奸局决定干掉你——至少我猜这是最高级别的领导，最高领导定下来的事。好像他们打算给英国情报部门一记重击——让他们颜面尽失。你听得懂吗？"

"为什么选上我？"

"别问我，老兄。不过他们说你在你们那里名气挺大。用这种方式干掉你能够摧毁英国情报机构的神话。这件事谋划了三个月，真够绝的。必须得那样才行。锄奸局最近犯了一两个错，霍克洛夫那件事算是一个。记得那个爆炸烟盒事件吗？他们找错了人。应该交给我来干。我不会去投奔美国佬。不过，话又说回来，你看，老兄，我们锄奸局有一个了不起的策划大师，他叫克朗斯蒂恩，是个了不起的象棋大师。他说在这个计划里，虚荣、贪心和一点点疯狂能让你上钩。他说你们总部的人都会被这种疯狂吸引。还真是的。不对吗，老兄？"

是这样吗？邦德想起来当初的确是因为这件事奇特的角度才引起了他们的好奇。还有虚荣？是的，他不得不承认俄罗斯女孩爱上他的说法确实起了作用。另外还有那台密码机，那台机器起到了决定性作用——纯粹的贪婪。他不动声色地说："我们的确动了心。"

"然后到了行动环节。我们行动部门的负责人是个人物。我敢说她杀死的人比谁都多——或者说安排别人杀死的人。是的，她是个女人，叫克莱勃——罗莎·克莱勃，长得真像一头母猪，不过她真是无所不知。"

罗莎·克莱勃。那么锄奸局行动部门的首领竟然是个女人！

假如他能想办法活着出去,去抓捕她就好了!邦德右手手指悄悄攥起来。

包厢角落里刻板的声音接着说:"喏,她找到这个女孩罗曼诺娃,对她进行了专门培训。顺便问一句,她的床上功夫怎么样?好极了吧?"

不!邦德不相信。第一天晚上一定是设计好的。可是后来呢?不,后来都是真的。他抓住机会耸了耸肩。动作做得有点夸张,为的是让这个男人适应,好接着做出其他动作。

"呃,我对这种事情不感兴趣。不过他们拍了你俩不少好照片。"纳什拍了拍上衣口袋,"一整卷十六毫米胶片。那些照片会被放进她的包里,它们上了报纸一定效果不错。"纳什大笑起来——一种刺耳的金属音的笑声,"当然他们得剪去一些最有味道的部分。"

酒店更换房间,蜜月套房,床头后的大镜子,这一切都是那么顺理成章!邦德感到手心冒汗。他把手在裤子上抹了抹。

"老实一点,老兄。刚才差点让你的小动作得逞了。我让你不许动,记不记得?"

邦德把手放回到腿上的书上。他的这些小动作能进行到哪一步?他还能走多远?"你接着说,"他说,"那姑娘知道拍照的事情吗?她知道锄奸局参与其中吗?"

纳什嗤笑了一声:"她当然不知道这些照片。罗莎对她毫不信任,她太感情用事了。不过我对这些也不太清楚。我们是分部门执行任务,今天以前我没有见过她。我只知道我听到的消息。是的,那个女孩当然知道她在为锄奸局执行任务。他们告诉她需要她去伦敦从事一些间谍工作。"

这个笨蛋，邦德想。她怎么不告诉他锄奸局参与了此事？她一定是太害怕了，甚至不敢说出名字，以为他会把她锁起来或是怎么样。她总说等到了伦敦她就把一切都告诉他，让他放心，不要担心。放心！她自己根本不知道发生了什么事。唉，可怜的孩子，她和他一样都上当了。可是哪怕有一点点提示也就够了——足以救凯里姆一命，还有她和他的性命。

"然后你的那个土耳其人必须得除掉。我猜干掉他费了一点工夫，他是个不好对付的家伙。我估计是他的人昨天下午把我们驻伊斯坦布尔情报站给炸了。那会造成一些恐慌。"

"太糟糕了。"

"别替我担心，老兄。我的任务会很简单。"纳什飞快地看了一眼手表，"再过二十分钟，我们将进入辛普隆隧道。他们希望在那里完事，报纸会得到更多剧情。一颗子弹是给你的。等我们进了隧道，就一弹穿心。万一你死得很闹腾，会被隧道里轰鸣的撞击声还有其他声音掩盖住。然后在她颈后开一枪——用你的枪——再把她扔出窗外。随后再用你的枪对你开一枪，当然用的是你的手指握住那把枪，你的衬衫上会留下大量粉末。自杀——现场一开始看上去会是这样。可是你的心脏里会有两颗子弹。那就是后来的发现了。更多谜团！警察会重新搜查辛普隆隧道，然后就会发现一具金发美女的尸体，他们会在她的包里找到照片。在你的口袋里会有她写给你的一封长长的情书——有一点威胁的口气。情书写得不错，锄奸局写的。内容是要是你不娶她，她就会把照片向媒体公布。至于你答应她在她偷了那台解码机后就娶她的事情……"纳什顿了顿，补充一句题外话，"事实上，老兄，那台解码机里装了炸弹。你们的解码专家拨弄它的时候，它就会把他们都炸上天。这个附带的战绩也不错。"纳什闷闷地笑了一声，"信里还说她能给你的是这台机器和她的身体——她的整个身体都交给你支配。劲爆，这一段！不是吗？报纸上会怎么写呢——那些接到情报赶到火车站的左翼报社记者们？老兄，这个故事什么都有：东方快车、美丽的苏联间谍在辛普隆隧道被谋杀、色情照片、秘密的解码机、前程尽毁的英国间谍杀死她后自杀。性、间谍、豪华列车、索默塞特夫妇……老兄，这故事会经久不衰！这件事将彻底淡化霍克洛夫事件，这对于著名的情报机构来说是多么大的讽刺！最优秀的特工，著名的詹姆斯·邦德。一场大乱。然后砰的一声解码机又爆炸了！你的上司会怎么看你？公众会怎么看？政府呢？美国人呢？说到安全美国人那里再也没有原子的机密！"纳什停顿了一下，等着他的话产生反应，他不无骄傲地说，"老兄，这将成为本世纪最精彩的剧情！"

的确，邦德想，是的，他说得完全正确。法国报纸一旦发稿就一发不可收拾。他们才不在乎照片和其他素材的尺度。世界上没有哪家媒体不会跟风报道。还有解码机！M 的人或法国二局可能猜到里面装有炸弹吗？西方国家会有多少解码专家同它一道被炸飞？上帝，他必须逃出去！可是怎么逃呢？

纳什的《战争与和平》的封面映入他的眼帘。让我想想。火车进入隧道时会发出很大的响声，接着就是咔嗒一声闷响，子弹射出。邦德两眼望着紫色的光影，目测着上铺在他所在的角落投下的阴影的深度,回忆着地板上他的手提箱的准确位置,猜测纳什开枪后会做什么。

邦德开口道:"你在我是否会在特利亚斯特和你接头的问题上冒了一点风险。你怎么知道当月密码的?"

纳什耐心地说:"你好像还不清楚状况,老兄。锄奸局很厉害,没有比它更厉害的了。我们年年都掌握你们的月度密码。如果你们中有人注意过这些情况,注意其中规律,像我们的人一样,你们就会发现每年 1 月你们都会在某个地方失去一个无关紧要的小卒——也许在东京,也许在提姆巴图。锄奸局会挑出一个人抓起来,然后从他嘴里撬出密码,当然还包括他所知道的一切。随后,密码会发到各情报站共享。这就像伐木一样简单,老兄。"

邦德的指甲嵌进了手心。

"老兄,实话告诉你吧,我根本不是在特里亚斯特上的车,我和你是一同上的火车——我在火车前半部分的车厢里。停车后我下了火车,顺着月台走到后面。你瞧,老兄,我们在贝尔格莱德等着你。猜到你会给你的上司打电话——或者打给使馆或是其他人。我们已经对南斯拉夫的那部电话监听了几个星期了。可惜我们没有听懂那个土耳其小子对伊斯坦布尔发出的暗号。不然本来可以阻止那场爆炸,或者至少撤出我们的人。不过这次的主要目标是你,老兄。而且我们肯定已经把你瓮中捉鳖了。从你在土耳其刚下飞机的那一刻起,你就已经在我们的瓮中了,只剩下何时盖上瓮盖的问题。"纳什又看了一眼手表,他抬起头,咧开的嘴里牙齿被映照成紫色,"快了,老兄,离盖上盖子只差十五分钟了。"

邦德想,我们知道锄奸局厉害,可是不知道他们这么厉害。这个信息非常重要,他得想办法把信息传回去。他必须。邦德的大脑飞速转动,梳理着他那胜算极小的孤注一掷的计划细节。

他说:"似乎锄奸局考虑得相当周全,一定费了不少工夫。只有一点……"邦德故意欲言又止。

"是什么,老兄?"纳什想到他要提交的报告,警觉起来。

火车开始减速。多莫多索拉到了,这里是意大利北部边境。海关官员在哪里?可是邦德想了起来,在他们到达法国边境城市法劳伯之前,直达车厢的旅客不需要办理任何手续。即使到了法国边境,卧铺车厢也不需要什么手续。快车会直接穿越瑞士境内。只有在布里格或是洛桑下车的人才需要在站台办理入关手续。

"嗯,说啊。"纳什像是上钩了。

"抽一支烟再说。"

"好吧,抽吧。不过要是你敢乱动,你就死定了。"

邦德右手伸进裤子后面的口袋。他掏出他硕大的炮铜烟盒。打开烟盒,拿出一支香烟。他从裤兜里掏出打火机,点上香烟,再把打火机放回口袋。他把烟盒放在腿上,就在那本书旁边。他把左手随意地搭在书和香烟盒上,像是防止它们从腿上滑下去似的。他抽了几口香烟。烟要是假的就好了——是镁光照明弹,或是任何他能扔到这个男人脸上的东西!假如它们的情报机构热衷于研制这些爆炸玩具就好了。不过至少他已经达到了目的,而且在过程中没挨枪子儿,这是一个开始。

"你看,"邦德用香烟画了个烟圈来转移纳什的注意力,他的左

239

手把扁平的烟盒夹在书里,"看上去是无懈可击,可是你怎么办呢?等我们开出辛普隆隧道后,你要怎么做?列车员知道你是和我们一道的,他们会立刻追捕你。"

"哦,那个啊。"纳什又换上兴味索然的口气,"你好像还没有领会我们计划的周密性。我在第戎下车,坐汽车去巴黎。我将在那里消失。有一点'第三者'的素材对剧情没有什么影响。不管怎么样,等他们从你身上挖出第二枚子弹,却又找不到另一把手枪时,一切就会水落石出。他们抓不到我的。事实上,我明天中午有约会——丽兹酒店 204 房间,向罗莎汇报情况。她想要以此邀功呢。之后我会变身为她的司机,我们开车去柏林。想想看,老兄,"平淡无奇的声音开始流露出情绪变化,变得贪婪,"我猜想想她的包里可能给我准备好了一枚列宁勋章。就像他们所说,这可是一道大餐啊。"

火车开始启动。邦德紧张起来。再过几分钟,结局就要到了。即使他必死无疑,但这样死也太……因为他自己的愚蠢——盲目、致命的愚蠢,还搭上了塔蒂安娜的命。老天!他本来可以躲过这场灾难的,不是没有机会,可是自负和好奇以及四天恋爱生活的吸引让他在这条路上如敌人所期越滑越远。整个过程最让人不能忍受的部分——锄奸局大获全胜,而锄奸局是他一直誓言打败的敌人,可现在却要死在他们手上。到时候他们必定会得意扬扬:"同志们,对付邦德这样虚荣的笨蛋易如反掌。看着他上钩,你们会看到的。我告诉你们他是个蠢货,英国人都是傻瓜。"而塔蒂安娜,那个诱饵——可爱的诱饵,邦德想起他们的第一晚,黑色丝袜和黑丝绒蝴蝶结。与此同时锄奸局一直在监视,监视着邦德如他们所期,自负地走进他们设计的陷阱,留下成为污点的证据——他个人的污点,派他去伊斯坦布尔的 M 的污点,以神话之名立世的英国情报机构的污点。上帝,太糟糕了!但愿……但愿他的小伎俩能奏效!

前方,列车的隆隆声渐响。

再过几秒,再过几码……

白色书页中椭圆的开口似乎更大了。片刻之后,黑洞就会取代照在书页上的月光,蓝色火苗就会伸出来帮他。

"做个好梦,你这个英国杂种。"

火车的隆隆声变成铿锵急促的轰鸣声。

书脊处冒出火焰。

正中邦德心脏的子弹从两码之外发射出来。

邦德一头栽到地上,手脚摊开趴在阴郁的紫光灯下。

第二十七章　十品脱鲜血

一切都取决于那个男人的精确性。纳什曾经说过邦德会被一弹穿心。邦德为了纳什吹嘘的百发百中不惜一赌。事实证明纳什所言不虚。

邦德像死了一样躺在那里。纳什开枪之前,他回忆过见过的那些尸体的样子——人死了以后身体的形状。此刻邦德像一只摔坏的玩偶一样瘫卧在地,四肢刻意摊开。

他回味着他的感觉。子弹射进书里,他的肋骨开始着火。子弹必定穿透了烟盒,射入一部分书页。他能感觉到心脏上方滚烫的铅水,仿佛在他的肋骨中央燃烧着。只有撞击到板壁的头部的一阵剧痛,还有眼前磨损的鞋头反射的紫光告诉他,他还活着。

像一名考古专家似的,邦德仔细审视着自己精心设计的姿势。摊开的两只脚的位置、膝盖半曲的角度可以在需要的时候发力;右手像是在抓扯被穿透的心脏——当他能丢开那本书时,右手就放在小手提箱旁边,距离 Q 部门向他演示如何操作时备受他嘲笑的内藏如双面剃刀般锋利的扁刃飞镖的侧缝线仅几英寸之遥。而他的左手,向死神屈服似的在地上伸开,时机到来的时候可以提供向上跃起的动力。

在他身体上方传来一声悠长的呵欠声。棕色的鞋头移动了。邦德看见纳什起身时皮鞋鼓胀起来。很快,纳什就会右手握着邦德的手枪,踩在下铺床上,伸手透过女孩的头发摸向她的脖颈。在一番摸索之后,贝雷塔的枪口会贴上前去,纳什会按动扳机。火车的鸣叫会将捂住的闷响彻底掩盖。

这将是一个相当冒险的举动。邦德走投无路地拼命回想着人体解剖学的基本知识。人的下半身致命之处在哪里?主动脉在何处?股动脉血管,在大腿内侧。而那髂外动脉,管它叫什么名字,能与股动脉会合吗?穿过腹股沟中心。假如两处他都没有击中,就糟糕了。邦德对于徒手击败这个壮汉不抱任何幻想。他猛烈挥出的第一刀将决定生死成败。

棕色鞋头移动了,走向床铺。这个人在干什么?包厢里没有动静,只有火车穿越辛普隆隧道时发出的空洞的铿锵声——火车正穿过瓦森霍恩和里昂峰的中心。漱口杯晃动声、令人安心的板壁吱呀声。在接下来的一百码的距离中,在这个死囚间的两边,人们或睡或醒,想着他们的生活和爱情,制订着小计划,好奇着谁会在巴黎里昂车站接他们。而此刻,死神正沿着过道和他们一同穿越同样的黑洞,被同一台发动机牵引着,在同样炽热的铁轨上疾驰。

一只棕色的鞋子离开了地面,它会半跨过邦德的身体。那样的话,那毫无防备的腿弯就会暴露在邦德的头顶上。

邦德的肌肉像蛇一样盘成一团。他的右手微微动了几厘米,够到手提箱边上的缝线,从侧面按下去,摸到狭窄的刀柄。他的手臂纹丝不动,悄悄把刀抽出一半。

那只棕色的脚后跟离开地面,脚趾弯曲着承受重量。

第二只脚也离开了地面。

邦德悄悄移动着身体的重量,选择借力的位置,握紧刀柄,确保不会碰到骨头,然后……

猛地一个旋转翻身,邦德的身体从地面跃起,刀光一闪。

钢铁般有力的拳头,在邦德肩臂的助力之下挥向空中。邦德的指关节触到了法兰绒。他把刀狠插进去。

上方传来一声骇人的惨叫。贝雷塔当啷落地。男人抽搐着栽下来,刀在邦德的手里扭转过来。

邦德料到他会摔落下来,可是,当他向床边闪避时,一只在空中乱抓的手抓住了他,把他操倒在下铺上。邦德还没来得及起身,那张可怕的脸已经从地上抬起来,眼里射出紫色的凶光,露出紫色的牙齿。那两只大手缓慢地、痛苦地向他伸过来。

邦德半躺在床铺上,伸脚乱蹬。他的鞋还在脚上,可他的脚被抓住一扯,邦德感到身体向下滑去。

邦德的手指慌忙在床铺上乱抓,寻找着支点。这时候另一只手抓住了他的大腿,指甲嵌进肉里。

邦德的身体被翻转过来,拽下床铺。眼见着他就要成为纳什的口中鱼肉了。邦德用另外一条自由的腿使劲乱蹬,毫无用处。他被拖走了。

忽然间邦德的手指触到一个硬东西。那本书!那东西是怎么用的?哪一头朝上来着?子弹会射向他还是纳什的方向?邦德孤注一掷地把它对准那张汗流满面的大脸。他按动书脊底端。

砰!邦德感到枪的后坐力。砰——砰——砰——砰……邦德感到手指下的热度。抓着他双腿的手瘫软了。汗涔涔的脸向后仰去。那个人的喉咙里发出一个声音,一个可怕的漱口似的噪音。然后,他的身体一滑,轰然倒地,头重重地撞在板壁上。

邦德躺在地上,紧咬牙关喘着粗气。他抬头望着门上的紫光,注意到灯丝忽明忽暗。他想到车厢下方的发电机一定出了故障。他眨眨眼睛想更加仔细地望着那灯光。汗水流进了眼睛,火辣辣的痛。他一动不动地躺着,不再管它。

火车疾驰的轰鸣声开始改变,声音变得空洞。随着最后一声长啸,东方快车急速开出隧道,进入月光下,放慢了速度。

邦德疲倦地伸手掀开窗帘一角,看到窗外的库房和侧轨。明亮的灯光照在铁轨上。多么明亮的灯光,瑞士的灯光。

火车慢慢地停了下来。

车厢里死一般的沉静。突然,地板上传来了一阵轻微的声音。邦德暗自责怪自己没有做到万无一失。他迅速弯下腰仔细听了听。为防止万一,他把书举在前面。没有动静。邦德伸手去摸纳什的颈动脉,没有脉搏。这个男人确实已经死了。尸体刚才是在彻底摊开来。

邦德松了口气，坐下来，焦急地等着火车再次启动。还有太多要做的事，来不及查看塔蒂安娜的安危，他得先打扫好现场。

长长的列车徐徐开动。列车很快将会从阿尔卑斯山脚像障碍滑雪一样滑行到瓦莱州。车轮滚动的声音已经开始有所改变——欢快的节奏，似乎车轮在庆幸已经开出隧道。

邦德站起身，跨过死尸摊开的双腿，打开顶灯。

简直是一团糟！这里就像肉铺。一个人的身体里能有多少血？他想了想，大约十品脱。嗯，地上很快就会流满鲜血，但愿不要流到过道里去！邦德从下铺扯下睡衣，开始忙活起来。

终于清理完毕——周围的墙壁都擦拭干净，尸体也被盖住，行李箱收拾停当。邦德准备在第戎逃离现场。

邦德喝下整整一水罐水，然后他踩在下铺上，轻轻摇晃着貂皮大衣盖住的肩头。

没有反应。那个男人说谎了？他是不是把女孩给毒死了？

邦德伸手去摸她的脖子，脖子是温热的。邦德摸向一只耳垂，狠狠地掐了一下。女孩慵懒地动弹了一下，哼哼着。邦德一次又一次地掐着耳垂。终于，女孩咕哝着说：“不要。”

邦德笑了，他用手摇着她。他不停地摇着，直到塔蒂安娜缓慢地翻过身。两只迷蒙的蓝眼睛凝视着他的眼睛，又合上。“干吗？”没睡醒的声音里透着恼怒。

邦德对她说话，推搡她，咒骂她。他更加粗暴地摇晃她。最后，她坐起来，呆呆地望着他。邦德把她的腿向外拉，她的腿耷拉在床沿下。他连拖带抱地把她拖到下铺上。

塔蒂安娜的样子糟透了——嘴巴无意识地张着，惺忪的睡眼上挑着，湿乎乎的头发乱成一团。邦德走去拧了一条湿毛巾，拿过她的梳子。

洛桑到了，一个小时以后就会到达法国边境城市瓦劳伯。邦德留下塔蒂安娜，走出去站在过道里，以防有人走进来。海关和边检人员从他身旁走过，径直走进列车员座舱。经过了难挨的五分钟后，他们走向了下一节车厢。

邦德走回包厢。塔蒂安娜又睡着了。邦德看着现在戴在自己手上的纳什的手表，4点30分，还有一个小时到第戎。邦德开始忙活了。

塔蒂安娜的眼睛终于睁开了，她的眼珠不再那么散神，但仍然没有精神。她说："别动了，詹姆斯。"然后再次闭上眼睛。邦德擦去脸上的汗水，把行李一件一件地拿到过道尽头，堆在出口处。之后他走向列车员，告诉列车员他夫人不太舒服，他们将在第戎下车。

邦德给了列车员最后一次小费。"别紧张，"他说，"我把行李先拿出来了，怕吵着夫人。我的朋友，那个金发男人是名医生，他和我们一起熬了一宿没睡，我让他睡在我的床铺了。那个人累坏了，请在到达巴黎前十分钟再叫醒他。"

"当然可以，先生。"自从为百万富翁服务的好日子过去之后，列车员就再没收到过这么多小费。他递给邦德护照和车票。火车开始放慢速度，第戎车站到了。

邦德回到包厢。他把塔蒂安娜拽起来，拉到过道里，然后把床铺旁被一堆白色覆盖的尸体关在门内。

　　他们终于走下楼梯来到坚硬、奇妙、静止不动的月台。一名穿着蓝罩衫的行李员接过他们的行李。

　　太阳开始升起。早晨的这个时候很少有醒着的乘客，只有几个坐在三等车厢的乘客看见一个年轻男人搀扶着一个女孩走下车身上印着浪漫名字的尘泥遍布的车厢，走向写着"出口"的土褐色的门。

第二十八章 织毛衣的女人

出租车停在通向丽兹酒店的康朋街入口。

邦德看了看纳什的手表:11 点 45 分。他一定分秒不差。他知道如果一名苏联间谍提前或延迟哪怕是几分钟到达约会地点,那么约会就会自动取消。他付了车费,从左门走进丽兹酒店的大堂。

邦德点了一杯双份伏特加马爹利酒。他一口气喝下去一半,感觉妙不可言。刹那间,过去的四天,尤其是昨晚的记忆被彻底冲刷掉。他现在独自一人,进行一个人的冒险。他的责任都已经交代妥当。女孩正在大使馆的卧室里安睡。仍然装着炸弹的解码机被带到法国情报局二局拆弹组。他已经和他的老朋友雷内·马西斯打了招呼,他现在是二局局长。丽兹酒店的康朋街入口的大堂接到不要发问的指令,直接交给他房卡。

雷内为自己又能和邦德一道执行非官方任务而欣喜。"相信我,亲爱的詹姆斯,"他曾经说,"我会执行你的神秘任务,你可以事后再告诉我缘由。两名洗衣工会在 12 点 15 分推着一只大洗衣筐来到 204 房间。我会打扮成他们的卡车司机跟着他们。我们会把洗衣篮装满然后带到奥利,等待会在 2 点钟到达的英国皇家空军的堪培拉号飞机。我们把洗衣篮放上去,法国的一些'脏衣服'就会被运到英国,对吗?"

F 站站长曾用加密机和 M 通过电话。他转交了邦德写的一份简短的书面报告。他提出要一架堪培拉的要求,但他不知道要这个有什么用。邦德只在送女孩和机器的时候出现过。他饱饱地吃了顿早餐,然后离开使馆,说是午饭后回来。

邦德再次看了一眼时间。他已经喝完了那杯马爹利。他结了账,出了酒吧,走上台阶来到大堂副经理面前。

大堂副经理冷冷地打量了他一眼,递过房卡。邦德走到电梯前,进了电梯,上到三楼。

电梯间的门在他身后当啷关闭。邦德静悄悄地走在走廊里,寻找着房号。

204。邦德把右手放进外衣口袋,握住贝雷塔被胶带缠住的枪托。枪别在他的裤腰上,他可以感受到消声器被他的肚子捂得温热。

他用左手敲了一下门。

"进来。"

门内传来一个颤颤的声音,一个老年妇女的声音。

邦德拧了一下门把手,门没有上锁。他把房卡放进外衣口袋,一把推开房门走进屋,把门关上。

　　这是典型的丽兹酒店客厅,相当高贵典雅,摆放着新古典风格的家具。墙面是白色的,窗帘和椅垫是白底红玫瑰图案的印花棉布。酒红色的地毯精确细致地铺在地上。

　　屋里的阳光下,在一张老板桌旁的低扶手椅上,坐着一个正在编织毛衣的老年妇女。

　　金属毛衣针的碰撞声没有停歇,淡蓝色老花镜后的眼睛礼貌地打量着邦德。

　　"哦,先生?"那个声音低沉粗哑。一头白发下涂了厚厚脂粉的肿胀的脸上只露出被良好教养掩饰着的好奇。

　　邦德衣服下握着枪的手像钢丝弹簧一样紧张。他眯起的眼睛扫视了一下房间,又回到坐在椅子上的老女人身上。

　　是他弄错了吗? 不是这个房间? 他该道了歉转身离去吗? 这个女人可能是锄奸局的人吗? 她看上去就是那种出入丽兹酒店的体面而富有的寡妇,靠编织消磨着时间。这种女人会有自己专门的桌子,在楼下餐厅里——当然不是烧烤餐厅——有喜欢的侍应生。这种女人会在午饭后打个盹儿,然后被高贵的装有白边轮胎的黑色豪华轿车接走,送到巴黎贝里街茶社与另外一个富婆会面。看那一身旧式黑色长裙,颈部和腕部镶了花边;细长的金项链挂在走形的胸前,底端打了个折叠望远镜形状的结;整洁秀气的小脚上很自然地穿着一双黑色扣袢的靴子,那双脚几乎够不到地面。这个女人不可能是克莱勃! 邦德一定是弄错了房号。他感到腋下冒汗,可现在他不得不把戏演完。

"我叫邦德,詹姆斯·邦德。"

"我是,伯爵夫人梅特斯坦,先生。有什么事情吗?"法语说得含混不清。她可能是德裔瑞士人。毛线针忙碌地窸窣着。

"恐怕纳什上尉出了点意外,他今天来不了了,所以我替他过来。"

那双藏在淡蓝色眼镜背后的眼睛眯了一下吗?

"我不认识这位上尉,先生,也不认识您。请坐下来说明您的来意。"女人冲着写字台旁的高背椅微微点了一下头。

没人能够拒绝她。那种雍容华贵令人无法抵御。邦德走过去坐下。此时他离她约六英尺远。桌上只有一部听筒高高架起的老式电话机,以及她伸手可及的一个象牙白色的按铃。

邦德鲁莽地盯着女人的脸,审视着。这是一张丑陋的蟾蜍一般的脸,涂抹了脂粉,顶着圆锥形的一头白发。那双眼睛里的棕色极浅,几乎成了黄色。苍白的嘴唇肥厚而湿润,唇上厚重的汗毛被尼古丁熏得发黄。尼古丁?她的香烟在哪里?屋里没有烟灰缸——也没有香烟的味道。

邦德的手又一次握紧了手枪。他瞅了一眼织物袋,看到女人手里织得稀稀拉拉看不出形状的米色毛线。钢针。有什么地方不对劲?钢针的两端都变了颜色,像是在火里烧过一般。毛线针都是这样的吗?

"嗨,怎么啦,先生?"声音里有不悦吗?她从他的神情里看出了什么吗?

邦德笑了。他的肌肉绷紧,提防着任何小动作。"没用的,"他爽朗地说,决心赌上一把,"你就是罗莎·克莱勃,锄奸局二部负责人。你是行刑者,是刽子手。你想杀了我和罗曼诺娃。我很高兴终于见到了你。"

那双眼睛无动于衷。女人伸出左手去按铃,严厉的声音充满着耐心和礼貌:"先生,恐怕你不太正常。我必须叫我的仆人来请你出去。"

邦德不会知道是什么救了他的命。也许是一个闪念让他瞬间意识到按铃没有接墙或者接地的电线,也许是忽然回忆起敲门声如约响起时那句英语说出的"进来",无论是什么,当她手指触向象牙白的按键时,他已经向椅子一旁跃去。

邦德撞在地面上时听见响亮的撕棉布的声音。他刚才坐的椅子散成了碎片,轰然倒地。

邦德翻转身,用手摸枪。他的眼角余光瞥见"电话机"冒出一缕青烟。随后,女人骑坐在他身上,握紧的拳头里毛衣针熠熠发光。

她戳向他的双腿。邦德飞起一脚,把她踢到一边。在他单膝着地的那一刻,邦德醒悟到毛衣针变色的针尖是怎么一回事。那是毒针。也许是德国制造的一种神经毒剂。她只要用针刺到他,哪怕是隔着衣服都能奏效。

邦德站起身。她再次冲过来。他火冒三丈地拔枪,但消声器卡在了腰带上。亮光一闪,邦德慌忙闪避,一支毛衣针撞到他身后的墙上。那个女人可怕的躯体瞬间堆在他身上。她那白色假发歪了,女人狞笑着俯视着他。

邦德不敢徒手去抓毛线针,他用手一撑跃过写字台。

罗莎·克莱勃一边喘着粗气自言自语着,一边绕着桌子疾步去追,钢针细剑一般拿在手里。邦德向后退去,用力去拔卡住的手枪。他的腿肚子碰到一把小椅子,他松开掏枪的手,伸手从背后抓住椅子。他抓住椅背,让四只椅腿牛角一般向外伸出。他转过桌子冲向她。可她正好在那台假电话机旁,她抓起电话,手指摸向按键。邦德向前一跃,把椅子向下砸去。子弹飞向屋顶,石膏板碎片落在他的头上。

邦德再一次猛扑过去,椅子腿卡住女人的腰和肩。邦德继续猛推,想把她推倒。老天!她可真有力气!她晃了一下,没有倒,只是靠在墙上。她借助墙的支撑站稳脚跟,越过椅子向邦德啐去,手里的毛线针像长长的蝎子刺一般追逐着他。

邦德用力举着椅子,他后退一步,瞅准机会飞起一脚踢向女人挥动的手腕,毛衣针飞进屋内,在他身后砰地落地。

邦德越压越紧,那女人被四只椅子腿牢牢地卡在墙上。除非她是头猛兽,否则她绝不可能挣脱出来。她的胳膊、腿和头都是自由的,可是身体被钉在了墙上。

女人用俄语破口大骂。她隔着椅子朝他吐口水。邦德低头用衣袖擦脸。他抬头望着那张斑驳的脸。

"好了,罗莎。"他说,"二局的人马上就到。大约一个小时以后你会到达伦敦。没人会看到你离开酒店,没人看见你到达英国。事实上,没几个人会再见到你。从今以后你只是机密档案中的一个编号。等我们审讯完毕,你就会被送进疯人院。"

几英尺之外,那张脸开始变色,变得毫无血色,变得萎黄。可不是出于畏惧，邦德想。那双淡黄色的眼睛直盯着邦德的眼睛，毫不气馁。

那张湿润的变形的嘴巴咧开一笑。

"我去疯人院的话，你在哪里呢，邦德先生？"

"噢，继续我的生活。"

"我可不那么想，英国间谍。"

邦德几乎没在意她的话。他听见门开的声音。在他身后传来一阵大笑。

"哈哈，"是邦德非常熟悉的声音，"70号姿势！现在我终于目睹了一切，而且是由英国人发明的！詹姆斯，这对我的同胞来说真是侮辱啊。"

"我不做推荐。"邦德扭头说："这样太辛苦。不过，你现在可以过来接替我了。我来介绍一下，她叫罗莎，你会喜欢她的，她是锄奸局的大人物——事实上，她负责刺杀。"

马西斯走过去，后面跟着两个洗衣工。他们三人站在那里，崇敬地望着那张可怕的脸。

"罗莎，"马西斯若有所思地说，"可这一次，是个倒霉的罗莎。好吧，好吧！不过我相信她那个姿势一定不舒服。你们两个，把篮子拿进来，她躺下来会舒服点。"

邦德听见洗衣篮的吱呀声。

女人的双眼依旧盯着邦德不放。她动了一下，换了个姿势。在邦德的视线之外，马西斯也在审视着她的脸。没人注意到她把一只鞋头伸到另一只脚下面，鞋尖上立刻滑出半英寸长的薄刀片，像毛衣针一样,刀刃也裹着一层乌青的颜色。那两个人走过来,把方方正正的大篮子放在马西斯身边。

"抓住她。"马西斯说,他冲着女人稍一欠身,"很荣幸。"

"再见了,罗莎。"邦德说。

那双黄眼睛里亮光一闪。

"永别了,邦德先生。"

那只伸出细铁舌的脚踢了出去。

邦德感到右腿肚一阵刺痛。是挨了一踢的那种痛,他向后退去。两个男人抓住罗莎·克莱勃的胳膊。

马西斯大笑。"我可怜的詹姆斯,"他说,"锄奸局是不会善罢甘休的。"

铁舌缩进了皮鞋。此刻只有一个毫无招架之力的老女人被抬进篮子里。

马西斯看着洗衣篮被盖上。他对邦德说:"你今天功劳不小,朋友。"他说,"不过你看上去很疲惫,回大使馆休息一下,今晚我们还要一起吃饭呢。我们去巴黎最好的馆子,我再给你找个最可人的妞儿。"

邦德的身体一点点麻木。他感觉异常寒冷。他想抬起手拂去挂在右眉上的那团头发,手指却毫无感觉。手指像黄瓜一样粗,他的手重重地垂下。

呼吸变得困难。邦德深呼了一口气。他收紧下巴,半闭上眼,像醉酒的人一样掩饰着自己的醉态。

从睫毛缝中,他看到洗衣篮被抬到门口。他努力睁开双眼。他挣扎着望向马西斯。

"我不需要妞儿,雷内。"他含混不清地说。

现在,他上气不接下气。他再一次伸手去摸自己冰冷的脸颊,恍惚中看见马西斯走向他。

邦德感觉自己站不住了。

他说,或者他觉得他在说:"我已经有了最可爱的……"

邦德缓缓地转身,一头栽向酒红色的地面。